Dr.

Goodwood's　　John Rhode

Locum

代診医の死

ジョン・ロード

渕上痩平○訳

論創社

Dr. Goodwood's Locum
1951
by John Rhode

目次

主要登場人物

アラン・グッドウッド……………パタム在住の医師
ローズ・グッドウッド……………アランの妻
パトリシア・グッドウッド………アランの娘
チャドリー夫妻……………………グッドウッド家の使用人
スティーヴン・ソーンヒル………グッドウッド医師の代診医
ジョン・ソーンヒル………………スティーヴンの父親
メアリ・ハンポール………………薬剤師
トム・ウィルスデン………………サプワース・プレイスの当主
クレア・ミルボーン………………トムの妹
ラヴロック…………………………ウィルスデンの顧問弁護士
C・J・デリントン………………パタム在住の医師
ポンフレット夫人…………………グッドウッド医師の患者
ベティ・ヴァーノン………………その姪
アーネスト・ブラッグ……………マスプロ車の購入者
コルベック…………………………自動車修理工

ノープス……………………パタム駅の赤帽（ポーター）
ジャーヴィス………………ケンマイル駅の手荷物係責任者
ロザラム……………………作家
ナクトン夫人………………下宿屋の女主人
バートラム・C・リングウッド……ニュージーランドの牧羊業者
ジェームズ・ワグホーン……スコットランドヤード犯罪捜査課警視
キング………………………スコットランドヤード犯罪捜査課巡査部長
フェアロップ………………チルカスター州警察本部の警部
マルベリー…………………ケンマイル駐在の巡査部長
ニューステッド……………パタム警察署の警視
ハワード……………………パタム警察署の巡査
ランスロット・プリーストリー……数学者
ハロルド・メリフィールド……プリーストリーの秘書
ハンスリット………………元スコットランドヤード警視
オールドランド……………引退した医師

代診医の死

本書はフィクションであり、本書に登場する人物、出来事は、すべて架空のものである。

第一章

アラン・グッドウッド医師は、妻ローズとゆとりのある暮らしを送っていた。彼らの家、ブルックウェイは、パタムという、市（いち）の立つ小さな町のはずれにあったが、控え目ながらも豊かさがいたるところににじみ出ていたし、庭に素晴らしい花の彩りが絶えることもまずなかった。診療業務が流行（はや）っていることに加え、医師夫妻にはそれぞれ自分の収入があったからだ。二人とも中年の域に入ってはいたが、活発で精力的な人物だった。

　精力的という形容辞は、アラン・グッドウッドにあてはめる場合、多少修正を要するかもしれない。彼はずっと屋外スポーツに情熱を注いできたし、自慢の一つといえば、病院勤務時代にラグビー選手をしていたことだ。今でもゴルフに熱を入れていて、一日に二ラウンド（一ラウンドは十八ホールプレイ）回っても平気だった。しかし、職業という点では、その精力もさほど顕著ではない。人気のある医者ではあったが、患者からは、手抜きしがちだと陰口をたたかれることもある。手抜きと言わぬまでも、患者の病気を自然に治るにまかせてしまうことがよくあるのだ。たぶん、重い病気なら、時間と集中力を傾けるのにやぶさかではないのだろうが、ほとんど患者の思い込みとしか思えない、つまらぬ病には付き合っていられないのだろう。

　一人娘がいるが、親が期待するほど実家には帰ってこなかった。パトリシアは二十代だったが、自分の面倒は自分で見られる娘だ。ケンブリッジ大学に学んだが、役に立ちそうなことはさほど習得してこなかったものの、友人だけはたくさんつくってきた。小さな田舎町での人付き合いが退屈で我慢ならなかったとしても仕方あるまい。それはともかく、時おりブルックウェイに短期間滞在するほかは、いつもいろいろなところを巡り歩いていたようだ。

グッドウッド医師夫妻は、例年、休暇を取る習慣があった。たいていは秋で、ひと月以上を休暇で過ごす。医師は今年、ヨークシャーで狩猟を行う団体の会員になっていた。こういうときは、診療業務は代診医に委託する。代診医はブルックウェイに住み込み、グッドウッド夫妻に長年仕えてきたチャドリー夫妻が、その身の回りの世話をする。代診医はいつも慎重に選抜された。職業上の能力水準が高いことはもちろん、必ず独身男性でなければならなかった。グッドウッド夫人は、独身男性が予備の部屋を使うことに異論はなかったが、自分の不在中に、女に家の中をうろつかれるのは許せなかったし、チャドリー夫妻もきっと困惑しただろう。

医師がいつも使う募集方法は、医学雑誌に広告を載せることだ。今年は二、三人の応募があり、医師はその中から一番見どころのある人物を選んだ。スティーヴン・ソーンヒル、王立外科医協会会員にして、王立内科医協会からの資格授与者、歳は三十二、ロンドンのイースト・エンドにある大きな診療所の一員だ。田舎でひと月過ごせるチャンスがありがたいと言う。何度か手紙のやりとりをし、その中にはグッドウッドが常に求めていた推薦状も含まれていて、手はずは整った。グッドウッド夫妻は、十月十二日の木曜から休暇に入ることになり、ソーンヒルは、その前日の晩、七時十二分着の列車でパタムに到着する予定だった。

十一日水曜、グッドウッド夫妻は、ブルックウェイの客間で一緒にお茶を飲んでいた。「七時十二分着の列車にしてくれたのはありがたいな」と医師は言った。「実に都合がいい。診療が終了してから、車で駅まで行けるからな。それなら、夕食をとってから打ち合わせをして、要領を教えてやれるよ。手紙からすると、とても品のいい若者のようだ。パットが家にいなくて、会わせてやれないのが残念だな」

「あなたったら！」と妻は異議を唱えた。「あの子を若い男と家に残したりなんかできますか」

グッドウッドはクスクスと笑った。「しっかり者のチャドリー夫妻が、お目付け役でいてもか？どのみち、今どきの若者は因習になんぞとらわれんよ。パットだってそうさ。ソーンヒルがそうでなかったら、むしろ驚きだよ」

「かもしれませんけど」とローズ・グッドウッドは応じた。「パタムの人たちが因習にこだわることは、よくご存じでしょ。大事な友人がたの中には、白い目で見る人もいそうですし。診療業務にだって影響しますよ」

グッドウッドは肩をすくめた。「おいおい、起きてもいない事態を言い立てたって仕方ないだろ。それより、荷造りはみんな終わって、朝ちゃんと出発できるんだろうな？　診療時間のあいだにソーンヒルに指導をすませたら、すぐ出発するぞ」

診療所は、ブルックウェイではなく、その小さな町の〝市場広場〟にあった。六時少し前に、医師はゆったりとした快適な車に乗り、半マイルほど運転して診療所に行くと、いつものように、患者が列をなして待っていた。診療所の業務は、医療よりも事務のほうが中心になっていた。いろいろな書類にサインする仕事もある。グッドウッドはいつものように、優しくはあるが、多少ぞんざいな態度で患者の診察をした。最後の患者は、住民の中でも一番のお年寄りで、耳は遠いし、足がひどく不自由な上に、くどくどと愚痴を垂れ流し続けるありさま。その患者の診察に予想以上に手間取ってしまい、お引き取り願ったときには、もう七時をまわっていた。グッドウッドは急いで車を走らせ、町から一マイル離れた駅に着くと、ちょうど七時十二分着の列車が駅に入ってきたところだった。

　十二人ほどの乗客が下車してきたが、その大半は医師の知り合いか、少なくとも顔見知りだった。最後に出てきたのは男性で、そのあとを赤帽（ポーター）がスーツケースを二個運びながらついてきた。この男がソーンヒルに違いない。グッドウッドはすぐさま相手を品定めした。背が高く、頑健そうな体格。身なりもよく、色黒で、鼈（べっ）甲縁のめがねの奥には知的な目が光っている。第一印象はいい。少しやつれて見えるが、無理もない。イースト・エンドでの診療業務はちょっとしんどいからな。それに、列車旅で疲れてもいる。夕食をとって、一杯やれば、きっと元気になるだろう。月の終わりには生まれ変わったようになっているさ。グッドウッドは歩み寄り、握手の手を差し出した。「ソーンヒル先生かね？」

「そうです」男が答えながら、二人は握手した。「グッドウッド先生ですね？　お出迎えいただき、ありがとうございます」

「なんのなんの」グッドウッドは快活に言った。「車が外にある。ノープスが荷物を運びこんでくれるよ。わしの車は知ってるな、ノープス」

「もちろんです」と赤帽（ポーター）は答え、スーツケースを運び、二人を改札口に通した。ソーンヒルは、ロンドン発の一等車席の往復切符から往路の半券を渡した。彼らが車のところまで来ると、ノープスが車のそばに立っていた。「スーツケースはうしろに入れました」と彼は言った。ソーンヒルはチップを渡し、グッドウッドの隣の席に座った。「出迎えに来てよかったよ」グッドウッドは車を発進させながら言った。「このあたりはいつもタクシーが待っているわけじゃないし、いても、たいていは他人に先を越されてしまう。それに、わしの家まではけっこうあるんだ」

「ご配慮ありがとうございます」とソーンヒルは応じた。「この土地は不案内なもので。この州に来たことはないと思います」

「きっと気に入るよ」グッドウッドは胸を張って言った。「田舎暮らしを満喫するつもりならな。仕事もそうしんどくはない。このあたりの住人は、実に健康な連中でな。だが、詳しいことは夕食のあとに話そう」

ブルックウェイに着くと、ソーンヒルはローズ・グッドウッドに紹介された。代診医に対する彼女の態度は、いつもなら淡泊で、血の通った人間というより、都合のいい穴埋め要員とみなすものだった。ところが、ソーンヒル医師に対しては、彼女も夫と同じ第一印象を持った。寡黙で上品なうえに、落ち着きがある。歳よりやや老けて見えるが、そのほうが好ましい、と彼女は思った。見た目が若すぎる医者は、経験不足に見えるし、患者に心もとない印象を与えるものだ。

グッドウッドが期待したように、ソーンヒルは、ウィスキーソーダを飲むと、目に見えて生き生きとし、夕食会は順調に進行していった。ソーンヒルは、イースト・エンドでの診療業務に加わる前に、船医として何度か海を旅した経験があり、訪れた土地について楽しげに語った。仕事の話は避けたいらしく、医師としての経験談は口にしなかった。グッドウッド夫妻は、彼のことをとても楽しい話し相手だと思ったし、初対面同士の気まずさもすぐに消えていった。

「わしたちは明朝、出発するよ」グッドウッドは、食事が終わると言った。「そしたら、君の思うようにしたらいい。身の回りのことはちゃんと世話をしてもらえるよ。必要なことがあれば遠慮なく頼んでくれ。車を使ってもらえるように残していけないのは申し訳ないがね。ヨークシャーまで車で行く予定だし、着いてからも使うんだ」

「ご心配には及びませんよ」とソーンヒルは答えた。「車は役に立たないんです。運転を習ったことがないもので」

「それを聞いてホッとしたよ」とグッドウッドは言った。「ともあれ、別途手配をしておいた。この町には車の修理屋が一軒あるが、診療所のすぐ隣で、フェインズという気のきいた男が経営している。ハイヤー業務もやっていてね。君が必要とするときに、いつでも手配してもらえるよう、話をつけておいた。往診の必要な患者の中には、遠くに住んでいる者もいるからな。もっとも、それを言うなら、わしの自転車もある。わしもよく乗るんだよ。なかなかいい運動になるしね」

ソーンヒルはにっこりした。「あえて申し上げれば、むしろ自転車のほうに惹かれますね。一時期、よくサイクリングをしたものです。しばらくやっていませんが、また近いうちにはじめたいと思ってたんですよ」

それから数分ほど話したあと、ローズ・グッドウッドが席を立ち、「お二人でお話しなさりたいでしょ」と言った。「書斎に行かれたほうがいいわ、アラン。チャドリーがここを片づけたいでしょうから。私はしばらくなら客間にいますよ」

こうして、男たちは、食堂から、グッドウッドが書斎と呼んでいる部屋に移動した。といっても、そこにある書斎らしいものの痕跡といったら、テーブルの上にぞんざいに投げ出された医学雑誌が二、三冊に、ガラス戸付きの本棚に並んだ多数の専門書だが、そのガラス戸もめったに開かれることはないようだ。なかでも目につくのは、銃器が詰まったガン・キャビネット、ゴルフクラブのバッグが数個、さらには狩猟をテーマにした版画のコレクションだ。大きな暖炉に火はくべてなかったが、その晩は暖かかったからだ。暖炉の前には豪華な安楽椅子が二脚置いてあり、グッドウッドは客人にそこに座るよう促した。それから、隅の戸棚を開け、ウィスキーのデカンター、サイフォン、グラスを二個取り出すと、「さあ、これでくつろいで話ができる」と満足そうに言った。

彼は二個のグラスに飲み物を注ぎ、それぞれの手前に置くと、「どんな仕事を任されるのか、知りたいだろう」と、もう一つの安楽椅子に座りながら話を続けた。「業務の範囲という点ではかなり広域でな。数マイル四方に及ぶ。患者の大半は町なかに住んでいるが、周囲の村落に散らばって住んでいる患者も何人かいる。人口は全部で二千人ほどだ。パタムには、もう一人開業医がいる。デリントンという、なかなか感じのいい男でな。ハイ・ストリートに住んでいる。明日、場所を教えるよ。互いにうまく患者の受け持ちを分担して、良好な関係を維持している。お互いの縄張りに踏み込まんよう気をつけてるからな。

明日の朝見てもらうが、わしの診療所と調剤室は市場広場にある。わしの持ち家で、そこの一階部分だ。この家を買う前、若い頃は、そこに住んでたのさ。家のほかの部分は、ハンポール夫妻という夫婦者に貸している。ディック・ハンポールは、知りあってから何年にもなるが、町で店を構えているのだよ。しばらく前に結婚したが、わしにとっても、もっけの幸いでな。というのも、相手の女性は薬剤師の資格があって、州庁所在地のチルカスターの薬品会社で働いてたんだ。形ばかりの賃料しか取らない代わりに、調剤の仕事をこころよく引き受けてくれて、一階もきれいに掃除してくれる。いい人だ。君も気に入るよ」

ソーンヒルはうなずいたが、口は差しはさまなかった。グッドウッドは、グラスを一口すすり、また話を続けた。「明日の朝に診療簿を渡すよ。とりたてて重い病人はいない。どのみち、君ならしっかり対応できるさ。ただ、君も経験しただろうが、国民健康保健法が施行されてから、誰もが不調を訴えるようになったらしくてな。そんなのにまじめに対応する必要はないよ」

ソーンヒルは苦笑した。「ロンドンでの仕事も、なんでもありませんよ、と教え諭すことのほうが多いんです」

「そんなやり方は、ここではあまり役に立たんだろうな」とグッドウッドは言った。「田舎の連中は、教え諭せるような相手じゃない。当たり障りがなく、できるだけ苦い味がする薬の瓶を渡すほうが時間の節約だよ。ハンポール夫人なら、わしがよく使う薬の処方を知っている。彼女に〝気休め調合薬〟と言えば、なんのことか分かる。連中はそれで満足するようだし、そうした代物を飲み尽くせば、それ以上は来なくなるものさ」

「定期的な往診が必要な患者もいるのではないですか？」とソーンヒルは訊いた。

「ごくわずかだよ」とグッドウッドは答えた。「君に分かるように、診療簿に書き込みをしておいた。だから自分で確認できるよ。いざというときに使えるハイヤーの手配をフェインズに頼んどいたのもそのためさ。そのうちの何人かは、少し遠くに住んどるんでな。たとえば、ブリックフォード・ハウスのポンフレット夫人だ。神経炎でほぼ寝たきりでね。君みたいなロンドンの開業医なら、そんな病気は特に珍しくもないとは思うが。それから、ほぼ同じ方向に、サプワース・プレイスのトム・ウィルスデンがいる。友人でね」

「ウィルスデンですか？」とソーンヒルは言った。「聞き覚えのある名前ですね。どこかで耳にしましたよ」

「そうかもな」とグッドウッドは答えた。「トマス・ウィルスデンは、かつての金融業界では有名だったからな」

「そうです！」とソーンヒルは声を上げた。「ぼくの父は、退職するまでシティで仕事をしていたんですよ。父がトマス・ウィルスデンのことを話してたんです」

「まあ、金融の世界では、もう過去の人だがね」とグッドウッドは言った。「彼が自分の利権を処分してしまってからけっこう経つし、どのみち、金融業界の人間なら、静かな余生に入るときはそうするものさ。シティの喧騒から離れて、サプワース・プレイスに越してきたんだ。家主は文無しの貴族で、建物を維持管理できなくてね。その家を借りてる。今でも『フィナンシャル・タイムズ』を取ってるよ。読んでいるところをよく見るからね。近頃の財産の水準からすれば、大変な財産家だよ」

「まさか『フィナンシャル・タイムズ』の情報を仕入れるために、お宅に伺うわけではないでしょう？」とソーンヒルは水を向けた。

グッドウッドはクスクスと笑った。「仕事の話に専念してくれというわけだな？　そう、もちろん違うさ。わしが行くのは、友人としてでもあるし、医師としてでもある。トム・ウィルスデンは胃潰瘍を患っていてな。わしとしても、快適に過ごしてもらえるよう努めてはいるよ。だが、手術はもちろん、治療のために入院するのも拒んでいてね。頑固な男で、わしの話に耳を貸さんのだよ」

「ほかに承知しておくべき患者はいますか？」とソーンヒルは訊いた。

ところが、トム・ウィルスデンの話になると、グッドウッドは話題を変えたがらず、「いや、あとは診療簿を見れば分かるよ」と少し面倒くさげに答えた。「トム・ウィルスデンは、いつも喜んで会ってくれる。友人だからというだけでなく、医師に付き添ってもらうのが嬉しいのさ。医師という職業に、いじらしいほど信頼を寄せていてね。昨日会って、君が来ることを話しておいたよ。明日の午後、サプワース・プレイスまで行って、顔合わせするのも悪くないだろう。きっと喜ぶよ」

「そうします」とソーンヒルは言った。「ウィルスデンさんには、どんな治療をしているんですか?」

「胃腸薬のビスマス剤を渡している」とグッドウッドは答えた。「昔ながらの処方薬だろうがね。新しい処方があるなら、ぜひ試してくれたまえ。トム・ウィルスデンは、妹のミルボーン夫人と暮らしている。後家さんでね。ありゃ雌豹だよ。だが、爪よりも、唸り声のほうがずっとこわいぞ。毒舌ではあるが、しっかりした人だ。トムは男やもめでね。奥さんは、結婚して間もなく亡くなったらしい。以来、再婚していない。してもおかしくはないがね。老人とはいえないし、まだ五十代前半だ。彼にも妹にも子どもがいないし、わしの知るかぎり、近親者もいない」

「五十代前半ですって?」とソーンヒルは言った。「じゃあ、ウィルスデンさんは若くして引退されたとでも?」

　グッドウッドはグラスの飲み物をすすり、うなずいた。「普通よりは早くな。胃潰瘍を患ったことと関係があるのかもしれん。そのせいで時おり気分が落ち込むし、たぶん激務に嫌気がさしたんだろう。だが、彼という人間を知っている立場で言えば、たっぷり儲けたからには、あとはのんびり楽しもうと決めたんだろうよ。それに、彼も調子のいいときは、人生を十分楽しめる。いろんな人と会い、自分のやりたいことをやっているよ。そんなわけで、わしとしては、しばしば安静にするよう厳命しなくてはならんのさ。だが、跡取りがいないのが彼には痛恨事でな」

「お子さんがいないのなら」とソーンヒルは言った。「ウィルスデンさんは、妹さんにお金を遺すんでしょう」

「いや、違う」とグッドウッドは否定したが、ソーンヒルは、なにやら言いにくそうな雰囲気を感じ取った。「その必要はなくてな。妹も自分の金をたっぷり持ってる。トム・ウィルスデンは、おとぎ話に出てくるディック・ウィッティントン（一三五四～一四二三。十四世紀末からロンドン市長を四期務めた実在の人物だが、その半生は、孤児だったディックが、自分の飼い猫がネズミの害に悩む外国で高く売れて一躍大金持ちになり、ロンドン市長にまでなるというおとぎ話に脚色された）のような生い立ちの男じゃない。ハンカチ一つに持ち物全部くるんで、ロンドン・タウンを裸足で歩いた男じゃないんだ。父親のジョン・ウィルスデンも大金持ちだったし、最初からトムにエリート・コースを歩ませたのさ。ジョンが亡くなると、財産は二人の子に遺された。トムとクレア、つまり今のミルボーン夫人だ。だから、彼女には十分持ち合わせがあるんだ」

ソーンヒルは、こんな細かい話に興味がなく、我慢して聞いている様子だった。ところが、グッドウッドは、飽きずに付き合ってくれる、新たな聞き手を得て満足したのか、そのことに気づかなかった。ソーンヒルのグラスはまだほとんどいっぱいだったが、彼自身のグラスは空だった。再びグラスを満たすと、相手が聞いているかどうかなど気に留めるそぶりもなく話を続けた。「そう、そこが気の毒なトム・ウィルスデンの悩みなのさ。財産を遺せる子息も相続人もいないことがね。だが、再婚しちゃならん理由もない。やっかいな胃潰瘍を別にすれば、健康そのものだしな。むしろ、再婚してもらいたいくらいだよ。それどころか、時おり思うんだが……。いや、気にしないでくれ。初老の男が、三十も若い娘と結婚しちゃならん理由はないさ。目的が子を儲けることならな。だろ？　なあ、どう思う？」

少しハッとした様子からして、ソーンヒルはまるで違うことを考えていたようだ。しかし、見事な素早さで立ち直り、その質問に答えた。「その娘さんのほうがどう考えるかじゃありませんか？」

「ああ！」グッドウッドは謎めかすように声を上げた。「それは、彼女にしか分からんことだ。それに、彼がもうその話を娘にしたとも思えん。なに、いずれ分かるさ。君自身が結婚していないのも驚きだよ。我々医師は、だいたい、早めに結婚するものだからな。わしは君より若いときに結婚したぞ。君は三十二だったよね？」

ソーンヒルは、ちょっとまごついてグラスを弄んだ。「そうです。六月に三十二になりました。結婚のことでしたら、婚約するところまできています。でも、ぼくの仕事がもう少し軌道に乗るのを待ってるんですよ。相手の女性に、ステップニーの下宿に一緒に住んでくれとは言えませんから」

グッドウッドは首を横に振った。「いつまでも待つのはよくないぞ」彼は説教くさく言った。「若いうちに結婚するほうがいい。暮らしがよくなるまでは、ともに不便を忍ぶのさ。まあいい、わしがとやかく言うことじゃない。トム・ウィルスデンの話をしてたな。君なら、彼とうまく折り合える。大丈夫だ。ただ、ちょっと高圧的な男だから、癇に障らんよう気をつけなくちゃならん。とはいうものの、根は寛大な男だ。手を尽くしてやれば、感謝のしるしを得ること請け合いだよ」

「えっ？」ソーンヒルは驚いたように声を上げた。「どういうことですか？　ぼくが彼を診察する機会なんて、せいぜい数回程度でしょうに」

「それは問題じゃない」とグッドウッドは答えた。「トム・ウィルスデンに気に入られれば、絶対に損はないよ。ちょっと教えてやろう。もちろん、ここだけの秘密だがね。たまたま知ってるんだが、トムは遺言書で、財産を友人たちに遺贈することにしている。友人だけじゃない。わずかばかりのご奉仕をした者にもさ。そのリストをずっと増補し続けている——ある者には千ポンド、そしてまた、ある者には五百ポンド、という具合にな。もちろん、自分に子どもがいないからさ」

ソーンヒルは苦笑いを浮かべた。「遺産受取人のリストにぼくの名が加わるなんて考えにくいですね。妹さんを別にすると、ウィルスデンさんには、生きている親族はおられないんですか？」

「近親ではいないね」とグッドウッドは答えた。「またいとこか誰かがいるとか言ってたな。ニュージーランドで牧羊業をしているそうだ。手紙のやりとりは時おりしているが、もう何年も会ってないようだな。会ったことがあるとしてだが。だから、その男に一族としての親近感はさほど持ってないのさ。遺言でちょっとした配慮ぐらいはしているだろうが、よくは知らん」

グッドウッドはひと息ついて、ウィスキーをすすり、「もちろん、いずれにしても仮定の話だ」と快活に言った。「トムが十分養生すれば、まだまだ長生きするよ。それに、いずれ再婚するに違いない。そうなれば、今の遺言書はおのずと破棄される。もう一度言うが、子どもが生まれれば話は違ってくる。友人の多くは対象から完全に外されるだろう。もっとも、今なら貰える分の、ほんのおこぼれぐらいは貰えるだろうがな」

「なかなか面白い話ですね」ソーンヒルは、さほど気がなさそうに言った。「ところで、忘れないうちに頼んでおきますが、万が一のために、連絡のとれる住所を教えていただけますか？」

「ヨークシャーのアーネストホープにあるムーアアズ・ホテルに滞在する予定だ」とグッドウッドは答えた。「狩猟場のすぐ近くでね。家内が泊まったことがあって、気に入ってるんだよ。だが、月曜以降でないとだめなんだ。それまではどこに泊まるか決めてない。車であちこち回って、気に入ったところがあれば、そこに泊まるつもりなのさ」

会話、というより、グッドウッドの独演は、とりとめもなく続いた。二杯目のウィスキーを飲み干すと、ようやく話を切り上げるそぶりを見せ、「おっと、もうこんな時間か！」と声を上げた。「よかったら、客間にいる家内のところに行こう」

しかし、客間に行くと、ローズ・グッドウッドはもう自分の部屋に引き上げていた。ソーンヒルが旅の疲れを訴えたので、彼らも二階に上がった。客人を部屋に案内すると、グッドウッドも自分の部屋に入った。夫人はすでにベッドでうとうとしていて、「ずいぶん長かったじゃないの、アラン」とあくびをしながら言った。「代診医とはうまくいったの?」

「ああ、いいやつだよ」とグッドウッドは答えた。「態度が気に入った。患者たちもあいつにならなじむだろう。請け合いだよ」

第二章

翌朝、三人は再び朝食で顔をあわせた。ローズ・グッドウッドがお決まりの質問をしたのを受けて、ソーンヒルは、ぐっすり眠れたし、いつでも仕事を始められる、と答えた。「診療所に案内して、常勤の職員に引き会わせるよ」とグッドウッドは言った。「もちろん、メアリ・ハンポールにもな。知りたいことがあれば、彼女がなんでも知っているよ。よかったら、歩いていこうか。近いんでね。チャドリーが、車を点検して、荷物を積み込みたいというんだ。おまえがチャドリーの作業を見てやってくれるだろう、ローズ？」

グッドウッド夫人は快く引き受けた。朝食をすませると、二人の男は出かけた。グッドウッドは通りかかる家を指さしながら住人のことを説明し、「ご覧のとおり、素敵な小さい町だよ」と言った。「ありがたいことに、近所に住んでるのもいい人たちだしね。患者も、ほとんどは手のかからない連中だ。たまに入院やら軽いインフルエンザがあるが、せいぜいそんなものさ。往診に来てほしければ、電話してくるよ。めったにないがね。出産予定のご婦人もいない。少なくとも今のところはな。それに、健康そのもののご婦人ばかりさ」

彼らは、ジョージ王朝風の家が並ぶハイ・ストリートに着いた。その通りを歩いていくと、グッドウッドは十四番地の家に向かって顎をしゃくった。ドアには、真鍮の表札がはめ込んであった。「ここがデリントンの家だ。商売仇がいるって言っただろ？　もっとも、ありがたいことに、さほどいがみ合ってもおらんがね。いいやつだよ。潔癖でお堅いところがあるがな。たぶん、仕事上の礼儀として、君のところに挨拶にくるだろう。そしたら、文学のことをしゃべらせてやったらいい。興味のありそうなことはそれくらいなんでな。その話になると実に詳しいんだ」

「うまくやりますよ」とソーンヒルは応じた。「でも、暇があるときにぼくが読む本といったら、医学の本ばっかりです」

「ここにいるあいだは、いくらでも暇があるさ」とグッドウッドは言った。間もなく、ハイ・ストリートから広い〝市場広場〟に出た。その中心には十字路があり、いずれの道にも店が列をなして並んでいた。「近頃じゃ、ここに市も立たなくなってな」とグッドウッドは言った。「駅周辺の区域に移ってしまったんだ。金曜になると、そこがすごく賑わうよ。さあ、着いたぞ」

彼らはかなり大きな家に着いた。ドアは、グッドウッドの名前が記された真鍮の表札が付いていて、開いたままになっている。玄関ホールに入ると、待合室がソーンヒルの目に入ったが、難しい顔をした患者が何人か座っていた。グッドウッドは、もう一つのドアを開けて、中に案内した。明るく快活そうな女性が机と椅子を拭いていた。「おはよう、ハンポールさん」と彼は言った。「ソーンヒル先生を連れてきたから紹介するよ。ここにいるあいだ、面倒を見てやってくれないか。調剤は君にすべて任せていいと言ってあるから」

「もちろん、精いっぱいお手伝いさせていただきますよ」メアリ・ハンポールは明るく応じ、「はじめまして、ソーンヒル先生。ロンドンからいらっしゃったのなら、パタムはきっといい休暇になりますわ」と言うと、如才なく雑巾を取り上げて出ていった。

「彼女以上のお手伝いはいないよ」ドアが閉まると、グッドウッドは言った。「彼女に用があるときは、机の上のそのボタンを押せばいい。診療時間によそへ行っていることはないからね。わしはただ、必要な処方箋を書いて、調剤室に置いとくだけだ。出発前に調剤室の場所を教えるよ。診察が終わると彼女が調剤を行って、患者が取りにくる頃には薬ができているというわけさ」

ソーンヒルが納得してうなずくと、グッドウッドはドアのところに行き、待合室にいる最初の患者の名前を呼んだ。入ってきたのは、おしゃべり好きの若い女で、鼻水をたらした小さい女の子の手を引いていた。母親は、子どもが腹痛を訴えて、食事をとろうとしないと説明した。食べ物らしい食べ物を最後に口に入れたのは二日前だという。なんとかなだめすかして、子どもに舌苔のできた舌を突き出させると、グッドウッドはいかにも医者らしく眉をひそめながら診察し、「ジョイはすぐよくなりますよ、アラードさん」と、調剤録に解読不能な言葉を走り書きしながら言った。「お宅に帰ったら、温かくするように。午後に薬を取りにきてください」

アラード夫人とジョイが出ていくと、特に重い病気などなさそうな人たちが立て続けに入ってきた。なかでも、昨日の晩も来た立派な老紳士は、今度はまた新しい泣き言を携えていた。グッドウッドは患者をなだめ、調剤録に短いメモを記入した。ソーンヒルが横から見ると、これは〝気休め調合薬〟だった。この紳士もまた、午後に薬を取りにくるよう告げられた。最後の患者にお引き取り願ったとき、まだ十時をまわったところだった。グッドウッドはシガレット・ケースを取り出し、ソーンヒルに差し出した。

「ありがとうございます。でも、たばこはやめたんですよ」ソーンヒルは首を横に振りながら応じた。「喫煙の習慣も最近は高くつきますし。吸わなくても平気なんです」

「そうか、好きにしたらいい」グッドウッドは、たばこを一本取り出し、火をつけながら言った。「わしはたばこなしではいられんがね。診療簿はこの引き出しに入っている。かばんは向こうのテーブルに置いてある。必要になりそうな物は、みなそこに入ってると思うよ。調剤録は、ハンポールさんが使えるように調剤室に置いておくように。これですべてさ」

　彼は調剤録を手にして立ち上がったが、不意に立ち止まって声を上げた。「おっと、忘れていた！　思い出してよかったよ！　トム・ウィルスデンを診たとき、残り二日分の薬しかないと言われたんだ。午後にサプワース・プレイスまで行ってもらっていいかね？」

「もちろんです」とソーンヒルは答えた。「追加の薬も持っていきますよ」

「君にとっても、訪ねるいい口実になるよ」とグッドウッドは言った。調剤録をもう一度開き、「T・ウィルスデン殿へ。同じ調合薬」と走り書きを加えると、「ハンポールさんなら、これで分かる」と言った。「君が出発するまでに用意してくれるよ。さあ、こっちへ来てくれ。調剤室を案内しよう」

　玄関ホールの反対側にある小さな部屋には、特に目を惹くものはなかった。作業台と流し台があり、グッドウッドが誇らしげに注意を促したように、十分な薬剤の在庫がある。「なんでもありだ！」彼は棚のほうに手を振りながら言った。「いざというときに困らないよう、常に気をつけているのさ。こんな土地じゃ、急ぎの際になんでも簡単に手に入るわけじゃない。さて、本題だ。午後にサプワース・プレイスに行くのなら、隣のフェインズのところに寄って、君のために用意した車を見てもらおう」

　自動車修理屋は文字通り診療所の隣だった。中に入ると、経営者は、工員たちと同じく地味につなぎ服を着た中年の男で、二人のところにやってきた。「おはよう、先生。まだ出発しないのかい？」

「一時間後には出発したいと思ってるよ」とグッドウッドは答えた。「ほら、フェインズ、彼が、以前話したソーンヒル医師だ。車が要るときは一台出してやってほしい。まず今日の午後、サプワース・プレイスに行くのに車が要る。たぶん、途中で一つ二つ寄るところもあるだろう」

「はじめまして、先生」フェインズはソーンヒルに言った。「ブルックウェイには何時に車をお回ししますか？」

「出発前には、どのみち診療所に来なくちゃいけないですから」とソーンヒルは答えた。「ここで車に乗りますよ。二時半頃ですね。ただ、そんな時間でウィルスデンさんのほうに差し支えがなければですが」

その質問を受けて、グッドウッドはうなずいた。「大丈夫だろう。それでいいかい、フェインズ？」

フェインズは、車と運転手を手配すると約束した。グッドウッドと代診医がブルックウェイに徒歩で戻ると、家は間近に迫った出発の準備で慌ただしい様子だった。車が玄関前に停まり、チャドリーが――口数の少ない年配の男だ――車に荷物を積み込んでいた。スーツケースと帽子箱のほかに、銃ケースとゴルフ・クラブがびっくりするほど大量に積み込まれていた。ローズ・グッドウッドが、旅の身支度を整えて出てくると、「あら、やっと戻ったのね、アラン」と言った。「あなたさえよければ、いつでも出発できるわよ」

「すぐ用意できるさ」と夫は答え、「忘れ物がないか、念のため確認するだけだ」と言うと、ローズとソーンヒルを車のそばに残して家の中に入っていった。「どうか気楽にお過ごしくださいね、ソーンヒル先生」と彼女は言った。「チャドリー夫妻がしっかりお世話してくれると思いますよ。来週にでも手紙を書いて、ご様子を知らせてくださいな。夫が住所をお知らせしたでしょうけど」

「ええ、アーネストホープのムーアズ・ホテルですね」とソーンヒルは応じた。「きっと書きますよ。お二人とも休暇を楽しんできてくださいい、グッドウッドさん」

「いつも楽しんでますわ」と彼女は言った。「アランは狩猟とゴルフさえできれば幸せだし、私は違う土地に行くのが楽しみなの。先生にとっても、ロンドンでの仕事のあとなら、きっといい息抜きになりますよ」

こんな折り目正しい会話も、グッドウッドが家から出てきたおかげで続ける必要がなくなった。

「万事よしだ!」彼は嬉しそうに声を上げた。「忘れ物もない。傘は持っただろうな、ローズ？ ほれ、前のときは――」

「ええ、後部座席のうしろの棚にありますよ」と夫人は答えた。「では、行きますわ。さようなら、ソーンヒル先生」

グッドウッドは運転席に座った。「戻ってくるまで患者を殺さんでくれよ、ソーンヒル。元気でな！」互いに手を振って、別れの挨拶をすませると、車は門から道へと走り去った。

ソーンヒルは、口数の少ないチャドリーの給仕で昼食をとった。食事を終えてすぐ、診療所に歩いていくと、外のドアは閉まっていた。呼び鈴を鳴らすと、ハンポール夫人が出てきた。「あら、先生ですか！」彼女は歓迎するようににっこり笑って言った。

「ええ、いよいよ仕事です、ハンポールさん」とソーンヒルは応えた。「診療室に行って、診療簿を見たいんです。そのあと、サプワース・プレイスに行く予定です。ウィルスデンさんの薬瓶をいただけますか？」

　彼女はうなずいた。「みんな調剤室に用意してありますわ。ほかになにかございますか？」

「とりあえずは、それでけっこうですよ。ありがとう、ハンポールさん」とソーンヒルは答えた。

「もちろん、六時には診察のためにここに戻ってきます」彼女は二階の自分の部屋に行き、ソーンヒルは診療室に入っていった。彼は、二時半きっかりに、グッドウッドの診療かばんを持って外出した。

自動車修理屋には、車が一台、愛想のよさそうな若い運転手とともに待っていた。「サプワース・プレイスに行きたいんです」ソーンヒルは乗り込みながら言った。「行き先はご存じですよね」

「もちろん知ってますよ」と運転手は答えた。「この土地のことはご存じないんですね？」

「昨日の晩に初めて来たんです」とソーンヒルは言った。「道すがら、面白い場所があったら教えてくださいね」

　運転手は快く引き受けた。もっとも、こんな田舎では、特に面白いものもなく、三マイルほど走ると、小さな村が見えてきた。「あそこがサプワースです」と運転手が言った。「向こうの丘の上に教会が見えますよね。大きな邸が反対側にありますが、ここからだと木に邪魔されて見えません」

　車は典型的な英国らしい村を走り抜けていった。盾形の紋章に〈スプロウストン・アームズ〉という銘のある看板を掲げた、半木造の酒場を通りかかると、運転手は指さしながら言った。「あれはスプロウストン卿の紋章です。あの大きな邸も彼の所有物だし、誰に訊いても、村の建物の大半はそうですよ。でも、卿はもう長いこと、ここには住んでないし、ぼくもほとんど憶えていません。あの大きな邸も、ウィルスデンさんが数年前から住むようになるまで、誰も住んでなかったんですよ。それまでは荒れ放題でしたが、今は見違えるようになりました。さあ、門に着きましたよ」

門は開いていたので、車はそのまま並木道に入っていった。しばらくその道を走っていくと、ようやくサプワース・プレイスが見えてきた。大きな堂々とした邸で、建築物としては特に見るべきものはないが、テラスや芝生に囲まれた正方形の建物だ。以前は荒れ果てていたとしても、現在の住人は見事に改善を加えていた。彼らの車が広い車寄せに停まると、ソーンヒルは、車がもう一台停まっているのに気づいた。

彼は、かばんを手にして車を降り、呼び鈴を鳴らした。やけに慇懃な態度の執事がドアを開け、ソーンヒルは自分の名を告げると、「ウィルスデンさんの往診に伺いました」と言い添えた。「グッドウッド先生がご不在のあいだ、代わりに診療業務を受け持たせていただいている者です」

「承りました」と執事は応じた。「こちらへどうぞ」執事は玄関ホールを横切り、ソーンヒルがあとに続いた。執事は羽目板張りのドアを開くと、「奥様、ソーンヒル先生でございます」と告げた。

ソーンヒルが居間に入っていくと、中年の女性が座っていた。この人が、グッドウッド医師が話していたミルボーン夫人だな。背が高くて細身、グレーがかった髪に、なにやらいかめしい顔つきをした女性だ。ソーンヒルは、彼女が品定めするように自分を一瞥したのに気づいた。「こんにちは、先生」彼女は、温かい歓迎の気持ちなど微塵も示さずに言った。「兄はいま、先約が入っておりましてね。こちらへお座りくださいな。先生のことはグッドウッド先生からお聞きしてましたし、いずれいらっしゃると思っていました」

十月にしては季節外れの暖かい日だけど、ミルボーン夫人ときたら、場の空気を寒々と凍えさせそうな態度だな。部屋の調度も同じように堅苦しいし、なにもかもが潔癖かつ厳格、あまりに整然と並んでいるじゃないか。これがミルボーン夫人お気に入りの居間だとは、すぐに想像がつく。ソーンヒルは、足元に置いたかばんを過敏に意識し、そのみすぼらしい革製品が、この整然さの模範のような部屋ではひどく場違いに感じられて、言うべき言葉を思いつかなかった。彼はようやく、グッドウッドが訪問の口実のことを言っていたのを思い出した。「はじめてまかり越しましたが、ウィルスデンさんのお薬が切れかかっているとうかがいましたので」

「おや、そうですか?」ミルボーン夫人は、そんな細かい話はどうでもいいと言わんばかりに答えた。「確かに、グッドウッド先生は、兄への薬の支給状況はよくご存じでしたわね。先生が処方する薬は、兄にはさほど効き目があるように思えませんけれど。薬を飲んでも、一日じゅう気分が悪いようですもの」

「ぼくなら、ご不快を軽減してさし上げられるかもしれませんよ」とソーンヒルは思い切って言った。

「そうかしら」彼女は委縮させるような物言いで応じた。「お若い方はみな、年長者のやり方を改善できると早計に思いがちですわ。私の記憶が正しければ、グッドウッド先生のお話だと、あなたはたかだか三十二歳だそうですね。あなたの医師としての経験は、まだ限られたものだということですよ、ソーンヒル先生」

「経験は積みたいものです」ソーンヒルは淡々と言った。「ウィルスデンさんが罹っている病気は、ぼくもたくさん診てきました。病院やいろんなところでね。治療法も一生懸命学んできましたよ」

「まさにはやりの手法ね」とミルボーン夫人は応えた。「兄は、不快感を伴うような治療を受けろと言っても、聞きませんよ。グッドウッド先生は――」

夫人の言葉は、ドアが開いたことで中断された。見るからに機敏で、油断のなさそうな中年男性が入ってきた。手にした当世風のアタッシェ・ケースは、ソーンヒルのみすぼらしい黒かばんとはあまりに対照的だ。彼が姿を見せると、ミルボーン夫人の態度は一変し、努めて好意的な笑顔を見せようとまでした。「じゃあ、トムとの話は終わったんですね、ラヴロックさん？　あら、そんなに慌てて帰らないでくださいな。お茶でもいかがですか？」

しかし、ラヴロックは首を横に振った。「ご好意はまことにありがたいですが、これにて失礼させてください、ミルボーンさん。依頼人との約束がありますので、事務所に戻らなくては」彼は口を閉ざし、ソーンヒルのほうを探るように見た。

「つれない方ね、ラヴロックさん！」ミルボーン夫人は茶化すように言うと、彼の視線に気づいた。「この方が例のソーンヒル先生です。アラン・グッドウッドの代診医ですわ」

ラヴロックは、握手の手を差し出しながら、ソーンヒルのほうに一歩歩み寄ると、「はじめまして、先生」と親しみを込めて言った。「グッドウッドから、あなたが不在中の代理で来てくれると聞いていましたよ。いずれ私のところにも寄ってください」

執事が入ってきて、「ウィルスデン様が、ソーンヒル先生にお会いするとのことです、奥様」とおごそかに告げた。

「どうぞ行ってくださいな、先生」とミルボーン夫人は言った。「でも、お帰りになる前に、兄の容体についてご所見をお聞かせください」

ソーンヒルはかばんを取り上げ、執事のあとについて部屋から出ると、玄関ホールを横切って、もう一つの部屋に向かった。執事がドアを開けた。「ソーンヒル先生がいらっしゃいました」ソーンヒルは、今出てきた部屋とはずいぶん趣の違う部屋に入っていった。大きな部屋だし、調度も居心地よくしつらえられていて、なんだか、ゆったりした事務室という感じだ。暖炉には小さな火が燃え、その前に大きな肘掛椅子があり、ウィルスデン氏が座っていた。妹と同じく、彼も細身で筋張った体型だったが、二人の似たところはそれだけ。少しやつれてはいたが、目鼻立ちのはっきりした印象的な顔つきであり、口とあごには妥協を知らない意志の強さが表れている。口を開くと、低い声には温かさがこもっていた。「どうぞこちらにお座りください、先生。お会いできてうれしいですな。お待たせしたのなら申し訳なかったが、弁護士と話があったものでな」

「こちらにお伺いして、まだ二、三分ですよ」とソーンヒルは答えた。「グッドウッド先生から、往診に行ってほしいと言われまして。お薬がもうすぐなくなるとお聞きしましたので、新しい薬瓶を持参いたしました。お具合はいかがですか？」

「さほど元気でもない」とウィルスデンは答えた。「今日はあまり調子がよくないんだ。調子のいい時があるかと思うと、腹部にひどい不快感を覚えたりする。厄介な代物だが、どうにもならん」

「ぼくでお役に立てればと思います」とソーンヒルは言った。「ぼくにとっては初診ですので、少し質問させていただいていいですか？」

「なんでも訊くがいい」とウィルスデンは答えた。問診をしながら、ソーンヒルは患者を注意深く診察したが、次第に表情が厳しくなっていった。「グッドウッド先生は、専門医に診てもらうよう申し上げませんでしたか？」彼は穏やかに尋ねた。

ウィルスデンは苦笑した。「よく言われたよ。だが、わしにはわしなりの考えがある。アラン・グッドウッドにできないことが、専門医にできるとでも？　見ず知らずの医者なんぞより、彼のほうがわしの症状がよく分かっとるさ。それに、専門医なる連中のことはよく知っとる。法外な料金をふっかけて、高尚なたわごとをしこたましゃべるんだ。連中のやることときたら、そんなものだ」

「専門医が皆そうとは限りませんよ。本当です」とソーンヒルは言った。「たぶん、グッドウッド先生が申し上げたと思いますが、ぼくは普段、ロンドンで診療業務をしています。あなたと同じ病気を研究することに一生を捧げてきた、真に良心的な医師も知っています。その医者に診にきてもらえるよう、ぼくから頼んではいけませんか？」

「だめだ、許さん！」ウィルスデンは、きっぱりとした口調で言った。「無駄だよ、先生。その件は、アラン・グッドウッドともさんざんやり合ったんだ。いい加減分かってくれたまえ。これ以上、この話をするつもりはないからな。君の言う医者が来たところで、なにをぬかすかは先刻承知だ。ロンドンのどこかのおぞましく不快な場所に入院させ、わしを常時監視下に置くとぬかすのさ。そんなものはまっぴらごめんだ。料金はおろか、そいつの時間も手間も浪費にしかならん。悪いが、その話はもうやめてくれ」

「あなたのご希望次第ですよ、ウィルスデンさん」とソーンヒルは言った。「いま申し上げたような提案をしたのは、義務でもありますので。グッドウッド先生は食事制限を勧めたそうですね。厳格に守ってらっしゃいますか？」

「もちろんだ。少しでも気分が悪ければ、いやおうなしにだがな」とウィルスデンは答えた。「たとえばだ。今日の昼食は、煮魚が少しにワインを一杯、それだけだ。こんなひどい食事制限こそ、わしを滅入らせているのだ」

ソーンヒルは首を横に振った。「食事制限をやめれば、もっと気分が悪くなりますよ。ぼくがあなたでしたら、やはり軽い食事をとっていたでしょう。それと、ベッドでお休みになったほうが、ずっと落ち着くとは思いませんか？」

「思わんな」ウィルスデンはぴしゃりと言った。「さあ、先生、お互い理解しあうことが大事だ。わしは先生の処方する薬を飲むし、然るべく食事制限もする。だが、わしの日常習慣を変えろと言うつもりなら、またここに来てもらっても時間の無駄だぞ。君にとっても、わしにとってもな。分かったかね?」

「よく分かりました」とソーンヒルは言った。「ご不興を買うのを承知のうえで、ぼくのほうも分かっていただきたいことがありますよ、ウィルスデンさん。ベッドでお休みにならなくてはいけません。それと、すぐに専門医に診てもらうことです。そう申し上げる以外に、ぼくにできることはほとんどありません。きっと、次はお呼び出しがあるまで、往診に伺わないほうがよろしいんでしょうね」

ウィルスデンは、おおらかな表情で彼を見た。「患者の扱い方なるものをまだ心得ておらんようだな、先生。そう、わしは扱いの難しい患者なのさ。アラン・グッドウッドが何度もそう言っとったよ。だが、わしの言うことを律儀に受け止めなくていい。なにはともあれ、また来てくれたまえ。わしの症状を改善してくれる薬をくれるのなら、心から感謝する。本当だとも。だが、ここに来ても、これ以上馬鹿げたことは言わんでくれ」

「なにが馬鹿げたことか、お互い意見が違うわけですね」とソーンヒルは言った。「ご希望とあれば、またお伺いさせていただきます。さしあたりは、グッドウッド先生の処方を改めることはできません。持参した薬瓶をお渡しします」

「ありがたいことだ」とウィルスデンは言った。「最後の薬は、昼食後に飲んでしまったのでな」ソーンヒルが黒いかばんを開けて瓶を取り出すと、ウィルスデンは横の押しボタンを押し、「この瓶を食堂に置いといてくれ」と、執事が来ると言った。「先生には、空になった瓶をお渡ししてくれ。そのほうが先生も助かるだろう。では、ごきげんよう、先生。また来てくれたまえ。来週の初めにでもな、いいかね？」

第三章

ソーンヒルは執事と一緒に部屋を出た。「ミルボーン夫人が、また話をしたいと言ってましたね」

ドアが閉じると、ソーンヒルは言った。

「存じております」と執事は応じた。彼は居間のドアを開けると、ソーンヒルを招じ入れた。ラヴロックはすでに帰り、ミルボーン夫人ひとりだった。「どうぞ、先生」と夫人は言った。「兄を診ていただけましたか？　ご所見は？」

「ウィルスデンさんの病状は重篤です」とソーンヒルは答えた。「しかし、ぼくにはどうにもできません。忠告は申し上げましたが、きっぱりと拒まれてしまいました。ご自身が思っておられるより、症状はずっと重いというのが、ぼくの診断です」

彼女は、信じられないという表情で彼を見た。「ちょっと見方が厳しすぎるんじゃありませんか？　グッドウッド先生が、ほんの一昨日いらしたときの話では、兄は思ったよりよくなっているとのことでしたよ」

「ウィルスデンさんの病気は、そのときから悪化に転じたに違いありません」とソーンヒルは応じた。

「もう一度申し上げますが、症状は重篤ですし、ベッドで休むべきです。間違いなく、すぐ専門医に診てもらうべきでしょう。そう申し上げたのに拒まれてしまった。あなたからも説得していただけませんか、ミルボーンさん」

「説得ですって?」と彼女は繰り返した。「兄をご存じだったら、説得できる者など誰もいないと分かるはずですわ。命を危険にさらしてでも、自分の流儀を貫く人です。ところで、命が危ないというのは間違いないんですね」

「すぐに危ないとまでは」ソーンヒルは心もとなげに答えた。「でも、あなたに事実を隠すわけにはいきません。ウィルスデンさんの症状からすると、にわかに危険な状態になることもあり得ます。ぼくの判断でできるなら、すぐに救急車を呼んで入院させますよ。病院なら、容態が急変しても、すぐに外科手術ができるように設備は整っていますから」

ミルボーン夫人は首を横に振った。「そんなことを許容するくらいなら、みずから命を危険にさらす人ですわ。見込みのないことを言い立てても無駄というものですよ、ソーンヒル先生。どうするのが一番よろしいですか?」

「食事制限を厳格に守ることです」とソーンヒルは答えた。「それが第一に必要なことです。ウィルスデンさんは、ワインを飲んだとおっしゃってましたが、牛乳のほうがはるかに無難でしょう。それと、グッドウッド先生が処方した薬をきちんと飲まなくては。ぼくが持参した新しい薬瓶は執事に渡しておきました」

「ともあれ、薬は飲むようにさせますわ」とミルボーン夫人は言った。「でも、好物のラインワインをあきらめて、牛乳を飲ませるのは見込み薄ですね。それに、初めて診察されたばかりですし、先生の危惧も大袈裟じゃないかと思えてなりませんわ。今よりずっと重篤だったこともありましたが、いつも一両日もすれば良くなったものですよ」

「今度もそうなってほしいものです」とソーンヒルは応じた。「では失礼します、ミルボーンさん」部屋を出て玄関ホールに行くと、執事が空の薬瓶を持って待っていた。ソーンヒルは瓶を受け取り、黒いかばんに入れた。執事が玄関のドアを開けると、ソーンヒルの目に入ったのは、自分が乗ってきた車だけ。彼は車に歩み寄り、乗り込んだ。「ぼくがウィルスデンさんと話しているあいだに帰られた方はどなたですか?」と彼は尋ねた。

「パタムのラヴロックさんです」と運転手は答えた。「弁護士ですよ。事務所はハイ・ストリートにあります。グッドウッドさんとは親しい間柄で、よく一緒にゴルフに出かけるところを見ますね。ほかに行きたいところはありますか?」

「さほど遠回りでないなら、ブリックフォード・ハウスに寄りたいですね」とソーンヒルは言った。

「せいぜい半マイルですよ」と運転手は応じた。車は、来た道とは違った道に向かっていった。数分後に、運転手は、小さな村のはずれに来ると、ブリックフォード・ハウスを指さした。車は玄関前につけ、ソーンヒルは降りて呼び鈴を鳴らした。若い娘がドアを開けた。きれいで身なりもきちんとした娘だったが、見慣れない客が来たのに驚いた様子だ。

「ポンフレットさんはご在宅ですか?」とソーンヒルは訊いた。「ぼくは医師のソーンヒルといいます。グッドウッド先生がご不在のあいだ、代診医を務めている者です。この機会に、患者の皆さんにご挨拶に伺ってるんですよ」

「あら、そうですか。伯母ならおりますわ」と彼女は応じた。「どうぞお入りください、先生。お目にかかれば伯母も喜びますわ」快適そうな部屋に案内されると、ポンフレット夫人が編み物をしながら座っていた。「ソーンヒル先生ですわ、伯母様」と娘は言った。「グッドウッド先生がご不在のあいだ、代診をしておられるんですって」

「ご挨拶にお伺いしただけなんです、ポンフレットさん」とソーンヒルは言った。「サプワース・プレイスに行ってきたところですが、パタムに戻る途中でお寄りしようと思いまして。お邪魔でなければよろしいのですが」

「とんでもない」ポンフレット夫人は鷹揚に答えた。「ありがたいお気遣いですこと、先生。話し相手に来ていただくのは、いつでも嬉しいことです」娘はドアを閉めて部屋から出ていった。「姪のベティです。同居しておりますの」ポンフレット夫人は話を続けた。「家政婦が出払ってますので、姪が玄関に出たんです。グッドウッドご夫妻は休暇に出発されたんですか?」

「今朝のことです」とソーンヒルは言った。「ヨークシャーに向かっているところですよ。グッドウッド先生の話だと、神経炎をお患いとのことですね。最近またひどくなってますか?」

「ありがたいことに、ずいぶんよくなりました」と彼女は答えた。「ここのところ、天気も暖かくて乾燥してますから。いつも、じめじめしてくると悪くなるんです。グッドウッド先生が錠剤をくれましたけど、今週は全然飲んでませんのよ。毎日、お庭で歩きまわってますわ。そうそう、サプワース・プレイスに寄ってこられたとか。ウィルスデンさんのお具合はいかが?」

「思わしくありませんでした」とソーンヒルは言った。「ミルボーンさんにも、そう申し上げたんですが」

ポンフレット夫人は首を横に振った。「あの方たちは月曜にお茶に来られました。そのときも、ウィルスデンさんはあまり調子よくなさそうだった。クレア・ミルボーンも、彼の面倒をみるのは大変だと思いますわ。彼は言っても聞きませんし、調子のいいときは、食べ放題飲み放題だから。ここでバターを塗ったパンにかぶりついていた様子をお目にかけたかったですわ！　ブルックウェイに住んでらっしゃるんでしょ、先生。パトリシアは家にいないのかしら？」

「パトリシアですって？」とソーンヒルは言った。「誰のことをおっしゃってるんですか、ポンフレットさん」

彼女は驚き顔で言った。「あら、ご冗談でしょ！　グッドウッド先生のご友人じゃありませんの？」

「今ではそうだと言いたいところですけど」とソーンヒルは答えた。「お会いしたのは、昨日が初めてです。お互いの取り決めは、手紙でやりとりしたもので。昨日の晩、ここに着くまでは、パタムに来たこともないんです」

「まあ、そういうことですか」ポンフレット夫人は納得したように言った。「それで、グッドウッド先生は、娘さんのことを言わなかったわけね？」

「なにも」ソーンヒルは穏やかに答えた。グッドウッドの奇妙な言葉が思い浮かんだ。初老の男が、三十も若い娘と結婚していけない理由はあるまい？　しかし、ポンフレット夫人は、妙に思わせぶりな口調で話を続けた。「パトリシアは最近、あまり家にいないからでしょうね。いても、そんなに会うことはありませんが、彼女とベティは付き合って何年にもなる友人です。でも、サプワース・プレイスにもよく来てますのよ。ウィルスデンさんは、彼女をずいぶん気に入ってるようですわ。あの方は、若くて賢い人が身近にいてほしいのよ」

ソーンヒルがゴシップに耳を傾ける様子はなく、「そのうち、ミス・グッドウッドにもお会いできるかも」と無頓着に言った。「パタムには、ひと月滞在する予定ですし。ひと月だけですけどね。ポンフレットさん、また痛みが襲ってきたら、すぐ知らせてください。いえ、どうぞお座りになったままで。お見送りはけっこうですから。さようなら」
彼は、そう言って家を出ると、車に乗り込み、ブルックウェイへの帰路についた。着いたのは四時半。チャドリーがお茶を運んできて、不在中に往診の依頼はなかったと告げた。パタムに持ってきた荷物の中には、ポータブル・タイプライターがあり、彼はお茶をすませると、それを書斎に持っていった。しばらくのあいだ、座ったまま眉間にしわを寄せながらキーを見つめていた。これは容易なことじゃないぞ。代診医というものは、患者の本来の主治医が誤診をしていたなどとは、おくびにも出したりしないものだ。彼はようやく、ためらいがちに手紙をタイプしはじめた。

拝啓　グッドウッド医師殿
今日の午後、ウィルスデン氏を診察しましたので、私の所見をお伝えしなければならないと思った次第です。氏の症状は、あなたが最後に診察されたときより明らかに悪化しています。きわめて危険とは言わないまでも、少なくとも、油断ならぬ状態にあると思います。ベッドで休み、すぐに専門医を呼ぶべきだと忠告したのですが、遺憾なことに、ウィルスデン氏は私の忠告をきっぱりとはねのけました。言い合いになった結果、そんな忠告をし続けるなら、もう来なくてもいいと言われてしまいました。ミルボーン夫人にも、私ならすぐにお兄さんを入院させると言って懇願したのですが、夫人の答えは、そんなことを兄に受け入れさせようとしても無駄だというものでした。
休暇中のところをお煩わせして、まことに申し訳なく思います。ウィルスデン氏が見ず知らずの者の忠告に耳を貸さないのは無理からぬことですし、私の診断が間違っていることだってあり得るでしょう。しかし、私はウィルスデン氏の病状が重篤だと確信しています。ところが、実感のある痛みを伴わないため、理解していただけないのです。
お分かりと思いますが、この件については、私はまったく無力なのです。しかし、大切な友人から説得されれば、ウィルスデン氏も折れるかもしれません。まことに恐縮ですが、一日なりとも当地にお戻りいただき、診察を行っていただけないでしょうか。私の診断が正しいとお分かりになれば、一定の措置が必要との判断をされ、ウィルスデン氏にも、これを受け入れるよう説得していただけるものと思っております。どうかお願いいたします。

敬具

ソーンヒルは、タイプライターから紙を引き抜き、慎重に読み直した。確かにグッドウッドの癇に障るような言い方はしていないな。彼は「スティーヴン・ソーンヒル」と署名し、紙を畳んで封筒に入れ、宛先を書いた。月曜にならないとグッドウッドには届かないだろうな。だが、どうにもできまい。彼は、診療所に行く途中で手紙を投函した。

診療所での夕方の診察は、午前と同じことの繰り返しだった。患者はやや少なかったが、おそらく早じまいの日だったから、ほかに楽しみがあるのだろう。ソーンヒルは、調剤録に載っているグッドウッドの処置にならって、処方箋を二、三通書いた。七時には仕事もすべて片づき、ブルックウェイに徒歩で帰った。一時間後にチャドリーが夕食を出してくれた。

ソーンヒルは、診療簿を持ち帰っていたので、夕食後に書斎で目を通した。そこに書かれたメモは少し混乱していた。さほど重くもない患者については、明らかに情報が断片的だ。しかし、少なくとも、仕事を引き継ぐ者への大まかな目安にはなっている。彼は、簿冊を脇に置くと、本棚にある医療関係の書籍にざっと目を通したが、いずれもやや時代遅れの本のようだった。とはいうものの、その中から一冊取り出し、ページを繰って読みはじめた。

玄関ホールで電話が鳴るのが聞こえたので、電話に出ようと立ち上がった。しかし、チャドリーが先を越して電話に出たのが分かった。間もなくドアが開き、チャドリーが入ってきた。「ミルボーン夫人からお電話でございます。急ぎお話ししたいそうで」

ソーンヒルは、あたふたと部屋を出て、受話器を取ると、「医師のソーンヒルです」ときびきびと話した。

「すぐにおいでいただけますか、先生?」ミルボーン夫人の動揺した声が聞こえた。「兄の具合が悪いんです。急いでますので、お迎えに車を向かわせますわ」

「ありがとうございます、ミルボーンさん」とソーンヒルは答えた。「もちろん、すぐ伺いますよ」受話器を置くと、彼は時計を見た。九時十五分。いったん書斎に戻ったが、午後の往診のあと、黒いかばんをそこに置いたからだ。診療所に置いていかなくてよかったな。彼がかばんを手にして出てくると、玄関の呼び鈴が激しく鳴った。上着と帽子を身につけ、ドアを開けると、運転手が戸口の上り段のところに来ていた。「私が医師のソーンヒルです」とソーンヒルは言った。「急ぎましょう」運転手がロールス・ロイスのドアを開け、ソーンヒルはあたふたと乗り込んだ。

運転手は、明らかに火急のことだと申しつけられていて、運転席に飛び込むと、すぐに車を発進させ、強力なヘッドライトで暗闇を切り裂いた。車は門から道路へと走りぬけ、どんどん速度を上げていった。サプワースまでの三マイルは、優に五分以内で駆け抜けてしまった。息つく暇もない走行のあと、運転手はブレーキを踏み、車はサプワース・プレイスの正門前に停まった。

ソーンヒルは、かばんを手にして、車から飛び出した。玄関のドアは大きく開かれていて、執事が戸口に立っていた。いつもは冷静な執事も激しく動揺していて、ソーンヒルの帽子を受け取るのも失念してしまった。「こちらでございます！」と大声で言うと、急ぎ足に案内した。ソーンヒルは、あとに続いて玄関ホールを横切り、幅広の階段を上がると、二階の寝室のドアが開け放たれていた。

煌々(こうこう)と明かりの照る部屋で、ウィルスデン氏はベッドに寝ていた。弱々しくうめき声を発し、ミルボーン夫人がかがみこんで様子を見ていた。彼はディナー・ジャケットを着ていたはずだったが、それは今、ほかの衣服とともに、椅子の上に乱雑に積み重ねられている。ソーンヒルは、そんなありさまをひと目で把握すると、ベッドに近づいていった。「突然だったんです、先生！」ミルボーン夫人は、急きこむようにささやいた。「夕食後のことなんです。とても元気そうだったのに。どうしたらいいんでしょう？」

ソーンヒルは、厳しい表情をしたまま、なにも答えなかった。彼はふとんをめくり、ウィルスデンの腹部を触診した。病人は見るからに激しい苦痛に耐えていたが、ほとんど意識がなく、ソーンヒルに気づかない。ただ、ソーンヒルが指で腹部をそっと圧す時だけ、うめき声が大きくなる。ソーンヒルは、ふとんをかけ、かばんを開いた。そこから皮下注射器を取り出すと、小さな瓶から中身を充塡し、ウィルスデンの腕に注射した。「これで痛みが軽くなるでしょう」静かにそう言うと、ベッドの端に腰かけ、患者の脈をとった。「ミルボーンさん、こうなった状況は？」

「ほんとに突然だったんです」と彼女は答えた。「夕食の前は、いつものようにとても元気でした。先生が馬鹿げたことばかり言いおった、アラン・グッドウッドが唆(そそのか)したんだろう、って言ってましたわ。あんなくだらん話には耳を貸さん、腹が減ったが、一日に煮魚を二度も食べたりはせん、ちゃんとした夕食を食べて楽しむんだ、って。なにを言っても無駄でしたわ」

「夕食はなにを食べましたか？」ソーンヒルは厳しく問いただした。

「私と同じものです」と彼女は答えた。「シタビラメの焼き魚、ローストチキン、野菜、アップル・タルト、それにチーズです。ラインワインも一、二杯。間違いなく夕食に舌鼓を打ってましたわ」

「食べているときはそうでしょう」ソーンヒルは冷ややかに言った。「食後に薬は飲みましたか？」

「と思いますわ」と彼女は答えた。「それはいつもきちんとしてました。飲んだところは見てませんが。兄がポートワインと葉巻を楽しんでいるところで、食堂から出てしまいましたから。それから少しして、兄が客間にいる私のところに来たんです。体を折り曲げんばかりで、ほとんど立っていられない様子でした。痛みがひどいから、寝室に行くと言いましたわ。執事を呼んで、二人で兄を二階に連れていき、服を脱がせました。そしたら、またひどくなったようなので、先生にお電話したんです」

ソーンヒルはなにも言わなかった。ウィルスデンをひたと見据えていたが、もはやうめき声も発さず、静かに横たわっているだけだ。数分が経過した。ソーンヒルは弱まっていく脈をとっていたが、「もはやなすすべはありません、ミルボーンさん」とようやく言った。「お兄さんはもう手の施しようがありません。午後に診察したとき、潰瘍が進行した段階にあると確信しました。軽率におとりになった夕食のせいで、胃腸に穿孔を生じたんです。こうなっては、手術をしてももう手遅れでしょう」

「確かに虫の息ですわ！」彼女は激しい口調で言った。「ああ、先生、この人がこんなに頑固でなかったら！　先生やグッドウッド先生の忠告を聞いてさえいれば！　なんて情けないこと！」

やはりソーンヒルはなにも言わなかった。脈をとっていたが、その脈も途切れがちになり、ついに止まった。すると彼は立ち上がり、「心からお悔やみ申し上げます、ミルボーンさん」と言った。「ご臨終です。お兄さんは亡くなられました」

　夫人は、なにか妙な衝動に駆られて、電気のスイッチにゆっくりと歩み寄ると、まばゆい明かりを消し、ベッド脇の光の弱いランプだけにした。「先生にできることは、もうありませんわね、ソーンヒル先生」と言った。

「今となってはね」とソーンヒルは答えた。「もちろん、一定の手続きはありますよ。明日の午前にまたまいります。運転手にパタムまで送ってもらってもよろしいですか？」

「ええ、けっこうですわ」彼女は気もそぞろに言った。「お出になるとき、執事に申しつけてください」

　ソーンヒルはかばんを持ち、「失礼します、ミルボーンさん」と礼儀正しく告げると、部屋を出ていった。一階に下りてみると、完全に静寂に包まれている。食堂のドアが開いているのを見て、中に入っていったが、すぐに出てきた。執事の姿はどこにもない。もっとも、玄関ホールに呼び鈴の押しボタンがあったので、ソーンヒルはそれを押した。すぐに執事がうしろのドアから出てきて、恭しく問いかけるように彼を見つめた。「残念ですが、ご主人は亡くなられました」ソーンヒルは静かに言った。「ミルボーン夫人は上の寝室におられます。パタムまで運転手に送っていただけるとのことでした」

「運転手なら、使用人控室に待機しております」と執事は応じた。「少々お待ちくださいませ」

　彼はさっき出てきたところに戻り、二分後にまた出てきた。玄関のドアを開けると、脇に寄ってソーンヒルを送り出した。車が外に着けていて、運転手がそばに待機していた。ソーンヒルが乗り込むと、車は走り去った。

ブルックウェイに着いたときは深夜をまわっていたが、チャドリーは彼を待っていた。「うちの先生は、帰りが遅いとき、いつもホット・ココアを召し上がりますので」と彼は言った。「ご用意させていただきました。サプワース・プレイスのほうは、特に問題はございませんでしたか?」

「大いに問題ありだよ」とソーンヒルは答えた。「ウィルスデンさんは亡くなった。ぼくが着いたときは、もう虫の息だったんだ」

「それは残念なことでございます」チャドリーは重々しく言った。「先生には、すぐお知らせなさいますか? きっとひどく驚かれるでしょう」

「いったいどうすれば、すぐに知らせられるんだい?」ソーンヒルは、もどかしげに問い返した。「アーネストホープという住所は聞いたけど、月曜にならないと着かないそうだよ。今夜どこに泊っているか知らないかい?」

チャドリーはかぶりを振った。「いえ、存じません。先生は、手紙の転送先として、ムーアズ・ホテルの住所を教えてくださっただけです」

「じゃあ、ぼくらには打つ手はないよ」とソーンヒルは言った。「明日の朝、到着後に受け取れるよう電報を打つけど、グッドウッド先生はご葬儀までに戻れそうにないな」

彼が書斎に入ると、しばらくしてチャドリーがココアを持ってきた。あのときに手紙を出しておいてよかったな。少なくとも消印があるから、あと知恵で書いたものじゃないと分かるもの。ココアを十分冷ましてから飲むと、彼はベッドに入った。

第四章

患者の死がいかに嘆かわしいことだろうと、通常の手続きをおろそかにすることは許されない。ソーンヒルが九時前に診療所に来ると、ハンポール夫人がもう来ていた。「おはようございます」彼はやや沈んだ様子で言った。「昨日は大変でした。サプワース・プレイスに往診で呼ばれて、目の前でウィルスデンさんが亡くなったんですよ。午後に診察したときに芳しくなかったから、できるかぎり忠告はしたんですが」

「ウィルスデンさんが亡くなった！」とハンポール夫人は声を上げた。「なんてことでしょう。グッドウッド先生もひどく悲しまれますわ。とても親しい友人でしたから。先生は病状が重いと思ってなかったのに。ビスマス剤で十分だと考えてたほどですよ」

「グッドウッド先生に罪はありませんよ」ソーンヒルはきっぱりと言った。「ウィルスデンさんは、受けた指示をまるで守らなかったんです。亡くなったのも、自殺行為と言っていい。ぼくの忠告どおり、すぐ入院してくれていたら、息災だったはずなのに」

次々と患者が出入りし、最後の患者の診察が終わった。ソーンヒルが帰り支度をしていると、ハンポール夫人が入ってきて、「ラヴロックさんがみえました」と告げた。「名前を告げれば分かるとのことでした。昨日お会いしたとかで」

ソーンヒルはうなずいた。「存じてますよ。ぼくに会いたいですって？　じゃあ、ご案内してください、ハンポールさん」

ラヴロック氏が入ってきた。きびきびと実務的な態度だ。「おはよう、先生。ここにおられると思いましたよ。今朝、ミルボーン夫人から電話があって、残念な知らせを受けました。すぐさまサプワース・プレイスに行き、お会いしてきましたよ。そこから直接来たんです。ちょっとお時間を割いていただいて、お話ししてもよろしいですか？」

「もちろんです」とソーンヒルは答えた。「確か、ウィルスデンさんの顧問弁護士でいらっしゃいましたね？」

ラヴロックはうなずいた。「そのとおりです。だからお伺いしたんですよ。弁護士の立場で質問したいことがありましてね、先生。ウィルスデンの死因は、本当に自然死だと納得しておられますか？」

ソーンヒルは彼を凝視した。「もちろんですよ！　ウィルスデンさんは、胃腸に生じた穿孔が原因で亡くなったんです。長期にわたる胃潰瘍に起因するものです。ぼくのほうこそ、なぜそんな疑いを持つのか、わけを訊きたいですね」

「疑ってなどいませんよ！」ラヴロックは激しく打ち消した。「昨日の午後、先生に診察していただいたのは本当に幸運でした。おかげで死亡診断書も出していただけますから。そうでなかったら、検死審問を開かなくてはならなかったし、無用な騒ぎを引き起こしていたはずです。ミルボーン夫人からお聞きしましたが、午前中にサプワース・プレイスに行くと約束されたそうですね」

「そのとおりです」とソーンヒルは答えた。「ウィルスデンさんの死因が自然死と納得しているか、とお訊きになったのはなぜですか?」

「訊かないわけにいかなかったんです」とラヴロックは言った。「理由をご説明しますよ。ウィルスデンの顧問弁護士として、氏の遺言書の内容は知っています。項目の一つで火葬を希望していましてね。その意味するところは、たぶん先生ならよくお分かりでしょう。先生の診断書だけでは足りません。一定の資格を有する医師の診断書がもう一通要ります。デリントンが私の事務所の向かいに開業していますが、彼ならその資格がある。彼に協力を求めてもよろしいですか?」

「もちろんです」とソーンヒルは答えた。「あなたからお話しいただけますか? 彼をご存じなのはあなただし、ぼくはよく知らないもので」

ラヴロックはうなずいた。「できるだけ早く彼の診断書をもらうように越したことはありません。片づけなければならん手続きは、まだいくつもありますからね。ミルボーン夫人の代理として、私がおおむね片づけますよ。チルカスターに火葬場があるし、所管局も知っています。葬儀屋の手配もやりますが、火葬は月曜に執り行うほうがいいでしょう。さて、ここからが私のお願いです。これからデリントンに会いに行くつもりですが、彼の都合がつけば、私の車でサプワース・プレイスまで連れていきますので、先生もそこで合流していただけますか?」

「分かりました」とソーンヒルは答えた。「フェインズの自動車修理屋から、いつでも車を出してもらえますので。話は変わりますが、『タイムズ』紙にウィルスデン氏の訃報を載せていただけませんか? 実を言えば、月曜にならないと、グッドウッド先生の居場所が分からないんです。きっと早く知りたいでしょうし」

「そう、確かに知りたいでしょうな」ラヴロックは意味ありげに言った。「できることはやりますよ。

ミルボーン夫人にもう一度お会いしてからですが。今日は金曜ですし、明日の朝刊に載せるとなると、ちょっと急な話ですね。だが、最善を尽くしますよ。うまくいけば、グッドウッドの目に留まるかも。さあ、もうおいとましなくては。では、先生、またあとで」

彼が診療所を出てしばらくすると、ソーンヒルは郵便局に足を運び、ムーアズ・ホテルのグッドウッド宛てに電報文をしたためた。とまれ、部屋がちゃんと取れているかを確認するのに、月曜より前にホテルに電話をかけてくることも一つの可能性といえる。「訃報　ウィルスデン氏　木曜の夜に逝去」という電文を打つと、フェインズ氏のところに行き、三十分後に車を出してもらうことにした。

サプワース・プレイスには、ラヴロックとデリントン医師の数分あとに着いた。ラヴロックは、彼をデリントンに紹介したが、医師は学者っぽい容貌をした、打ち解けない雰囲気のある男だった。「さあ、あとはあなたにお任せしますよ」とラヴロックは言った。「デリントンに遺体を検分させてやってくれますか、ソーンヒル先生」

彼らは寝室に赴いた。遺体は、ソーンヒルが最後に見たときのままだった。ソーンヒルは、前日の晩に来たときのことや、ウィルスデン氏とミルボーン夫人に忠告したことを説明し、「そのとき、病状が重いと告げたんです」と話した。「でも、お二人とも、その事実を信じていただけなかった。グッドウッド先生からも忠告してもらうよう、手紙も書きました。それから、晩に呼び出しを受けて再度ここに来ましたが、ぼくが着いたときは、ウィルスデンさんはもう手遅れでした。ぼくにできたのは、モルヒネを注射して、痛みを感じないよう麻酔をかけることだけだった」

「どうやら、グッドウッドは患者の診断を誤ったようだな」とデリントンは言った。

「誰も診断を誤ってはいませんよ。患者本人を別にすれば」ソーンヒルは怒りを抑えきれない様子で言った。「頑固すぎて忠告に耳を貸さなかったんです。それどころか、食事制限すら守ろうとしなかった。聞いたところでは、強靭な胃袋でも負担になりそうな夕食をとっていたんです。結果として穿孔を生じたのは当然ですよ。入院してくれていたら、適切な食事制限をしていたはずなのに。そうすべきだった。それなら、穿孔を生じても手術で助かったでしょう。でも、こんな状況では手の施しようがありませんよ」

「君を責めるつもりはないよ」デリントンは「君」を強調しながら言った。「ウィルスデン氏のことは、私はほとんど知らない。だから、今までここに来たこともなかった。さて、遺体を検分させていただこうか」

彼は死体を注意深く検査したあと、うなずいた。「君の診断のとおりだ。患者が胃腸に生じた穿孔が原因で死んだのは明らかだ。つまり、急性腹膜炎だな。そういう趣旨の死亡診断書を書くよ」

彼らが一階に降りると、ラヴロックが玄関ホールで待っていた。「一つだけ知りたいことがあります。まったく専門的な関心からですが」とソーンヒルは言った。「つまり、ウィルスデンさんは食後に薬を飲んでいたのか、ということですけど」

「執事なら答えられるだろう」とラヴロックは応じた。「呼び鈴で呼び出すよ」執事が現れると、ソーンヒルは同じ質問をした。

「お飲みになったはずです」と執事は答えた。「食堂にいらしていただけますか?」

執事のあとについていくと、彼は戸棚に置いてある薬瓶を指さし、「あれは、先生が昨日の午後にくださった薬瓶です」と言った。「そこに置いたときは中身がいっぱいでしたが、今見ますと、一服分減っています。その横に、薬を服用する際のグラスを置いておきましたが、使われたことは、洗って片づけるときに分かりました」

「それではっきりした」とソーンヒルは言った。「ビスマス剤は、あんな規則破りの食事のあとでは、効果がなかったんです」ラヴロックは瓶を取り上げ、ラベルを見た。そこには、ハンポール夫人の筆跡で「T・S・ウィルスデン殿。一日三回、食後に大さじ一杯分を服用のこと」と用法が書かれていた。ラヴロックは瓶を元の場所に戻すと、「ミルボーン夫人とちょっと話したいな」と言った。「デリントンをあなたの車で送ってやってくれませんか、ソーンヒル先生」

「もちろんです」とソーンヒルは答えた。「ここでの用事はすみました。先生さえよければ、いつでも大丈夫ですよ、デリントン先生」

「診断書を書くのに必要な詳細を教えてもらえればね」とデリントンは言った。「ウィルスデン氏のフルネームと年齢は？」

「トマス・スタンリー・ウィルスデンです」とラヴロックは答えた。「先月に五十三歳になったばかりです」

ソーンヒルとデリントンは連れだって出発した。「お願いがあるのですが」とソーンヒルはパタムに戻る途中に言った。「診断書の用紙を一枚いただけませんか？　グッドウッド先生がどこにしまってあるのか知らないもので。探しても見つからなかったんです」

「診断書用紙を使うことなど、あまりなかったのかもな」デリントンは少し意地悪く言った。「いいとも。たくさん持ってるよ。診療所まで来てくれれば、一枚差し上げよう。よければ、そこで記入してもらえばいい」

ハイ・ストリートのデリントンの家の前で車から降りると、彼が中に案内した。屋内はブルックウェイに比べればずっと質素で、診療室は家のうしろのほうにあった。診療室に入ると、デリントンは机を開け、白紙の用紙を二枚取り出し、「さあ、どうぞ」とソーンヒルに一枚渡しながら言った。「私が最初に記入していいかね?」彼は用紙の項目を読み上げながら書き込んでいった。

「故人の名前、トマス・スタンリー・ウィルスデン。申告による死亡日、十月十二日。申告による年齢、五十三歳。死亡場所、パタム近郊のサプワース・プレイス。死亡時の確認、ブランク。死後の確認、実施。検死解剖、実施せず。死因、急性腹膜炎。原因、慢性胃潰瘍と無分別な食事による症状の悪化」

それから、用紙に「C・J・デリントン。王立外科協会会員、王立内科協会資格授与者。パタム、ハイ・ストリート十四番地。十月十三日」と署名した。控えと依頼者への通知を書き上げると、立ち上がってデスクを指さした。「どうぞ座って、君のほうの診断書を書いてくれたまえ。そしたら、出かけるときにラヴロックの事務所に二通あわせて渡してくるよ。道のすぐ向かい側だからね」

ソーンヒルは、「死亡時の確認、実施」として、十月十二日という日付を記入した以外は、デリントンと同様に各項目を書き込み、「お手数をおかけしました」と言いながら署名した。

「いやいや」とデリントンは応じた。「なに、残念な機会ではあったが、こうしてお会いできてよかったよ。こちらにおられるあいだに、またお会いできればと思う。いつでも気軽に寄ってくれたまえ」

ソーンヒルは、招待に礼を述べてから、いとまごいした。もう昼食時間になろうとしていたので、彼はブルックウェイに徒歩で戻った。チャドリーは、町に住む寝たきり患者から、往診に来てほしい旨の伝言があることを告げた。「昼食をすませたら行くよ」とソーンヒルは答えた。「その患者の記録を調べておく時間も要るしね」

　昼食をすませると、彼は、徐々に悪化していくばかりの不治の病の患者を往診しに出かけた。その診察が終わると、診療簿を確認した上で、往診の時期が来たと思われる患者をほかに六人ほど往診し、午後はお茶の時間まで往診で費やした。六時少し前に、診療所に向かった。この流れにも慣れてきたな。彼は、ハンポール夫人と少しばかり話してから、一時間ほど外来患者の診察をした。ハイ・ストリートを徒歩で帰る途中、ラヴロックが事務所から出てくるところに出くわした。

「やあ、先生！」とラヴロックは声を上げた。「ちょうどいいところでお会いしましたよ。手続きの進捗についてお知りになりたいでしょう。いやはや！　丸一日かかりましたよ。サプワース・プレイスから戻ったら、診断書が二通届いていました。ありがとうございます。午後に、ミルボーン夫人に治安判事のところで宣誓の手続きをしてもらいましてね。それから、チルカスターに行って、火葬場の職員と葬儀屋に会ってきました。やっと手配をすませて、ホッとしてますよ。火葬は、月曜午後二時半に執り行われる予定です。先生も来ていただけるなら、私の車で一緒にどうですか」

「それは助かります」とソーンヒルは答えた。「グッドウッド先生が戻られないなら、ぼくが代理で出席しますよ。先生もきっと、代理で出てもらうことを望まれるでしょうから」

「でしょうね」とラヴロックは言った。「まったくなんてやつだ！　鉄砲玉みたいに行ってしまって、四日も連絡が取れないような住所を残していくとは！　いかにも彼らしいですが。できるかぎりのことはしましたよ。『タイムズ』にも訃報の電信を送りましたしね。明日の朝刊に載るかどうかは分かりません。載ったとしても、移動中なら目に留まらないかもしれないし。あとは運を天に任せるしかないでしょう。グッドウッドが戻ってこなければ、月曜の午後二時少し前に、ブルックウェイで先生を拾いますよ」

ソーンヒルは帰途に就いた。七時半に、チャドリーが夕食の用意ができたと告げた。「食事をすませたら、すぐ出かけるよ」とソーンヒルは言った。「夕方に症状のおもわしくない患者が来てね。いったん帰宅してもらって、今晩、往診に伺うと言ったんだけど、彼女に住所を聞いたら、町の反対側を少し行ったところなんだ。グッドウッド先生の自転車をお借りしたいけど、かばんも載せられるかな?」

「もちろんです」とチャドリーは答えた。「先生もよく使いますよ。うしろに荷台が付いてますので。タイヤの空気が入っているか確認してから、玄関前に出しておきますよ」

「ありがとう」とソーンヒルは言った。「そのときに、かばんも荷台に固定しておいてほしいな。書斎に置いてあるよ」食事をすませ、食堂を出ようとすると、電話が鳴るのが聞こえた。チャドリーが電話に出て、伝言を書きとり、部屋に入ってきた。「サプワースのスプロウストン・アームズの主人からのお電話でした。近所のお年寄りが心臓発作を起こしたようです。できるだけ早く来てほしいとのことで、お伝えすると申し上げました。自動車修理屋に連絡して、車を寄こさせますか?」

ソーンヒルは眉をひそめた。「こんな時間だと、運転手を見つけるのに時間がかかるだろうな。たぶん自転車で行くほうが早いよ。サプワースへの行き方は、もう覚えたからね」

「自転車の用意はできております」とチャドリーは応じた。「かばんも載せておきましたよ。ライトをつけてきましょう」

「じゃあ、サプワースに先に行って、帰りにもう一人の患者を往診するよ」とソーンヒルは言った。「しばらく外出するけど、起きて待っている必要はないよ。鍵は持ってるし、自分で入れるから」

彼は数分後に出発した。チャドリーは、食堂を片づけ、台所に入っていくと、「代診の先生は忙しくなったよ」と妻に言った。「自転車でサプワースに出かけたけど、そのあとにもう一つ往診があるそうだ。だが、起きて待っていなくてもいいとさ。わしらが寝る前に戻ってこなかったら、魔法瓶にホット・ココアを入れておくよ。好意的に受け止めれば、わしらに手間をかけさせたくないのさ」

「今までお仕えした人たちとは違うわね」チャドリー夫人も同じ意見だった。「いつも、ああだこうだと要求されてばかりだったもの。あの方が来てからというもの、ほとんど気を遣わなくてすんでるわ」

「悪い人じゃないね」と夫は言った。「だが、ウィルステデンさんが亡くなったと聞いたら、先生はなんと言うかな。そんなに具合が悪いと知ってたら、旅行に出たりしなかったろうに」

彼らは席に座って夕食をとり、一時間ほどはなにごともなく過ごした。それから、台所の暖炉の前でくつろいでいると、玄関の呼び鈴が鳴った。「代診の先生が戻られたかな？」とチャドリーが言った。「だが、なんで呼び鈴を鳴らすんだ？　鍵は持ってると言ってたのに」彼は席を立ち、玄関ホールの明かりをつけ、玄関のドアを開けた。

そこにいたのはソーンヒルではなく、パトリシア・グッドウッドだった。背の高い美しい娘で、身なりもしゃれていて、毛皮のコートを着ている。「あら、チャドリー！」彼女は入ってくるなり、元気に声を上げた。「驚かせちゃったかしら？　予定が突然狂って、行くところがなくなっちゃったのよ。それで、しばらく家に戻ろうと思って、ロンドンからの最終列車に乗ってきたわけ」

「驚きましたよ、お嬢さん」とチャドリーは応じた。「お帰りになるとは思いもよりませんでした。でも、お荷物は？」

「あら、大丈夫よ」と彼女は言った。「駅にタクシーがいなかったものだから、歩いてきたの。駅でノープスと会って話したら、三十分ほどで仕事が終わるので、荷物も持ってきてくれるって。お父さんとお母さんは不在なんでしょ。昨日出発したって、手紙で伝えてきたわ。でも、代診の先生がおられるのよね？」

「グッドウッド先生たちは、昨日出発されましたよ、お嬢さん」とチャドリーは答えた。「ソーンヒル先生が来ておられますが、いまは外出中です。サプワースに往診に出かけているんです。例の知らせはご存じないでしょうね、お嬢さん？」

「なにも聞いてないわ」とパトリシアは言った。「あとで教えてちょうだい。お願いだから、なにか食べさせてほしいのよ。おなかぺこぺこなの。列車に食堂車がなくて。それと、奥さんに頼んで、部屋を使えるようにしといてくれるかしら」

　そのとき、彼女の声を聞いて、チャドリー夫人が玄関ホールにパタパタと出てきた。「おやまあ、お嬢さん！」と彼女は声を上げた。「こんなふうに突然戻ってらっしゃるとは、夢にも思いませんでしたわ。でも、お目にかかれてうれしいです。もちろん、お部屋は整えておきますよ。シーツは干しておきましたから、敷いておきますし、お湯も魔法瓶に入れておきますわ」

　彼女は急いで二階に上がり、チャドリーは台所に行った。彼は、スープの缶を開けながらも、この突然の帰宅に戸惑って頭が混乱しがちだった。ミス・パトリシアの食べ物はあるが、急なことで大した用意はできないな。代診の先生が戻ってくれれば、彼女にも仲間ができるわけだ。きっと仲良くなれるだろう。すると、例の知らせのせいで戻ってきたわけじゃないな。ご存じなかったんだから。まあ、どのみち代診の先生が伝えてくれるさ。帰省すると、よくサプワース・プレイスに行っていたから、さぞ動揺なさるだろうな。だが、グッドウッド先生ほどひどくは動揺なさらんだろ。

スープを温めているあいだに、チャドリーは食料戸棚を確かめてみた。パイが少し残っているのと、桃の缶詰がある。ミス・パトリシアなら、きっとこれで満足なさるだろう。彼は盆を置き、温まったスープを皿に移し入れると、盆に載せて客間に運んだ。パトリシアは、電気ヒーターをつけて、そのそばに座っていた。「こちらでお召し上がりになると思いましたので」と彼は言った。

「お腹がぺこぺこだし、どこで食べようとかまわないわ」と彼女は言うと、「おいしそうね」とスプーンを取り上げ、スープを夢中になって平らげはじめた。「行かないで、チャドリー。さっき言ってたお知らせってなんなの？」

「悪い知らせですよ、お嬢さん」チャドリーは、努めて慎重に言葉を選びながら言った。「ソーンヒル先生が、昨晩、サプワース・プレイスに往診に呼ばれまして」

「あら」と彼女は言った。「ウィルスデンさんがまた発作を起こしたのね？　かわいそうに、起こすたびに気の毒に思うわ。とても辛そうですもの」

「特にひどい発作だったんです、お嬢さん」チャドリーは重々しく言った。「ソーンヒル先生が戻られたのも、深夜過ぎでした。戻られたとき、ウィルスデンさんが亡くなったと言われたんですよ」

彼女は動きを止めてチャドリーを凝視し、スプーンは口に持っていく途中で静止した。「ウィルスデンさんが亡くなったですって？」彼女は、確かめるように、ゆっくりと慎重にしゃべった。そのあとは、ずっと押し黙ってしまったため、チャドリーはなにか言わないわけにいかなかった。「詳しいことは知りません。ソーンヒル先生がお戻りになれば、説明してくださるでしょう」

「ええ、そうね！」彼女はもどかしげに言った。「もちろん、そうでしょうよ。当然、父も知ってるわよね？」

「先生は、まだご存じありません」と言うと、チャドリーは難しい事情をなんとか説明した。「ソーンヒル先生がアーネストホープに電報を打ちましたが、月曜にならないと受け取られないでしょう」

パトリシアはスープの皿を脇に押しやった。「まあ！　冷めてしまったわ。もうなにもいらない。果物でもあればほしいけど、食事はもういいわ」

チャドリーは盆を台所に戻した。桃の缶詰を開けていると、妻が入ってきた。「ミス・パットにウィルスデンさんのことをお話ししたよ」と彼は言った。「無理もないが、食欲を失ったようだ。果物しかいらないとさ」

「まったく男ときたら！」チャドリー夫人は声を上げた。「旅疲れのところに、いきなり打ち明けたりしないで、夜ゆっくり休んでいただいてから話せばよかったのに、もう。動転して当たり前ですよ。お嬢さんがサプワース・プレイスの方たちとずっと親しかったことは知ってるでしょうに。さあ、ベッドは整えたし、お休みいただくのが一番ですわ」

チャドリーが客間に戻ると、ミス・パトリシアがたばこを手にし、神経質にスパスパとふかしている。目の前に桃を載せた盆を置かれても、ほとんど気づいていないようだ。それ以上話をしたくない様子だったので、彼はそのまま出ていった。数分後に再び玄関の呼び鈴が鳴ったので出てみると、荷物を持ってきてくれた赤帽（ポーター）のノープスだった。

最初にパトリシア、次にチャドリー夫妻が寝室に引き取った。そのときになっても、ソーンヒルは戻らなかった。

第五章

土曜の午前、昼少し前に、ロンドン警視庁（スコットランドヤード）の電話が鳴った。チルシャー州の警察本部長からで、警視監と話したいという。二人は、くだけた会話ができる程度のちょっとした知り合いだった。「おはよう」と警察本部長は言った。「支援がほしくて電話したんだ。実に妙な事件を抱えていてね。細かい点に踏み込むつもりはないが、どうやら殺人らしい。優秀なスタッフを派遣してもらえないかと思ってね」

「我々は、謳い文句どおり、常に市民のために仕事をしているのさ」と警視監は答えた。「派遣先はどこだい？」

「ここさ」と警察本部長は言った。「つまり、チルカスターだよ。一時五分にロンドン発の列車があるから、それに乗れば四時ちょっと前にこっちに着く。それに間に合うようなら、警部を一人、駅へ迎えにやって、現場に連れていくよ。それでかなり時間を節約できる」

警視監は時計をちらりと見た。「大丈夫、列車には間に合うよ。いいだろう。了解した。じゃあな」電話を切り、勤番表を確認すると、ワグホーン警視を呼び出した。スコットランドヤードではジミーと呼ばれている。「すまんな、ジミー」警視が来ると、警視監は言った。「週末は休暇の予定なんだろう。だが、チルシャー州警察が、すぐ支援要員を派遣してほしいというんだ。君のほかに要員がいなくてね。引き受けてくれるかい？」

ジミーは苦笑した。「そんなのは、もう慣れましたよ。なにが起きたんです？」

「殺人らしい」と警視監は答えると、「細かい点は聞いてないがね」と段取りを説明した。「手回り品は揃えてるんだろ。それなら、すぐに行けるはずだな。健闘を祈る！」

ジミーは時間を無駄にしなかった。必要なものを揃えるのに、さほど時間はかからなかった。ヤードの自分の部屋にいつも置いてあるからだ。当面の懸案について、部下の一人に指示を与えてから出発し、まだ数分余裕を残して列車に乗り込んだ。食堂車があると分かってホッとすると、そこで昼食をとった。どんな事件かも分からず、なんの計画も立てられないため、旅の間ずっと新聞を読んで過ごした。

チルカスター駅で列車を降り、改札口に歩いていくと、大柄な平服の男に呼び止められた。「失礼ですが、ヤードから来られた方ですか？」

「一発正解だよ」ジミーは快活に答えた。「警視のワグホーンだ。迎えにきてくれたのかい？」

相手の男はうなずいた。「ご高名はよく存じ上げております。州警察のフェアロップ警部と申します。外に車がありますので、よろしければ、すぐ出発しましょう。二十マイル以上ありますし、日もじき沈みますから」

ジミーに異存はなく、スーツケースを車に積み込むと、二人は出発した。最初は主要幹線道路の大渋滞に遭ったが、そこから外れると、曲がりくねった田舎道を進んでいった。フェアロップは、運転に慣れていて、かなりの速度で走り続けた。「どこへ向かってるんだい？」とジミーは訊いた。

「イェイヴァリー森というところです」とフェアロップは答えた。「少し前に森林組合が管理を引き継いで、植林を進めてきた森です。森林組合の小屋がいくつかあるだけで、特になにもない森です。昨夜、そこで火事がありましてね。組合の連中が駆けつけると、死体と燃え尽きた車を見つけたというわけです。死体は別にして、すべて発見当時のままになっています。死体というより、その残骸というべきかもしれませんが、それだけは最寄りの死体安置所に運びました」

「死体の残骸というと、すっかり燃え尽きていたということかい？」ジミーは暗に尋ねた。

「そうです」とフェアロップは答えた。「骨のほかは、黒焦げの肉片が少し残っていたぐらいでして。誰の死体かは見当もつきません。しかし、焼き殺されたのではないようですね。むしろ、火をつけられる前に死んでいたようです。頭蓋骨のてっぺんに、殴打されたらしいひどい亀裂があるんですよ」

三十分弱走ると、車は小さな町に入っていった。「ここがケンマイルです」とフェアロップが言った。「チルカスターからの支線の駅がありますが、列車の本数は多くないし、あっても、鈍行です。車で行くほうがずっと早いですよ。ここまでくれば、もうじきです。ほんの三、四マイルですよ」

町を抜けると田舎道に入っていったが、その道はしばらくはまっすぐだった。やがて、廃屋になったレンガ工場が見え、そこを過ぎると、針葉樹の植林地に出た。「ここからが森です」とフェアロップは言った。木々に挟まれた道が続く。半マイルほど行くと、フェアロップは急カーブに備えてスピードを落とした。そこを右に曲がり、けもの道のような狭い小道に入っていく。「この道は二マイルほど行くと、ケンマイルから入る、もう一つの道に出ます」と彼は説明した。「森林組合の連中を別にすれば、ほとんど使われない道です。途中に家は一軒しかないし、それも出口近くでしてね。以前は森番小屋でしたが、今は森林組合の職員が駐在しています。もう近くまで来ましたよ」

近いといいながら、目的地までさらに数分かかった。フェアロップは、のろのろ運転に切り替えざるを得なくなった。狭い小道は深い穴やくぼみだらけで、しょっちゅう狭くなったりして、車はすれすれに通るありさまだったからだ。ジミーはようやく、黒々とした焼け跡を前方にとらえた。そこからは煙の筋がなお立ち昇り、小道をふさぐように、車の残骸と思しき、歪んだ鉄のフレームがあるのが見えた。

　制服を着た巡査部長が小道に入ってきたので、フェアロップは車を停めた。「やあ、マルベリー巡査部長。なにも手を触れないように監視しておいてくれたね？　ワグホーン警視をお連れしたよ。説明してさしあげてくれ」

　マルベリーは、堅苦しく直立不動の姿勢で敬礼すると、「マルベリーと申します」と話しはじめた。「チルシャー州警察の巡査部長で、ケンマイルに駐在しております。十月十三日金曜日、二十二時二十分のことでありますが――」

　ジミーは制止するように手を上げた。「そんなに気を張らなくていいよ、巡査部長。宣誓証言をするわけじゃない。君自身が話しやすいように、できるだけ簡潔に説明してくれ。立派な態度だが、どうか楽にしてくれたまえ」

　大物を前にしたマルベリーの緊張も、わずかにほぐれた。打ち解けた態度になり、今度はもっと自然なしゃべり方で改めて説明しはじめた。「昨晩、隣村の巡査と連絡を取り合うために出かけまして。戻ったのは十時を少し回った頃です。その数分後、十時二十分に主任森林官から電話がありましてね。火事が起きたという連絡で、場所を伝えてきました。風も凪いでいたものですから、手持ちの消火器具で消せると思ったようです。移動型水槽とポンプを持ってるんですよ。消防署にも連絡して、待機を依頼したそうですが、改めて連絡するまで出動の必要はないと言ったそうです。周辺は何マイルも水がないので、彼らにできることはさしてなかったんです。今年の夏のせいで、池はみな涸れてしまいまして」

ジミーは納得したようにうなずき、巡査部長は話を続けた。「自分にもなにかできることはないか、見に行ったほうがいいと思いまして。遅い時間でしたが、現場に人が近づかないようにしないといけませんし。自転車に乗ってここに来ると、組合の職員は手際よく鎮火にあたっていましたよ。飛び火しないように、現場周辺の木を伐り払って、ポンプで放水していました。火そのものは手のつけようがありませんでした。まるでかまどのように燃え盛っていて、その中心にあの車があったんです。車の中まではっきり見えたし、誰も乗っていないと分かりました。それで、持ち主はうまく脱出したものと思ったんです」

「車の持ち主はまだ分かってないんだね？」とジミーは訊いた。

「まだです」とマルベリーは答えた。「この土地の私有車については、すべて照会をかけているところですが、今のところ該当する車はありません。この場所でぐずぐずしたりはしませんでした。野次馬もいなかったし、私にできることはなかったので、帰宅したんです。そしたら、今朝一番に、主任森林官からまた電話がありまして。燃えていた中心部に人間の死体があるのを見つけたので、すぐに来てほしいとのことでした。そこで、救急車を呼んで、遺体があるので死体安置所に運んでほしいと伝えたんです。私も救急車に同乗させてもらって、ここまで来ると、主任森林官が発見物を見せてくれました。救急車で遺体を死体安置所に運んで、アードレイ医師に来てもらいました。頭部に亀裂があるのを教えてくれたのも医師です。それが死因だろうと言ってましたよ」

「死体の見つかった場所を教えてくれるかい」とジミーは言った。「やあ、あの方は誰だい？」

きちんとした森林官の制服に、緑のカフスとカラーを身につけた男が近づいてきた。「主任森林官のベンフリート氏です」とマルベリーは答えた。「彼に案内させますよ。第一発見者ですので」

ベンフリート氏が来ると、互いに自己紹介し、森林官はジミーの求めに応じて説明をはじめた。「ここ数か月、日照りが続いたので、しょっちゅう足を運んでいたんです」と彼は言った。「警視もご存じとは思いますが、こんな森では火事が発生しやすくて。ちょっと気を抜いただけで、すぐこれですよ。急いで現場に駆けつけて、延焼を食い止めるのがやっとです。ありがたいことに、昨夜までは特に危急のこともなかったんですが」

「運がよかったんですね」とジミーは言った。「この火事に最初に気づいたのはいつですか?」

「九時半頃でした」とベンフリートは答えた。「巡視員が火に気づいて、私に知らせてきたんです。我々は消火道具を出して駆けつけました。そしたら、あそこで車がタールの大樽みたいにごうごうと燃え上ってるんですよ。もちろん、周囲の木々や下生えにも飛び火していました。見たところ、火元はあの車です。道に迷ったのならともかく、いったいこんなところでなにをしてたのか、さっぱり分かりません。この小道は、車が走るような道じゃないですよ」

「いやまったく」とジミーは言った。「私もさんざん揺り動かされましたよ。車には誰も乗ってなかったんですね?」

ベンフリートは首を横に振った。「ご想像がつくでしょうが、確認できるくらい赤々としてましたよ。それに、ここに着いた当初は、車もまだ原形をとどめてましたし。ツードアのセダンで、どちらのドアも大きく開いてましたから、車内がすっかり見えました。乗員は、燃え上ったときに飛び出して逃げたようでした。危急を知らせるために、ケンマイルの道に戻ったんだと思いましたよ。いずれにしても、乗員の姿はありませんでした。

　車は、燃え尽きるまで放置するよりほかありませんでした。仮に消火できたとしても、すっかり燃えてしまっていたので、いまさら保護する値打ちもなかったし。我々の仕事は延焼を防ぐことだったんです。車から十二ヤードほど離れた小道の横には、薪束が積み重ねられていて、飛び火して燃え上っていました。昨年の冬に伐って、そこに積んでおいたのですが、焚き木にお誂え向きだったし、組合長が私たちに使っていいと言いましてね。でも、運び出す輸送車を手配する余裕がなかったので、何か月も置きっぱなしになっていたんです。まして、日照り続きのあとでは、導火線のように乾燥して、燃えやすくなってましてね。

　なので、これも保護することはできませんでした。水槽の水を使用するのが精いっぱいだったんです。そこで、火の周囲の木々を伐り払って、水をかけ続けました。さいわい、風は完全に凪いでいたので、すごくやりやすかったです。職員たちに作業をはじめさせてから、消防署と巡査部長に電話をしました。私がここに戻ってきたときは、よほどのことがないかぎり延焼しないと見てとれました。

　もちろん、まだかなり燃えていたし、火元に近づくことはできなかった。巡査部長はその直後に来られたので、よくご存じですよ。例のいまいましい薪束がやっかいでした。いい加減に積み上げてあったので、かまどのように燃え盛る音を唸らせ、火の粉を散らしながら、すっかり燃え上がって。まるでガイ・フォークス・デイ（毎年十一月五日に行われる祭り。一六〇五年に火薬陰謀事件を起こしたガイ・フォークスにちなみ、花火を鳴らして大かがり火を焚く）でしたよ。我々が伐り払ったところを超えて火の粉が飛んだりして、新たに燃え移らないよう警戒してなきゃなりませんでした。深夜近くになって、やっと薪束が灰の塊になって燃え尽きたんですよ。

　そのあとは、さしたる危険はありませんでした。監視のために二人だけ残して、あとは帰しました。

今朝明るくなりはじめて、すぐこっちへ来たら、ほぼ今の状態でしたよ。火は消えて、煙が少し出ているだけだったので、燃えていた場所に足を踏み入れることができたんです。薪束の灰を蹴散らして、まだ燻（くすぶ）って残っているものがないか確認してみました。そしたら、木とは違うものが出てきたわけです。さらに蹴散らしてみると、それがなにか分かりました。きっと巡査部長がお話ししたと思いますが、あれは死体じゃありません。ただの人間の残骸です。あやうくゲーゲーと戻しそうになりましたよ、ほんとに。それからすぐ、巡査部長に電話をしに行ったというわけです」

「朝っぱらから不快な発見でしたね」とジミーは言った。「発見場所を教えてくれますか」

ベンフリートは、燃え尽きた車のところへ案内した。それはただの歪んだスクラップでしかなかった。アルミ製と思われるナンバープレートは溶けてなくなっていた。ナンバーをはっきり確認するのはまず不可能だ。ベンフリートには、それがツードアのセダンだということしか言えなかった。専門家なら、どんな車だったか分かるかもしれないが、それ以上のことは期待できない。彼らは、いまだに熱を発している黒焦げの地面に踏み入った。つんと鼻をつく煙の筋が足元から立ちのぼっていた。車の残骸の数ヤードほど向こうに白い灰の小山があり、小道の脇に積んであった薪束の場所を示していた。「そこですよ」ベンフリートは、灰がかき乱された場所を指さしながら言った。

「そうです」と巡査部長は言った。「距離を歩いて測ってみました。車のフロント部分から十一ヤードです。お気づきかと思いますが、車は警視が来られたのと同じ方向から来たんですよ」

「うん、気づいたよ」とジミーは応じた。「車は通常、こんな小道は通らないそうですね、ベンフリートさん？」

「いずれにしても、小道のこっち端のほうには来ませんね」とベンフリートは言った。「私は反対側の端のほうに駐在していますが、大きな道との合流地点から五十ヤードほど離れたところです。車や商売人の配達車は、そこまでなら来ますが、戻りはいつも同じ道にUターンですよ。この小道に車両がまったく通らないとは言いませんが、我々の車両だって、時おり通らなきゃいけませんから。しかし、ひどいガタガタ道だし、豪雨があったりすると、ほとんど通行不可能です」

「救急車も、今朝はあえて入ってきませんでしたよ」とマルベリーは言った。「大きな道のところで停まって、死体は私たちが担架で救急車まで運びました。運転手も、サスペンションのスプリングがいかれるようなリスクは冒せないと言ってましたよ」

「無理もないね」とジミーは言った。「さて、警部、ここはもう見るべきものはない。それに、そろそろ暗くなる。ケンマイルに行って、遺体を検分することにしよう」

「君は自転車があるな、巡査部長」とフェアロップが言った。「それで死体安置所まで先乗りして、我々が来たら鍵を開けてくれ」

マルベリーは自転車を押しながら現場を離れた。しかし、警部は、車を出そうとして、障害に直面してしまった。狭い小道は、周囲の地面より少なくとも一フィートは低かったため、車を横に乗り入れることができなかったのだ。しかも、燃え尽きた車の残骸が、前進を見事に妨げていた。あとは、ゆっくり細心の注意を払ってバックで小道を戻るしか手はなく、ようやくもと来た道に戻った。そのせいでずいぶん時間を要し、ケンマイルの死体安置所に着くと、マルベリーはとうに来ていた。

気味の悪い遺骸の検分はすぐ終わった。頭蓋骨は組織がすべて消えていて、頭頂部が砕けているのがはっきり分かった。ジミーは一瞥しただけで、遺骸の身元確認は不可能だと悟った。「医師と話がしたいが」彼は建物を出ながら言った。「お宅にいるかな?」

「診療所にいますよ」とマルベリーは答えた。「五時半から六時半までが診療時間です」

ジミーは腕時計を見た。「ちょうど六時を回ったところだ。患者の診察中にお邪魔したら嫌がるだろうな。だが、警部、君を無為のまま残しても仕方がない。チルカスターでやる仕事もたくさんあるはずだ。私は一緒には戻らないよ。できれば、ここに泊まりたい。どうかな、巡査部長？」

「大丈夫ですよ」とマルベリーは答えた。「小さなホテルが二つありますし、部屋をとれるでしょう。バスタード・ホテルがいいと思います。ビジネス関係の宿泊客が大半のホテルですが、十分快適ですよ」

こうして話はまとまった。車でバスタードに行くと、質素ではあったが、手堅い感じのホテルで、ジミーは部屋を押さえ、夕食の予約も入れた。彼がスーツケースを預けると、警部は車で帰っていった。「六時半になるし」とジミーは言った。「医師に会いに行こう。案内を頼むよ、巡査部長」

アードレイ医師は、診療所で彼らを迎えた。中年にさしかかった、なかなか礼儀正しい医師だ。

「お会いできて光栄ですよ、警視」と彼は言った。「お名前は、新聞購読者なら知らぬ者はおりますまい。いらしたわけは、分からぬふりをしても仕方ないでしょうな」

「死体安置所の遺骸のことです」とジミーは応じた。「さっき見てきましたよ。ご所見をお伺いしてよろしいですか、先生？」

アードレイは、メモを走り書きした紙片に手を伸ばした。「ご覧になったのですね？　では、誰にもたいしたことが言えないのはよくお分かりでしょう。まず、頭蓋骨の骨折があります。そこから推測されることは二つに一つです。一つは、鉄の棒のような鈍器による強力な殴打。あるいは、死者は放り出されて、尖った石のような硬い物に頭を激しくぶつけたとも考えられる。だが、後者とすれば、ほかにも骨折がありそうなものですが、私が確認したかぎり、ほかに骨折した箇所はなかった」

「骨折は死ぬ前に生じたものですか?」ジミーはそれとなく尋ねた。

「確信を持っては言えませんが」とアードレイは答えた。「状況から判断すると、その可能性がきわめて高いでしょう。焼死が死因なら、いつどうやって、骨折が生じたと?」

ジミーは、ベンフリートの言葉を思い出し、「遺骸発見時に、うっかり蹴飛ばしたことが骨折の原因になったとか?」と訊いた。

アードレイは首を横に振った。「それはあり得ないでしょう。意図的によほど激しく蹴らないことには無理ですよ。警視、私の見るところ、故人は燃やされる前にすでに死んでいたと考えて、まず間違いありません。骨折からして、即死でしょうな。

だが、説明を続けましょう。骨の構造からすると、故人は男性です。身長は平均よりやや高め。年齢はおそらく三十歳から四十歳の間です。身元確認の手がかりになりそうな異常が一つある。左膝下と左上腕に、いずれも骨折の治癒した跡があるのです。見たところ、数年前に骨折したものと思われます。むろん、原因は特定できない。一つの説明として、故人が以前、なにか大きな事故に遭ったとも考えられる」

ほかにも多少話をしてから、ジミーは医師に礼を述べ、マルベリーとともにいとまごいした。

「ふむ、さほどの前進はなかったな」とジミーは言った。「この男が誰なのか、見当はつかんだろうね、巡査部長?」

「つきません」とマルベリーは答えた。「町の住人で行方不明者がいれば、すでに情報が入ってるはずですよ」バスタード・ホテルに向かって歩いていくと、巡査がやってきた。「失礼します、巡査部長。コルベックさんに、なくなっている車がないか訊いてみたのですが、昨日の夜九時頃に、彼のところから一台出て行ったそうです」

マルベリーはうなずき、ジミーのほうを向いた。「コルベック氏は、この町で自動車修理屋をしている者です。直接お話しになりますか？」

「そうしよう」とジミーは答えた。「案内してくれるかい、巡査部長」修理屋まではさほどかからなかった。前にガソリン給油機が二つあるだけの、ささやかな事業所だ。コルベック氏は、つなぎ服を着て、グリース注入器を持ちながら仕事をしていたが、巡査部長が声をかけたので手を停めた。

「こんばんは、コルベックさん。ちょっとお話ししてもいいかな？」

「おお、もちろん」コルベック氏は、ジミーのほうを横目で見ながら答えた。「この仕事ももう少しで終わるよ。なにをお訊きになりたいんで、巡査部長？」

しかし、答えたのはジミーのほうだった。「昨晩、九時頃に出ていった車のことです。車種と持ち主を教えてくれますか？」

「持ち主は知らない人でね」とコルベックは言った。「二、三日ほどここに預けて、昨日の晩に出ていきました。マスプロの十馬力、ツードアのセダンでしたよ。色はダーク・グレー、戦前の様式で、ちょっと貧相だったね。でも、悪いところは別になかったよ。ちゃんと走ったしね」

ツードアのセダン！　そんな車体はごく普通だし、その車種の場合は特にそうだ。とはいうものの……。「その車と持ち主について知っていることを教えていただけますか、コルベックさん？」

コルベックは、グリース注入器を脇に置いた。「知っていることはお話ししますが、たいしたことは知りませんよ。最初にここに来たのは水曜です。車が外に停まったとき、私は今と同様ここにいました。確か六時半頃でしたね。給油で停まったと思ったから、出ていったんです。そしたら、車の中には、その人ひとりと荷物があるだけで、ほかには誰も乗ってなかった。給油じゃなくて、一日か二日、ここに車を置いていきたいと言いましてね。休暇でこっちに来たけど、急用でロンドンに戻らなくてはとのことで。また全行程を往復するほど給油する金もないから、列車で行くと。

私のほうは、今は車庫に空きがないが、横の小屋でいいなら入れられると言いました。それでいいと言うから、小屋の場所を教えて、車を入れてもらいましてね。ロンドン行きの次の列車はいつ出るのかと聞かれたので、六時五十分発のチルカスター行きの列車に乗れば、チルカスター駅でロンドン行きの列車に乗り換えられると教えてやりました。そのあと、荷物を持って駅に向かっていきましたよ」

「どんな男か、特徴は言えますか?」とジミーは訊いた。

「まあ、ある程度ならね」とコルベックは答えた。「大柄でがっしりした男で、いかにもコックニーらしい訛りがありました。古い中折帽を斜めにかぶって、厚手の茶色い外套を着てましたね。毛のふさふさしたやつで、袖口が擦り切れてたな。でも、一番目についたのは、片方の目の周りに黒いあざがあったことでね。顔のそのあたりも、黒あざだらけでしたよ。まるで喧嘩でもしたみたいだった。名前はブラッグ、住所はフラムと言ってましたよ」

「なにやら妙な客ですね」とジミーは言った。「次に会ったのはいつですか?」

「昨夜、九時ちょっと過ぎです」とコルベックは答えた。「ちょうど店を閉めて、中で夕食をとってましてね。店の戸をドンドン叩く音が聞こえたんで、誰なのか見に行ったら、ブラッグ氏でした。前に見たときと同じ服装でね。目の周りのあざもさほど治ってなかったな。ロンドンから八時五十五分着の列車で来た、週末にこの田舎に戻れてよかったと言ってなかったよ。駅に置いてきたので、取りに戻ると言ってね。車庫を二日借りた分を支払ってくれて、私は車を出すのを手伝ってやりました。それから、さよならと言って、車で駅に向かって走り去っていきましたよ」

「車のナンバーは憶えていますか?」とジミーは訊いた。

「ちょっと無理ですね」とコルベックは答えた。「憶えてるのは、この州で登録されたナンバーじゃないことくらいですよ。自分はよそ者で、近隣に住む友人のところに泊まるつもりだという話でしたね」

「歳はいくつくらいでしたか?」とジミーは訊いた。

コルベックはかぶりを振った。「難しいですね。四十歳くらいかな。もうちょっと年上かもしれないし、若いかもしれない。なんとも言えないね。確か、近隣に農場を持ってる友人の家に泊まると言ってたよ」

コルベックから得た情報はそれだけだった。「さて、巡査部長」と、ジミーは修理屋を出たあとに言った。「今の情報の裏を取るのは君の仕事だ。私ならまず駅からはじめる。そこでどんな情報が得られるか確かめるんだ。次に、周辺の農家に、目の周りに黒あざのある滞在客がいるか、あるいは過去にいたかを確認する。ブラッグの名前を出す必要はない。それから、コルベックに例の燃え尽きた車を確認してもらう。彼が十馬力のマスプロ車だと言うなら、ブラッグの車である見込みが大きいな」

「例の遺骸も、ブラッグですかね?」とマルベリーは尋ねた。

「分からない」とジミーは答えた。「だが、その見込みも大きいね。だとすれば、彼はイェイヴァリ

―森でなにをしていたのか、そして、誰がなぜ、その頭を殴ったのか？　今はこれ以上論を進めるつもりはないよ、巡査部長。しかし、悪党同士が仲間割れした事件だと分かっても驚かないね。ブラッグはなにやら胡散臭いやつのように思える。ロンドンから盗品を運んできた強盗団の一員だったのかも。駅で回収しようとした荷物の中身はなにか？　その荷物は今どこにあるのか？　車が燃えていたとき、車中にあったのなら、ベンフリートがきっと気づいたはずだ。強盗団の別のメンバーが彼を森に誘い込み、頭を殴り、車に火をつけ、金目のものは持ち去ったのかもな。もっとも、それもただの推測にすぎない。裏を取ってほしいんだ」

彼らはバスタード・ホテルの前で別れ、ジミーはホテルの中に入って、それなりの夕食をとった。食事をすませてラウンジに行こうとすると、巡査部長がやってきて、「私どものところへお越しいただけますか？」とささやき声で促した。「警部が戻ってまいりまして、お会いしたいと言っております」

第六章

同じ土曜の朝、チャドリー夫妻はいつもの時間に起床した。朝一番にしたことは、いつもどおり、やかんを火にかけ、お茶の用意をすることだった。その朝は、パトリシアが在宅していたので、カップは一つ多かった。夫が盆を二つ用意するあいだに、チャドリー夫人は大きなカップ二つに、自分たちの分のお茶を注いだ。次に、大きなティーポットから、小さめのカップ二つに注ぎ、それぞれの盆に載せた。ミス・パトリシアの盆は夫人が自分で持っていった。

チャドリーは、もう一つの盆を持ってあとに続いた。ソーンヒル医師の部屋のドアを軽くノックしたが、返事はない。もっと強くノックしてみたが、やはり反応はなし。代診の先生は帰りが遅くて、まだ寝てるわけだ。ちょっと覗いてみるか。ぐっすり寝ているなら、あと三十分くらいは寝かせて差し上げよう。

チャドリーはドアをそっと開けて覗き込んだ。明かりをつける必要はなかった。カーテンは開いていて、日差しが射し込んでいた。部屋は空っぽ、ベッドは寝た形跡がない。すべてチャドリーが昨晩整えたままだ。

ふむ、こんなことは、医者にはよくあることだ。どこぞの重病人のせいで、患者に一晩付き添うはめになったのだろう。きっと、例のサプワースの老人だな。チャドリーは台所に降りると、妻にそう説明し、「きっと、洗顔と朝食のために戻ってこられるさ」と言った。

彼は朝食を二膳置き、代診医の帰宅をしばらく待っていた。だが、音沙汰はなし。朝食の用意は、いつもどおり八時半。数分後に、パトリシアが疲れてだるそうな様子で降りてくると、「昨日はほとんど眠れなかったわ」と、テーブルの席につきながら不機嫌そうに言った。「いえ、ポリッジは食べる気しないし、ハドック（タラの一種）の燻製もいらない。トーストとバターとコーヒーだけでいいわ。代診の先生はどうしたの？」

「ソーンヒル先生は、まだお戻りじゃありません」とチャドリーは答えた。「きっと、まだ足止め状態なんでしょう」

パトリシアは興味も示さず、気のない様子でトーストにとりかかった。チャドリーは内心、彼女は家に戻って心底退屈しているのだろうと思った。両親も不在だし、まして車もないときてる。行きたいところにも行けないしな。たぶん、代診の先生が戻ってくれれば、彼女のいいお相手をしてくれるだろう。

しかし、代診医は姿を見せなかった。九時二十分に電話が鳴り、チャドリーが出た。「おはようございます、チャドリーさん」ハンポール夫人の元気な声が聞こえた。「ソーンヒル先生は、診療所のことをお忘れなのかしら？　先生の診察を待ってる患者が六人もいるって、お伝えくださいな」

「ソーンヒル先生は、昨夜電話で往診に呼び出されて、まだお戻りではありません」とチャドリーは答えた。「診療所に直接行かれたものと思っておりましたが」

「こちらには見えてませんよ」とハンポール夫人は言った。「分かりました。患者さんには、いったんお引き取り願って、今晩あらためて来ていただくよう申しますわ」

数分後にまた電話が鳴り、今度もチャドリーが出た。かけてきたのは、スプロウストン・アームズの主人だ。「先生が来られないんですが」と彼は言った。「じいさんは少しよくなったものの、娘さんは、やはりお医者さんに診てほしいと言ってます。先生にそう伝えてくれませんか？」

そう聞いて、チャドリーはひどく驚き、しばらく言葉を失った。「なんですって！」と彼は叫んだ。「じゃあ、ソーンヒル先生は昨夜、往診に伺わなかったと？」

「そう言ってるじゃないですか」と主人は答えた。「じいさんの娘はずっと待ってたのに、来られなかったんですよ」

チャドリーは気を取り直した。「ソーンヒル先生は、ここにはおられません。お目にかかったら、すぐ伝えますよ」彼は電話を切り、台所に入っていくと、「今から、町までひとっ走りしてくる」と妻に言った。「ミス・パトリシアが戻ってこられて、ちょっと物要りだしな。昼食用に、少し魚を買い込んでくるよ」

パタムは、州の最重要地区として、警視駐在の警察署があるのが自慢だ。ニューステッドという名の警視で、グッドウッド医師の患者の一人だし、チャドリーもよく知っている。町に着くと、チャドリーはまず診療所に行ったが、ドアが閉まっていた。ハンポール夫人がドアを開けてくれたが、尋ねても首を振るばかりだった。「いえ、先生の姿は見てません。昨晩、ここを出てったきりですよ」

「どうも変だな」とチャドリーは言った。「昨夜八時頃に往診に呼び出されたんだ。サプワースだよ。ところが、相手から電話があって、来てないって言うのさ。どうも気にくわないが、ほんとだよ」

ハンポール夫人は不安そうに表情を曇らせた。「チャドリーさん、まさか事故に遭ったとでも？」

「おそらくはね」とチャドリーは答えた。「ほかに行くところがあるとでも？　ニューステッドさんに会って、話したほうがいいと思うんだが。どう思う、ハンポールさん？」

「そうね、それがいいわ」と彼女は言った。「なんの支障もないと思いますよ。でも、ソーンヒル先生になにもなければいいのだけど」

チャドリーは診療所を出ると、隣の自動車修理屋にふと目がいき、はたと思いついた。ソーンヒル先生は気が変わって、結局、車を頼んだのかも。しかし、フェインズ氏に聞いても、医師は昨日の朝から車には乗っていないと明言した。

チャドリーは〝市場広場〟を横切って警察署に行った。入り口に立っていた巡査は、旧友の彼に挨拶した。「やあ、チャドリーさん、なにか用かい？　失くし物でもして、探してくれとか？」

「そうなんだ」とチャドリーは答えた。「物じゃなくて、人を探してほしいんだよ。ニューステッドさんと話せるかい？」

「さあ、どうかな」巡査は心もとなさそうに答えた。「警視は忙しいから。ともかく、会ってもらえるか聞いてみるよ」

彼はすぐ戻ってきた。「警視は少しなら時間を割けるそうだ。さあ、案内するよ」彼はチャドリーをオフィスに連れていき、ドアを開けた。「チャドリー氏が来られました」

「入ってくれ、チャドリー」ニューステッドは愛想よく言った。「もういいよ、ハワード、待たなくていいから」

巡査は部屋から出ていき、チャドリーはニューステッドが勧めた椅子に座った。事ここにいたって、さすがにそわそわしはじめた。もし代診の先生が元気よく笑顔で姿を見せ、どこにいたのか明快に説明したりしたら、自分はなんと間抜けに見えることか！　彼が座ったまま、いつまでも指をもじもじさせていたので、ニューステッドは仕方なく水を向け、「さて、チャドリー、どうしたんだ?」ともどかしげに訊いた。「まさか、ブルックウェイでなにかあったのかい? グッドウッドさんたちはご不在なんだろ」

「そのとおりです」とチャドリーは答えた。「ご不在ですし、月曜までは連絡もとれません。実は、代診医のソーンヒル先生のことなんです」

「ほう、代診医がどうかしたのかね?」とニューステッドは問いただした。「おいおい、どうしたっていうんだ?」

チャドリーはできるだけ簡潔に説明し、「なにかあったと思うんです」とぎこちなく締めくくった。

「先生はしばらく自転車に乗っていなかったようでして。うしろにかばんをくくりつけて走り出したとき、ちょっとよろめいてました。それに、もう真っ暗でしたし」

「事故の報告は受けていないね」とニューステッドは言った。「だが、調べてみよう。届け出てくれたのは正しかったよ。ソーンヒル先生には会ったことがないな。どんな人だい?」

「背の高い紳士です」とチャドリーは答えた。「肩幅が広くて、色黒、鼈甲縁のめがねをかけています。出かける際は、ダークブルーの外套を着て、黒い中折帽をかぶってました」

「見つかるよう、できるだけのことはするよ、チャドリー」とニューステッドは言った。「なにか情報があったら、すぐ知らせる」チャドリーが出ていくと、ニューステッドは巡査を呼んで同じ話を伝えた。「捜索を行って、ソーンヒル医師の情報がないか、聞き込みをしてくれ。サプワースから捜索をはじめるのがいいだろう。そこで情報がなければ、町のほうを調べてくれ。その男に会ったことがあるかい?」

「あったと思います」とハワードは答えた。「昨日の晩です。ハイ・ストリートでした。ラヴロック氏のところに立ち寄って、事務所の外で話をしてましたね。その人がソーンヒル医師に違いありません。グッドウッド先生の診療所から出てきましたから」

ハワードは自転車に乗り、サプワースに向かってのっそりと走り出した。スプロウストン・アームズで降りると、ちょうど開店した直後だった。主人はバーでひとり新聞を読んでいたが、巡査が入ってくると目を上げた。「おはよう、ハワードさん。今朝一番のお客さんだね。なにになさいますか？」

「いや、今はいい」とハワードは答えた。「仕事で来たのさ。昨夜、ソーンヒル医師に電話したかい？」

主人はうなずいた。「ええ。八時一、二分前でしたね。でも、来てくれませんでしたよ。経緯を説明しますとね、二軒向こうに住んでるじいさんの娘が、慌てふためいて入ってきたんです。ここに電話があるのを知ってるから、いつも来るんですよ。父親が心臓発作を起こしたから、医者を呼んでくれと言いましてね。電話をしたら、出た相手は、すぐに医師に行ってもらうと答えました。娘さんは今朝また来て、医者は来なかった、父親は少し具合がよくなったが、やはり往診に来てほしい、という話でね。それで、もう一度電話をしたら、医師は外出中とのことで」

「みなの話からすると、医師は昨夜こっちへ往診にくるために出かけたようだな」とハワードは言った。「彼を見たという人の話は聞いてないかい？」

「昨日の晩については聞いてませんね」と主人は答えた。「彼はよそ者なんですよ。聞いたところじゃ、グッドウッド先生の不在中の仕事を引き継いでるそうで。ただ、一昨日(おとつい)の夜と昨日の午前、サプワース・プレイスに来たと執事が言ってたな。ウィルスデンさんのことは驚きでしたよ。あんな急に亡くなられるなんて」

ハワードは二軒向こうの家に立ち寄ったが、まったく同じ話を聞かされた。往診の呼び出しは確かに本当の話だ。ハワードは再び自転車に乗り、パタムに向かってゆっくりと戻りながら、医師になにが起きたのか考え続けた。自転車から転落してひどい怪我をしたのかも。もっとありそうなのは、車に轢き逃げされたというもの。だが、それなら、医師も自転車も見つからないのはなぜか？　道を通った人は大勢いたはずだ。自分も同じ道を走ってきたが、なにも見なかった。

もしや、ブリックフォード・ハウスのほうに回る違う道を行ったのか？　あの道はそれほど使われていない。かなり遠回りだし、それもありそうにない。ほかの往診の呼び出しがあって、その道を行ったというなら話は別だが。もう一人の患者に会う予定もあったと警視は言っていたが、場所までは教えてくれなかった。ハワードは道を曲がり、サプワースを抜けて、ソーンヒルが木曜午後にサプワース・プレイスから車で帰った道に入っていった。

この道は比較的狭いし、片側にはかなり深い排水溝が走っている。ハワードは、すでに頭の中で作り上げていた仮説に従って、自転車を降り、排水溝のふちに沿って自転車を押しながら歩いていった。ブリックフォード・ハウスの正門近くに来ると、排水溝の中になにかがあるのに気づいた。すぐさま立ち止まり、目を凝らした。それがなにかはすぐ分かった。みすぼらしい革製の黒かばんで、グッドウッド医師が持っているのをよく見かけたものだ。

排水溝の中に降り、かばんを拾い上げた。そばに革製の紐もあり、ハワードはそれをポケットに入れた。それから、確認のためにかばんを開けた。そうだ、間違いない。医師の道具が詰まっている。ハワードは、近くの藪の枝を折り取って、かばんを見つけた場所の排水溝の底に突き立てた。それから、周囲をぐるりと歩き、生垣を調べ、道の両脇を越えて野原も調べた。ブリックフォード・ハウスの私道にも入ってみた。しかし、医師も、乗っていた自転車も、手がかりはなかった。

徹底的に調べたあと、この謎は自分の手に余ると感じながら、調査を切り上げた。あと彼にできることは、警視に報告することだけだ。彼は、見つけた紐でかばんを自分の自転車にくりつけ、パタムに戻っていった。そんなこんなで、かなりの時間を要してしまい、警察署に着いたときは、警視は昼食で帰宅していた。

午後になって、ニューステッドは、ようやくハワードの報告を聞いた。信じがたい話だったが、かばんというはっきりした証拠がある。警視がブルックウェイに電話をかけると、チャドリーが出た。ニューステッドは、できるだけ早く警察署に来てくれと言い、彼が来るまでに、ハワードに話の内容を再度確認した。ほどなくしてチャドリーがやってくると、ニューステッドは、デスクに置いたかばんを指し示し、「これは誰の物だい、チャドリー？」と訊いた。

「グッドウッド先生のものです」チャドリーは、すぐさま答えた。「ソーンヒル先生が昨夜持っていったものです。先生に頼まれて自転車にくりつけました。これがその紐ですよ」

「かばんは見つけたが、医師は見つからなかったよ」とニューステッドは言った。「ありがとう、チャドリー、今のところ、知りたいのはそれだけだ」チャドリーが出ていき、ニューステッドはハワードのほうを向いた。「また忙しくなるぞ。二点確認してもらいたい。一つは、ソーンヒル医師が、ブリックフォードの道沿いにある、どこかの家に立ち寄ったかどうかだ。二つめは、昨夜八時から九時のあいだに、誰か道に出ていた者がいるかだ。君がその仕事をしているあいだに、現場を自分で見にいくよ」

警視は、ハワードが説明した場所に車で行き、排水溝に突き刺さった枝をすぐに見つけた。ソーンヒルがそこに来たときの状況を思い描いてみた。月は出ていなかったが、空は晴れていた。道に張り出している木の枝はなかったし、十分な星明かりで、真っ暗闇ではなかった。不慣れな自転車乗りでも、溝に落ちることはないだろう。仮に落ちたとしても、それからどうなったというのか？

ニューステッドは首を横に振った。ソーンヒルがかばんを捨てて、そのまま自転車で走り去ったと考えるのは馬鹿げている。なぜそんなことをして、どこへ行ったというのか？　まったくのよそ者だった彼が、待ち伏せされたり、誘拐されるというのも同じく馬鹿げている。ハワードの仮説は正しい。ソーンヒルは、車にはねられて死んだか、致命傷を負った。運転手は、自分の過失の証拠を消したくて、死体と自転車を運び去り、どこかに隠したのだ。だが、なぜかばんは持っていかなかったのか？

この仮説にはまるで説得力がなさそうだったが、ニューステッドには、ほかに説明を思いつかなかった。この見通しの道路は、夜の往来が多いとは思えない。ソーンヒルは、間違いなくこの道を通り、なにか謎めいた仕方で神隠しにあってしまった。いや、ちょっと待てよ。排水溝でかばんが見つかったのは、本当に医師がこの道を通ったという証拠なのか？　そこで事故が起きたという誤った手がかりを残す目的で、仮説で想定した運転手が、そこに置いたとも考えられるのでは？

ニューステッドは、ほんの数百ヤード離れたところにある、ブリックフォード・ハウスのほうをちらりと見た。この道でなにか騒動があったのなら、あの家の住人が耳にしたかも。ポンフレット夫人と姪御さんなら知り合いだし、聞き込みしたってかまうまい。警視が玄関前に車を乗りつけると、年配の家政婦がドアを開けた。はい、警視さんでしたら、ポンフレット夫人もきっとお会いになりますよ、と彼女は言った。

ポンフレット夫人は客間で迎え、「思いがけないご来訪ですわね、ニューステッドさん」と鷹揚に言った。「どうぞお座りになって、ご用件をおっしゃってくださいな。まさか、私が息災かお尋ねにいらしたわけではありませんでしょ？」

「まあ、確かにそうですが」とニューステッドは答えた。「ご息災でいらっしゃればと思ってはおりましたよ、ポンフレットさん。お伺いしたのは、あなたか、お宅の誰かが、昨晩、道で騒ぎがあったのを耳にしなかったか、お尋ねしたかったからです」

ポンフレット夫人はかぶりを振った。「なにも耳にしておりませんわ。あら、事故かなにかでも？」

「その可能性がありまして」ニューステッドは慎重な言い方で答えた。「グッドウッド先生の診療を代行している医師が、昨晩、サプワースに往診に呼ばれて以来、行方が分からないのです。どうもこっちのほうに来たようでね」

「ソーンヒル先生ですか？」と彼女は声を上げた。「まあ、先生になにごともなければいいのだけど！　木曜の午後、こちらにお寄りになりましたが、とても好感のもてる先生でしたわ。グッドウッド先生の患者のことを理解しようと、一生懸命努めておられたし。とても素敵な方だと思いました。サプワース・プレイスから直接こちらへ来られたんです。もちろん、ほかの患者さんのことを話したりなさる方ではありませんでしたけど、ウィルステデンさんの病状を危惧しておられる様子でした。ひどいショックでしたよ、ニューステッドさん。あんなことになるなんて、予想もしませんでした。クレア・ミルボーンの話では、月曜にチルカスターで火葬して、灰はこちらに持ち帰り、火曜に埋葬する予定だそうです。また神経炎に煩わされなければ、私ももちろん葬儀に参列しますわ」

ポンフレット夫人にとっては、友人であるウィルステデン氏の死のほうが、そのかかりつけ医の失踪よりもずっと関心があるのは、ニューステッドにもはっきり分かった。警視は、そろそろ潮時と感じると、いとまごいして警察署に戻った。

昼過ぎにハワードが姿を見せ、「空クジでしたよ」と報告した。「ブリックフォードの道路沿いの家はしらみつぶしにあたりましたが、昨夜、ソーンヒル医師を目撃した者はいません。八時から九時のあいだに道に出ていた者もいませんでした。手に入れた情報は一つだけです。ここからブリックフォードの道を半マイルほど行ったところに、種苗場があるのはご存じでしょう？　そこの管理者によると、九時少し前に、温室の暖房に燃料をくべるために外に出たそうです。ちょうどそのとき、町のほうから走ってきたトラックが通り過ぎていったというんですよ。暗すぎて、どんなトラックかまでは分からなかったそうですが」

「ほう、よくやった、ハワード」とニューステッドは言った。「そのトラックを調べてみよう。だが、さほど見込みがあるとも思えんな。よし、さしあたっては、そんなところだろう」

一人になると、ニューステッドは状況を要約してみた。ソーンヒルという医師は、この土地ではよそ者だった。水曜にパタムに来たばかりだ。彼と知りあった者はもちろん、面識がある者もごくわずかでしかない。この土地で敵をつくるほど長くも滞在していない。おびき寄せられて、待ち伏せされたとは思えない。サプワースに往診で呼び出されたのは、正真正銘の本当の話だからだ。直接の関係者以外は、彼がその晩に出かけることは事前に知り得なかったはずだ。仮に知っていたとしても、どこへ行くのかも知っていなくてはならない。

では、どういうことなのか？　計画的犯罪というのは問題外だろう。なんらかの事故というのが、唯一合理的な仮説のように思える。だが、排水溝にかばんが残っていたのに、犠牲者も自転車も見つからないとは、実に奇妙な事故だ。もちろん、一つの可能性は考えられる。ソーンヒル医師は、車にはねられ、重症を負った。事故を起こした者が、医師を乗せて最寄りのチルカスターの病院に急送した、という可能性だ。だが、自転車まで一緒に運ぶだろうか？

どうやら、一つだけははっきりしている。ソーンヒル医師は、生死はともかく、どこか別の場所にいる。おそらく、さほど遠くではあるまい。だが、自分の管轄区域外の可能性が高いな。チルカスターの州警察本部に通知すべき事件だ。ニューステッドは、電話をかけ、チャドリーが説明した、行方不明の医師の特徴も含めて、できるだけ詳細な報告をした。

フェアロップ警部は、ケンマイルから戻ってきたときに、この報告を受けた。

第七章

ケンマイルは、まさにパタム警察署の管轄区域外だった。ケンマイルには通常の警察署がなかったので、マルベリー巡査部長の勤務場所は自分の家だった。警部が思いがけず戻ってくるとマルベリーから聞き、ジミーはマルベリーとその家まで一緒にやってきた。「警部が戻ってくるわけはなんだい、巡査部長?」と彼は訊いた。

「伝言では、そこまでは」とマルベリーは答えた。「車でここに向かっている、警視にすぐにお会いしたい、というだけでした。私にもわけが分かりません」

彼らが着いてほどなく、車が外に停まった。巡査部長が出迎え、フェアロップと一緒に戻ってきた。「ご足労をおかけしてすみません」フェアロップはジミーに言った。「でも、警察本部に戻ったら、報告が来ていたんです。それを見て、すぐにお知らせしなければと思いまして」

フェアロップがニューステッドの報告の要旨を説明しているあいだ、ジミーはじっと聞いていた。「確かに、二つの事件は結びつくように思えるな」と彼は言った。「一方は行方不明の男、他方は身元不明の男の遺骸。パタムまでは、ここからどのくらいかな?」

「十マイルほどです」とマルベリーは答え、時計をちらりと見ると、八時半だった。「八時五十五分発で九時二十分にパタムに着く列車があります。いや、忘れてた。土曜は十分遅れで発車するんでした。ただ、その列車に乗ると、今夜はここに戻ってこられませんね」

「だったら、その列車には乗らないよ」とジミーは言った。「地図を見てみよう。持ってるかい？」

巡査部長は、一インチ目盛りの測量図を出してきて、テーブルの上に広げた。「この土地のことはよく知ってますよ」三人が身を乗り出して地図を見ると、フェアロップが言った。「以前、パタム警察署に駐在していたことがありまして。ここがブリックフォード・ハウスで、かばんが見つかったのはその近くです」

ジミーは、しばらく黙って地図を調べていた。次に、何箇所か距離を測って、手帳に書き留めると、「まず時間と距離を比較してみよう」と言った。「ソーンヒル医師は、八時少し過ぎにブルックウェイを出た。そこからブリックフォード・ハウスまでは、約二・五マイルだ。そこまで自転車で二十分かかったとしよう。正確な見積もりは無理だが、かばんが見つかった場所に着いたのは、遅くとも八時半とみていい。

イェイヴァリー森の火事が最初に目撃されたのは、同じ晩の九時半頃だ。出火してから気づくまでに、それほど時間はかからなかったとみていい。ブラッグの車は、九時少しすぎにコルベックの修理屋を出ていった。九時二十分には森に着くことができただろう。最初の障害にぶつかるのはこの点だ。ブリックフォード・ハウスから森までの最短のルートは、実はケンマイルを通らないルートだが、それでも九マイルある。時間を最大限に見積もっても、車がコルベックのところを出た時間から火が出た時間までは、せいぜいで二十五分か、おそらくそれ以下だろう。それだけの時間で、曲がりくねった田舎道を車で往復十八マイル走れるか？　きわめて疑わしいね。

ところが、ソーンヒルがかばんの見つかった場所に着いたと思しき時間と、出火の時間までのあいだは、ほぼ一時間ある。彼を森まで運んでいく時間はたっぷりあったわけだ。ブラッグの車を使ってじゃない。九時過ぎまでコルベックの車庫にあったのが分かってるからね。

もちろん、これまでの話は二つの仮定に基づいている。つまり、一つめは、燃え尽きた車はブラッグの車、二つめは、遺骸はソーンヒル医師という仮定だ。これらの仮定の裏を取らなくてはいけないが、それほど簡単じゃない。コルベックに車の残骸を見てもらうことにしよう。彼がマスプロの十馬力車だと確認してくれたら、一歩前進だ。ベンフリートの話から、ツードアのセダンだとは分かった。ソーンヒル医師については、もっと正確な詳細を知らないといけないな。たとえば、数年前に腕と足を骨折したことがあるかだ」

「これからパタムまでお送りしますよ」とフェアロップは言った。「ただ、やっかいなのは、パタムには、ソーンヒル医師をよく知る者はいないことです。水曜にやってきて仕事を引き継いだ代診医にすぎませんからね。しかも、彼と契約した当の医師は、わけあって連絡がとれないときてます」

「今夜中にパタムまで行っても、大した成果は見込めないさ」とジミーは応じた。「明日の朝にしたほうがいい。それまでにソーンヒル医師が現れることもあり得るしね。警部、君さえ支障がなければ、こうしよう。車で十時にここに来てもらって、一緒にパタムまで行く。そのあいだに、巡査部長はコルベックを連れていき、燃え尽きた車を確認してもらう。それが終わったら、目の周りに目立つあざのある、ブラッグと名乗った男の調査をはじめるんだ。ブラッグが昨夜荷物を回収するつもりだったという駅からはじめるのがいいだろう」

こうして手順を決め、ほかにもいくつかの点を話し合うと、フェアロップはチルカスターに車で戻っていった。ジミーはバスタード・ホテルに戻り、この問題についてよく考えてみた。一人の男が失踪したのとほぼ時を同じくして、未知の男が殺されたとしても、まったくの偶然かもしれない。それに、犠牲者がソーンヒル医師と判明したとしても、この殺人の動機はまるで分からない。盗みが目的ではあるまい。医師は夜の往診の依頼に応じて出かけたのであり、貴重品を身に着けていたとは考えにくい。

ぐっすりと眠り、しっかり朝食をすませたあと、ジミーは巡査部長の家に行った。十時少し前、フェアロップが車でやってきた。「おはよう、警部」ジミーは快活に言った。「いつでも用意はいいよ。地図を見ると、ここからパタムまで直行できる道がある。それが最短の道だ。だが、ちょっと遠回りしよう。つまり、ブリックフォード・ハウスを通る道さ。かばんの発見場所を見に行くんだ」

彼らは出発した。しばらくイェイヴァリー森へと続く道を走り、くねくねと道を曲がったが、日曜の朝ということもあり、ほとんど車は走っていなかった。ジミーは、フェアロップに話しかけもせず、行程の時間を測っていた。警部の運転は決してのろくはなかったが、そこかしこの短い直線コースでしかスピードは出せなかった。道はずっとほぼ平坦だったが、それでも、ブリックフォード・ハウスまでのほぼ九マイルを走るのに十七分かかった。

車を停めて降りると、枝がまだ排水溝に突き立ててあるのが分かった。周囲をざっと調べてからパタムに向かい、現地の警察署で車を停めた。ニューステッドは、警察本部からあらかじめ電話で聞いていたので、彼らを出迎えた。三人は情報を交換し、ニューステッドはイェイヴァリー森での発見について知った。「その遺骸がソーンヒル医師だと?」と彼は訊いた。

「警視からの示唆を受けて、州内の病院はすべて電話照会しましたよ」とフェアロップは答えた。

「いずれも、交通事故の負傷者は最近受け入れていないとのことでした」

「遺骸がソーンヒル医師という可能性はあるだろう」とジミーは言った。「彼のことをもっと調べないと、それ以上のことは言えない。彼の本来の住所までは知らないだろうね？」

ニューステッドは首を横に振った。「チャドリーが知っていたのは、ロンドンから来たということだけだ。診療所をきりもりしているハンポール夫人にも尋ねたが、それ以上のことは知らなかった。グッドウッド医師なら、事前に彼と手紙のやりとりをしてたから、もちろん知っているはずだ。だが、旅行に出ていて、月曜にならんと、どこにいるのか誰にも分からない」

「それはちょっとやっかいだな」とジミーは言った。「ブルックウェイに行ってみるか。手がかりがあるかも」

「それなら、警部がそこまで送ってくれるよ」とニューステッドが応じた。「たいした距離じゃない。ハイ・ストリートを行って、町の端にある家さ。チャドリーとそのかみさんがいますよ。物分かりのいい夫婦だし、協力は惜しまんでしょう」


フェアロップは、ジミーをブルックウェイまで車で送った。チャドリーが応対すると、二人は身分を明かした。「ソーンヒル医師のことを調査している」とジミーは言った。「医師について、その後なにか情報は？」

「金曜の晩に出ていったきり、なにも」とチャドリーは答えた。「うちの先生からも音沙汰なしです。いったいどうしたら……」客間のドアが開き、パトリシアが顔をのぞかせた。玄関ホールに見知らぬ客が二人いるのに気づき、彼女は探るように彼らを見ると、再び部屋に入ってドアを閉めてしまった。

「話を聞かせてほしい、チャドリー」とジミーは言った。「落ちついて話せるところへ案内してくれるかい？」

「うちの先生の書斎がいいでしょう」とチャドリーが答えた。二人を案内すると、彼らは椅子に席を占めた。「さっきの女性は誰だい？」とジミーは訊いた。

「ミス・グッドウッドです」とチャドリーは答えた。「でも、お嬢さんはしばらく不在で、ソーンヒル先生が姿を消したあとに帰宅したんです。先生とは一度も会っていません」

「じゃあ、あまり役立ちそうにないな」とジミーは言った。「さて、ソーンヒル医師について知っていることを話してくれるかい。いつ来られて、滞在中になにをしたか、思いつくことはすべて話してほしい」

チャドリーはおとなしく従い、木曜の夜にサプワース・プレイスで起きたことも含めて細大漏らさず説明した。「ソーンヒル先生はひどく動転なさってました。ウィルスデンさんはうちの先生の親しい友人でしたし、よりによって、先生のご不在中の晩にあんなふうに亡くなられるとは、あまりに不運で」

「ソーンヒル先生にすれば辛い状況だったろうね」とジミーはうなずいた。「ロンドンから来られたようだね。住所は知っているかい？　友人知己がいるなら、知らせてやらなくては」

「いいえ、存じません」とチャドリーは答えた。「うちの先生は、なにも教えてくれませんでした」

「ソーンヒル先生の部屋を見せてくれるかい？」とジミーは頼んだ。「出ていったときのままなんだろ？」

「なにも手を触れてはおりません」とチャドリーは明言すると、「ついてきてください」と、二人をソーンヒルがいた二階の部屋に案内した。きれいに整頓された部屋だった。衣服は片付けられ、男性化粧用品が鏡台に置いてある。その中に、〝S・T〟というイニシャルが入った、銀色の背のヘアブラシがあった。ジミーは次に、引き出しを開いたが、入っていたのは衣類だけ。衣装戸棚には、スーツが二着、ハンガーに掛けてあった。ジミーがスーツのポケットを探ってみると、手に触れるものがあり、引っ張り出した。それは手紙で、封筒は開封されていて、「スティーヴン・ソーンヒル医師、ロンドン西区、フレットン・ストリート四十三番地」と宛て名書きされていた。

「思いがけない幸運だな」ジミーは、封筒をフェアロップに手渡しながら言った。「これで住所が分かったぞ。中身を読んでみよう。ほかにも手がかりがあるかもしれん」

手紙はしっかりした力強い筆跡で便箋に書かれたものであり、「ロンドン、メイダ・ヴェール、オルダーニー・コート九番」と冒頭に記され、十月九日、月曜日と日付が入っていた。

スティーヴへ

短い時間だったが、昨日会えてよかったよ。ひと月は会えないだろうからね。出発する前に、お前を励ましてやりたくて、この手紙を送るよ。田舎での診療業務がちょっとした息抜きになるといいね。昨日も楽しみにしている様子だったしな。落ち着いたら、手紙で近況を知らせてくれ。元気でな。

父より
ジョン・ソーンヒル

「いいぞ」とジミーは言った。「父親なら、誰よりも本人のことをよく知っているはずだ。医師が所帯持ちなら話は別だが。チャドリー、ソーンヒルに奥さんがいるか、聞いたことは？」

「いえ」とチャドリーは答えた。「ソーンヒル先生は未婚だと思います。うちの先生はいつも、代診医は独身男性であることを条件にしていましたから。それと、話の腰を折ってなんですが、昨日の午後、先生にこの件を知らせる手紙を出しました。明日には手紙を受け取られるはずです」

「よくやった、チャドリー！」とジミーは声を上げた。「それなら、グッドウッド医師もすぐに戻ってくるだろう。診療業務がこうして滞るのは、まずいだろうからな。よし、目当てのものは手に入ったようだぞ」

フェアロップは、警察署までジミーを乗せて帰り、ニューステッドも手紙を見せてもらった。「今夜ロンドンに帰るのがよさそうだ。ジョン・ソーンヒル氏に会ってくるよ。ご子息について詳しく聞いてくる。特に、腕か足を骨折したことがあるかどうかをね。直接会って話を聞くほうがいいだろう」

「検死官は、明日の午後、検死審問を開く予定です」とフェアロップは言った。「それまでに戻られますか？」

「場合によりけりだな」とジミーは答えた。「検死審問で事態が進展するとも思えない。新たな証拠が出てくるまで延期せざるを得まい。遺骸を埋葬するのに必要な手続きを踏むだけのことさ。警部、君が傍聴して、あとで状況を教えてくれたまえ」

そのあいだに、マルベリーは指示された調査を行っていた。鉄道の駅に行くと、まるでひと気がなかった。日曜の支線の列車は本数が非常に少ないのだ。しかし、巡査部長はやり方を心得ていた。

赤帽（ポーター）の詰所に行き、暖炉の前で日曜新聞を読んでいる手荷物係の責任者を見つけると、「おはよう、ジャーヴィスさん」と言った。「さほど忙しくもなさそうだね」

「あと一時間くらいはね」とジャーヴィスは応じた。「それまで列車が来ないもので。ご用件はなんですか、巡査部長さん？　話があるのなら、お座りください。どうぞかまいませんよ」

「話を聞きたいんだ」マルベリーは、暖炉の前に二つめの椅子を引き寄せながら言った。「金曜の晩、この駅で降りた乗客のことを調べていてね。チルカスターからの八時五十五分着の列車が着いたときは持ち場にいたかい？」

ジャーヴィスはうなずいた。「いましたよ。降りた乗客はごくわずかでした。午後のあいだ、チルカスターにいた人たちですね」

「目の周りにあざのある、大柄な男を見なかったかい？」とマルベリーは訊いた。「中折帽をかぶって、茶色の外套を着て、荷物を持っていた男だ」

「おやおや、巡査部長さん！」ジャーヴィスは辛辣な口調で言った。「そんな質問をしなくたって、よくご存じのはずでしょうに。列車が入ってくると、ここがどんな状況になるかってことはね。ここは単線で、しかも列車が交差する数少ない駅の一つですよ。職員やタブレット（機関手に渡す円形証票）のことは無視するとしましょう。問題は、上りと下りの列車が、お互いに数分以内の時間差で、この駅で交差するということですよ。下りの列車は、八時五十五分に入ってきて、八時五十七分に上り列車が入ってくるのを待ちます。それから、機関手がタブレットを受け取ると、下り列車は九時一分に発車し、上り列車は二分後の九時三分に発車する。お分かりですかね？」

「分かるけど」とマルベリーは答えた。「それと、くだんの乗客となんの関係が？」

「なにも」とジャーヴィスは言った。「ただ、私らにゃやることがいっぱいある。ここは三人しか職員がいないし、同時刻に二本の列車とくれば、あっちとこっちのプラットホームを行き来しながら、いろんなことをやらなきゃいけない。乗客のことなど気にしてる暇はありませんよ。呼びとめられて、荷物を持ってくれと頼まれりゃ別ですがね。私の知るかぎりじゃ、そんな男に頼まれはしませんでしたよ。しかも、忘れてもらっちゃ困るが、もう暗かったし」

「改札口で切符を回収する者がいるだろう？」マルベリーは期待を込めて尋ねた。

「もちろんです」とジャーヴィスは答えた。「職員は三人しかいないって申し上げませんでしたっけ？　一人は切符を回収しなきゃいけない。金曜の晩は私がやりましたよ。でも、申し上げときますがね、巡査部長さん、私たちゃ鉄道職員で、警察官じゃない。切符を見て、間違いがないか確認するのが仕事でしてね。おかしなことでもないかぎり、切符を渡した乗客なんか、ろくに見ませんよ。目の周りにあざのある男から切符をもらったとしても、気づきゃしない。言えるのはそれだけです」

「なら、もう一つ試してみよう」とマルベリーは言った。「その男は、駅に荷物を残し、コルベック氏の自動車修理屋に置いてきた車を取りにいった。それから、車に乗って荷物を取りに戻ってきた。それでも見ていないかい？」

ジャーヴィスはかぶりを振った。「そりゃ見当違いですね、巡査部長さん。列車が発車したあと、この駅に置いてある荷物を見た覚えはないですよ。そのあと、しばらく入り口の外で、二人の同僚と立ち話したが、車は一台も来てない。間違いありませんよ。いや、ちょっと待てよ。いま、その男は茶色の外套を着ていたと言いましたね。どんな外套で？」

マルベリーはコルベックの説明を思い起こした。「厚手の茶色い外套で、みすぼらしくて、袖口が擦り切れてるやつだ」

「おお、それだ。間違いない！」ジャーヴィスは激しい口調で言った。「ここに掛かっていたやつとそっくりですよ」

「ここに掛かっていたって？」とマルベリーは訊いた。「どういうことだ？　どこに置いてあったものだい？」

「私たちが座っている、まさにこの部屋ですよ」とジャーヴィスは答えた。「最初に見たのは、ある晩のこと、確か水曜だ。六時五十分発の列車が発車したあと、いつものように、ここに来てお茶をいれました。そしたら、今おっしゃったような外套があったんです。座ってらっしゃる場所の横にある、掛けくぎの一つに掛かってました。そのときは、さほど気にも留めなかった。いつもそこに掛ける連中の誰かのもんだろうと思ってね。ところが、あとで連中に訊いても、みんな自分のじゃないと言う。みすぼらしい、ぼろぼろの古着でしたよ」

「で、それは結局どうなった？」とマルベリーは訊いた。

ジャーヴィスは肩をすくめた。「知りませんねえ、巡査部長さん。線路工夫の誰かが取りにくると思って、そこに掛けたままにしておきました。昨日の朝、詰所を開けたら、もう消えてましたよ」

「詰所を開けるのは何時だい？」とマルベリーは追及した。「この詰所のドアは、夜は鍵がかかってるのでは？」

「そりゃそうですよ」とジャーヴィスは答えた。「最終列車が出たら、駅全体が閉鎖されます。九時三分の上り列車が最終ですよ」

「日中に見とがめられずに、この詰所に入れる者は？」とマルベリーは訊いた。

「列車が入ってくるときなら、誰でも入れますよ」とジャーヴィスは答えた。「日中は、施錠はもちろん、ドアを閉めることもほとんどありません。その外套を最初に見たのは、水曜の六時五十分の列車が発車したときです。同時に二本の列車が入ってくる点では、まさに同じですよ。そのときの場合は、六時五十分の上りと六時四十七分の下りですがね。要するに、三人の職員がプラットホームをあたふた走り回っているときです。ちょうどそのとき、あの古い外套がそこの掛けくぎに掛けられたんですよ。たぶんね」

「たぶんな」マルベリーは、じっと考えながらうなずいた。彼は、一、二分ほど目の前を見つめながら座っていたが、ようやく席を立った。「だが、その男を見ていないのなら、これ以上ここにいても仕方がない。いろいろ教えてくれてありがとう。さようなら」

彼は、駅からコルベックの修理屋まで歩いていった。店は閉まっていたが、通用口の呼び鈴を鳴らすと、中から主人が出てきた。「日曜の朝っぱらからお邪魔してすまないね、コルベックさん」とマルベリーは言った。「実は、車の残骸を見てほしいんだ。金曜の晩、イェイヴァリー森で燃やされた車でしてね」

「手はふさがってませんよ」とコルベックは応じた。「お望みなら、今でもかまいません。給油が必要な客が来ても、女房が対応しますよ。車を出しますので、それなら現場まで数分ほどで行けるでしょう」

彼らは森に向けて車を走らせた。車は道路に停めて、小道は歩いていった。「なんと！」コルベックは、残骸が目に入ると声を上げ、「すっかり燃え尽きているが、間違いない。見てみましょう」と、歪んだ車体にあちこち身を乗り出し、専門家の目で調べはじめた。「残念ながら、たいしたことは言えませんね、巡査部長さん」とようやく言った。「エンジンや車体の番号を判別するのは無理ですよ。車体のタイプも分かりません。でも、これはマスプロの十馬力車です。一九三七年か三八年の生産ですね。間違いありません」

「君の言っていた男が二日間車庫に置いていった車かい?」とマルベリーは水を向けた。

コルベックはかぶりを振った。「なんとも言えませんね。あれはマスプロの十馬力車だったし、年代もほぼ同じです。でも、大量生産されたものだし、今だって何台も道を走ってますよ。この車がそれなら、目の周りにあざのある、運転してたやつはどこに?」

「死体安置所さ。たぶんね」とマルベリーは答えた。「つまり、そいつの残骸ということだが」

第八章

その日の午後、ジミー、フェアロップ、マルベリーの三人は、同巡査部長の家に赴き、情報交換した。ジミーはマルベリーの報告に興味深く耳を傾けると、「赤帽の言う外套は、有望な手がかりのようだな」と言った。「コルベックが目撃した、ブラッグの服とみていい。それなら、持ち主の動きをある程度追跡できる。どう思う、巡査部長？」

「赤帽（ポーター）のジャーヴィスは、コルベックが説明した、ブラッグの特徴に当てはまる人物は見ていません」とマルベリーは答えた。「でも、彼が説明したとおり、それも無理もないことです。ブラッグは、ジャーヴィスが気づかないうちに出入りしていたのかも」

「だろうね」とジミーは言った。「そいつがコルベックに話したことと一致しているようだ。ブラッグは、水曜の晩、六時半頃に修理屋に現れた。そのときは荷物を持っていた。ロンドンに行かなくてはと言い、次の列車が出る時刻を訊いた。コルベックは六時五十分だと教え、そいつは荷物を手に、駅に向かって歩いていった。外套が赤帽（ポーター）の詰所で目撃されたのは、六時五十分の列車が発車したあとだ」

「見事に符合しそうですね」とフェアロップは言った。「列車内で見とがめられたくなかったから、そこに置いていったんですよ。列車内はもちろん、どこへ行くにしてもね」

「たぶんな」とジミーは応じた。「でも、目のあざはひどく目立っただろうし、それは外套と一緒に置いていくわけにはいかなかったはずだ。それはともかく、ブラッグが荷物を持ってロンドンに行ったとしよう。金曜に戻ってきて、八時五十五分に駅に着いた。赤帽の詰所にこっそり入ったが、駅の職員は忙しくてやつの動きに気づかず、残された外套を見かけた。やつはその外套を着て、九時少し過ぎに修理屋に現れたわけだ。車を回収して、持ってきた荷物を駅に取りにいくとコルベックに告げた。だが、ジャーヴィスによると、そんな事実はなかったし、引き取り手のない荷物も駅にはなかった。

その荷物は、もう一つの手がかりのようだな。コルベックが目撃していたわけだから、水曜には、その荷物を持っていたと分かる。金曜に持ち帰ってこなかったのは、ほぼ確実だろう。中にはなにが入っていたのか？　おそらく盗品だ。それを処分したあと、なぜここに戻ってきたのかは分からない。さらに、死体安置所にある死体がやつでないとしたら、今どこにいるのかも分からない。近隣の農家に滞在するという、コルベックに言った話は微塵も信じられない。めぼしい物を物色してうろついていた悪党だという可能性のほうが高いな」

「そう思います」とフェアロップは言った。「いかにもそうですよ。やつの追跡に全力を尽くします。ただ、分からないのは、ブラッグと名乗っていた男とソーンヒル医師との関わりですね」

ジミーは苦笑いを浮かべた。「関係があるかどうかも分からないね。今のところ推測の域を出ないよ。少なくとも一つだけははっきりしている。燃え尽きた車がブラッグの車なら、金曜の晩にブリックフォード・ハウスの近くで、ソーンヒル医師を乗せることはできなかったということだ。では、生死は別にして、医師はどうやってこの土地まで運ばれてきたのか？　また、どんな理由で？　もう一つ、遺骸が医師のものでないとしたら、彼はどうなった？　頭を悩ませる大きな問題だよ」

「まったくですね」フェアロップは、時計を見ながらうなずいた。「失礼ですが、今夜じゅうにロンドンにお戻りになりたいなら、そろそろチルカスターに向けて出発しなくては。日曜に当地から発車するまともな列車は一本だけで、四時十五分に出るんです」


警部の言う、まともな列車は、遅い鈍行であることが判明し、ジミーがスコットランドヤードに着いたのは九時頃だった。まず電話帳を調べたが、ジョン・ソーンヒルという名前は見つからなかった。ソーンヒル氏が在宅である可能性に賭けて、いきなりメイダ・ヴェールまで行く気にもならない。翌朝のほうが確実に会えるだろう。

彼は部下のキング巡査部長を呼び出し、「君に仕事を頼みたい」と言った。「ロンドン西区、フレットン・ストリート四十三番地に、スティーヴン・ソーンヒル医師という人物が住んでいる。今は不在かもしれないが。現地へ行って、その住所の住人を確かめるのと、医師についての情報を聞き込んでほしい。明日の朝一番に教えてくれ」

ジミーは、今夜はよく眠れそうだと思いながら帰宅した。月曜の早朝、スコットランドヤードに戻ると、キングが待っていた。「昨夜、指示のあった住所に行ってまいりました」とキングは報告した。「女性が出まして、スティーヴン・ソーンヒル医師はここに下宿していると言いました。近くに診療所があり、二人の医師と共同で診療活動をしているとのことです。三人は共同経営者です」

ジミーはうなずいた。「これでソーンヒル医師がどこから来たかははっきりした。問題は、今どこにいるかだ」

「休暇で田舎にいます」とキングは答えた。「少なくとも、その女性の説明では。どうやら、仕事をしながらの休暇のようですね。ほかの医師が不在中の代診医を引き受けたという話で。ひと月不在にするので、戻るまでに部屋を掃除しておいてほしいと頼んでいったそうです。彼女は、行った先の土地の名までは憶えていませんでした」

「パタムだ」とジミーは言った。「現地で謎めいた失踪を遂げて、二日を過ぎても姿を見せていない」

「彼女の話だと、下宿を発ったのは水曜だったそうです」とキングは言った。「荷造りをして、その日の朝に診療所に持っていったそうです。それ以来、音信はないが、特に期待もしていないとのことでした。何日に戻れるか正確には分からないが、戻る際には手紙で知らせると言ってたそうですよ」

「よくやってくれた」とジミーは言った。「診療所に行って、情報を探ってくれ。ソーンヒル医師の共同経営者を見つけてほしい。特に知りたいのは、水曜日以降のソーンヒルの消息を知っている者がいるかどうかだ。だが、どんな些細な情報でもいい。ソーンヒル医師の父親の住所は分かっているから、これから会いに行くつもりだ。昼食前には戻ってくるよ」


こうして、ジミーはメイダ・ヴェールに向けて出発した。オルダーニー・コートは、こじんまりした、快適そうなアパートだった。ジミーが九番の呼び鈴を鳴らすと、掃除婦がドアを開けた。彼女は、ソーンヒル氏が朝食をとったばかりだと教え、くつろいだ雰囲気の居間にジミーを案内すると、「お客様ですよ、ソーンヒルさん！」と告げた。

ジョン・ソーンヒルは、驚いた様子で読んでいた新聞から目を上げた。意思の強そうな顔つきの、テキパキした態度の年配の男だった。ジミーは、質問される前に身分を明かした。「あらかじめご連絡申し上げるべきでしたね、ソーンヒルさん。でも、電話を持っておられないようでしたので」

「ああ、シティでの仕事は引退したので、電話も用済みでしてな」とソーンヒルは応じた。「警察の来訪を受けるとは穏やかじゃないですな。わしにどんなご用件で？」

「ご子息のスティーヴン・ソーンヒル医師のことで伺いました」とジミーは言った。「最後に会われたのはいつですか？」

「八日前の日曜です」ソーンヒルは即座に答えた。「わしのクラブで一緒に昼食をとって、午後を一緒に過ごしたよ。そのあと会っておりません。息子はロンドンから離れましたので。さて、ワグホーンさん、息子がどうかしましたかな？」

「それをお尋ねしに来たのですよ、ソーンヒルさん」とジミーは言った。「恐縮ですが、私のほうから話を進めさせてもらいます。息子さんは先週の水曜、パタムのグッドウッド医師が休暇を取るということで、その代診医を務めるために同地に行かれたそうですね。その後、なにか音信は？」

「いや、なにも」とソーンヒルは答えた。「忙しくて手紙を書く暇がないのだろう。最初の数日は、はじめて診療する患者に慣れるのに時間をとられるはずだと言っておりましたからな」

「息子さんはこれまで、パタムに行ったことは？」とジミーは尋ねた。「近隣に知っている人はいましたか？」

ソーンヒルは首を横に振った。「向こうでは、まったくのよそ者ですよ。医学関係の雑誌で募集広告を見て、応募したのです。ロンドン西区での診療業務は激務だったので、わしも含めて、皆が田舎への転地がいいと勧めたんですよ」

「パタムが特に気に入って募集に応じたわけではないでしょう？」とジミーは訊いた。

「息子は、その土地のことはなにも知らなかった」とソーンヒルは答えた。「仕事を引き継ぐ医師のことも知りませんでした。自分でそう言っとりましたよ。友人たちと田舎への転地の話をしたとき、一人が、パタムを知っている、静かでいいところだ、と言ったんです。そうやって勧められたことも、気持ちが傾いた理由でしょう。静かな土地は、まさに息子が望んでおったところですから。ともあれ、息子はその仕事を受けたのです」

「ロンドン西区での診療業務は、共同経営だったんですね？」とジミーは訊いた。

「そうです」とソーンヒルは答えた。「スティーヴンはジュニア・パートナーです。以前、シティでのわしの仕事を継いでくれと息子に望んだことがありましてな。わしには得意先がたくさんあったし、息子にもいいスタートを切らせてやれたでしょう。だが、息子は医者になりたいと決心し、その話はそれで終わりました。息子に十分な研修を受けさせ、研修が終わったら、自立させてやるだけの資力もわしにはあった。資格を取るとすぐ、船医として何度か航海に出ましたよ。そのあと、息子はみずから希望して、この共同経営に加わったのです。いい経験になると思ったからですよ。何年かしたら、できればロンドンかその近隣で独立開業するのを、息子ともども楽しみにしておるんです」

「息子さんは、過去に大きな事故に遭われたことがありますか、ソーンヒルさん？」とジミーは訊いた。

「えっ？」とソーンヒルは声を上げた。「なぜまた、そんなことを？　もうとっくに片づいたことと思っとったが」

「事故というものは尾を引くものです」とジミーは言った。「息子さんは重傷を負われたのですか？」

「ひどい怪我をしましたよ」とソーンヒルは答えた。「残念ながら、息子自身の過失でしてな。なにが起きたか、お話ししましょう。何年も前のことです。息子は、まだ若い医学生でした。学生仲間の一人がバイクを持っていて、スティーヴンは運転させてくれとせがんだのです。そんなものには一度も乗ったことがなかったのに。だが、あの歳の若者がいかに向こう見ずか、ご存じでしょう。

そう、事は起きるべくして起きました。スティーヴンが激しく飛ばしていたとき、歩道から目の前に人が出てきたのです。スティーヴンは、その歩行者を避けようとして、バイクのコントロールを完全に失いました。スリップして衝突したのですが、さいわい、ほかの人に被害はなかった。息子は救急車に乗せられ、自分が学んでいる病院に運ばれた。脳震盪のほか、左腕と左足を骨折しているのが分かりました。骨を接いで、息子は完治しましたが、視力に後遺症が残ったようです。事故を起こす前は視力がよかったが、事故後はめがねをかけなくてはいけなくなりましてな。あのときは、いろいろ騒ぎましたよ。もちろん、スティーヴンはバイクの免許など持っていませんでしたので。だが、申し上げたように、とうに片づいたことと思っておりましたが」

「ありがとうございます、ソーンヒルさん」とジミーは言った。「残念ですが、悪いお知らせがあるのです。金曜の晩、息子さんはパタム近郊での往診に呼び出されました。自転車にかばんを載せて出発したところを目撃されています。彼は往診先に来なかったし、それ以降目撃されていません。ところが、日曜の朝、かばんが、そこからほど遠くない排水溝で発見されたのです」

「目撃されていない！」ソーンヒルは、ゆっくりと繰り返した。「どういうことですか？　遠慮せずにはっきりおっしゃってください、ワグホーンさん。わしは真実を受け入れてみせます。スティーヴンになにがあったのですか？　死んだとでも？」

「同じ晩、そのあとに、パタムから十マイルほど離れたイェイヴァリー森で、火事が起きたのです」

とジミーは答えた。「その場所で燃え尽きた車が発見され、近くで判別不可能なほど燃え尽きた人間の遺体が発見されました。検死の結果、死因は焼死ではなく、頭部の殴打と分かりました。遺体は三十代の男性で、数年前に左腕と左足を骨折した跡があるのが分かったのです。ほかに身元を確認できる手かがりはありません」

ソーンヒルは、石と化したように身じろぎもせず、「スティーヴン！」とつぶやいた。「息子は三十二だ。それと骨折の跡！　あの事故以来、どんな自動車両も恐れるようになったのです。車に乗せてもらうのは平気だったが、自分で運転することは学ぼうとしなかった。これは絶対に二度目の事故ではない。頭部の殴打と言われましたな。殺したのは誰ですか？」

「死体が息子さんのものとはかぎりませんよ」ジミーは穏やかに答えた。「違うと仮定して、息子さんがみずからの意思で失踪する理由は考えられますか？」

「あるわけがない！」ソーンヒルは激しく叫んだ。「そんなことは絶対に考えられん。スティーヴンにはやましいところなどなかった。わしには分かる。ほとんど仕事のことしか関心がなかったし、仕事にひたむきだった。しっかりした男だったし、金のトラブルとか、そんな問題もなかった。心底誠実な男だし、逃げだしたり、仕事を中途で放り出すような真似はできないはずだ。いや、その死体は息子に違いない。殺されたのだ」

「息子さんの命を狙うような敵は？」とジミーは訊いた。

「敵ですと？」とソーンヒルは応じた。「この世に一人でも敵がいたとは思えん。親しい友人もいなかったが。物静かで控えめだったし、患者として診る以外に、他人にもさほど関心を持たなかった。

個人的な敵に殺されたとは考えられん。どこかの悪党が、金を奪う目的で待ち伏せしおったのだ」

「なにか貴重品を持っていた可能性は?」とジミーは訊いた。

「考えにくい」とソーンヒルは答えた。「だが、身なりのいいよそ者は、悪党の目には、いいカモに見えたかもしれん。犯人を捕まえるのは警察の仕事ですぞ」

彼がはかない希望を抱いたりしないのは明らかだった。遺体が息子のものだという事実をすでに受け入れていたし、その事実に耐えようと努めていた。検死審問がその日の午後開かれると聞くと、自分も傍聴すると言った。すぐにハイヤーを手配すれば、間に合うようにケンマイルに着ける。ジミーは、彼ならどんな行動をとっても大丈夫だと思い、望むままにするよう勧めて、いとまごいした。

スコットランドヤードに戻ると、またもやキングが待っていた。「診療所に行って、医師の一人と話してきました。ソーンヒル医師がひと月パタムに行くことには、なにもおかしな点などないそうです。ロンドンの医師が短期間、代診医という立場で田舎に行くのは、よくあることだそうです。休暇と言わぬまでも、仕事の交代なんですよ。ソーンヒル医師は、二、三週間前にパタムの医師と仕事の段取りをすませていました。現地に赴くのも、先週の水曜と決めてあったそうですよ」

ジミーはうなずいた。「彼のパタム行きには妙な点などなかったわけだ。現地に行ってから、なにかがあった。そこが謎だな。君が聞き込みした医師が、ソーンヒルを最後に見たのはいつだい?」

「水曜の朝です」とキングは答えた。「ソーンヒル医師は、診療所にスーツケースを持参してきて、朝はそこで患者の診察をしたそうです。聞き込みした医師によれば、自分が出かけるとき、まだ彼がいるのを見たが、午後戻ったときはもういなかったとのことです。ソーンヒル医師は、車で迎えにくる友人を待ってるとか言ってたそうで」

「車だと？」とジミーは言った。「ああ、ロンドンのターミナル駅まで送ってもらうためか。パタムまで車で行ったわけじゃない。夕方の列車で着いて、グッドウッド医師が出迎えたという話だからね。だが、そんなことは重要じゃない。君と話した医師は、それ以来、パートナーの消息を知らないと言うのかい？」

「確認しましたが、知らないそうです」とキングは答えた。「ソーンヒル医師は、余裕ができたらすぐ手紙を出すと約束していたそうですが、これまでのところ、手紙は出されていません」

「これからも出せそうにないな」とジミーは言った。キングを退出させると、その問題をあれこれ考えながら、昼食をとりに外出した。イェイヴァリー森で見つかった遺骸がソーンヒル医師であり、彼が殺されたという結論は避けがたい。だが、誰がなんのために殺したのか？

ジミーはふと思いついた。この錯綜した事件を見事に洞察できそうな人物が、少なくとも一人いる。プリーストリー博士、犯罪学を科学研究からの息抜きにしている人だ。毎週土曜、限られた友人たちと夕食会を開くのがプリーストリー博士の習慣であり、ジミーもその仲間の一人だった。ジミーは、チルカスターに出張を命じられたため、この前の例会には出席できなかった。欠席したことを謝るという口実で、ウェストボーン・テラスの教授の家を訪ねるのはどうだろう？

いいアイディアだと思い、昼過ぎにジミーは実行に移した。書斎に案内されると、教授は、秘書のハロルド・メリフィールドとともに仕事をしていた。ジミーはふと、自分の訪問が邪魔だったのではと心配になった。しかし、プリーストリー博士がめったに見せない笑顔を向けたので安心した。「思いがけない喜びだね、ジミー」と博士は言った。「土曜は君がいなくて、みな残念だったよ」

「お伺いできず、失礼いたしました」とジミーは応じた。「実は、急に出張の命令を受けたもので、ご連絡すらできなかったんです」

「君が来ない理由はそんなことだと思っていたよ」とプリーストリー博士は言った。「君の職務上の義務は、いくらでも言い訳に使える。その急な出張で、なにか興味を引く問題にでも出くわしたのかね？」

これはジミーが期待していた話の糸口で、「実に興味深い問題に出くわしたんです」と答えた。「お時間がありましたら、ぜひお話ししたくて」

「知ってのとおり、興味をそそる問題なら、いつだって時間を割いて聞かせてもらうよ」とプリーストリー博士は言った。

そう促され、ジミーは経緯を話しはじめた。すぐに、教授の関心をとらえたという手応えを感じた。ハロルド・メリフィールドが雇い主の目配せに応えて、素早い速記でジミーの話をメモにとりはじめたのだ。ジミーは、粉飾を加えないように慎重に事実を説明し、「現状は今申し上げたとおりです」と話を結んだ。「我々が拠り所としている根拠は、明らかに不確実なものです。その人間の遺骸がソーンヒル医師だという絶対の確信はないし、全焼した車が、ブラッグと名乗った男がコルベックの修理屋に残していった車だという確信もありません」

「いずれの不確実性も見失わないようにするのはいいが」とプリーストリー博士は応じた。「少なくとも人間の遺骸に関しては、〝確率論〟は君の見解を支持するだろう。過去に特定の怪我をしたと分かっている男が失踪する。その失踪に続いて、同様の怪我をした痕跡のある遺骸が見つかり、さらに、その発見場所もさほど遠くない。となれば、その遺骸が失踪した男の遺骸である公算はきわめて大きい。私が君の立場なら、ソーンヒル医師は殺されたという前提に立って調査を進めるよ」

「そう考えるのが無難でしょうね」とジミーはうなずいた。「ただ、医師がなぜ殺されたのかという、悩ましい問題が残るんです。医師の死によって経済的利益を受ける者はいません。敵もいなかったと確信しています。殺すほどの値打ちが彼にあったとは、どうしても考えられないんですよ。土地の者に動機があったとも思えません。ソーンヒル医師は、その土地ではまったくのよそ者だったし、水曜の晩にパタムに来たばかりでしたから」

「殺害された理由は確かによく分からないね」とプリーストリー博士は言った。「だが、君の言う土地の者の動機が絶対にあり得ないという点は同意しかねるよ。パタムに滞在していた短いあいだでも、何者かがソーンヒル医師の死を望ましいと考えるような状況が生じたこともあり得る」

「たった二日間の滞在でたいしたことが起きるとは考えにくいですね」とジミーは応じた。「ソーンヒル医師は、次から次へと診療に対応するので時間をすっかりとられていたはずです。それに、聞いたところでは、不運な出来事もありましてね。仕事を引き継いだその日、名士だった患者が彼の治療もむなしく亡くなったんです」

「ほう？」とプリーストリー博士は訊いた。「どういう経緯かね？」

「よくは知りません」とジミーは答えた。「たまたま聞きかじっただけでして。確か、裕福な男で、グッドウッド医師にとっては、患者というだけでなく、個人的な友人でもあったそうです」

プリーストリー博士は、天井をじっと見つめた。「グッドウッド医師が、友人でもある患者が死に瀕しているのに、休暇に出かけたのは奇妙だね。実に奇妙だし、その出来事には、なにか意味があると思わざるを得ない。その関連を調べれば、なにか出てくるかもしれない」

「調べるのは簡単だと思います」とジミーは応じた。「でも、その患者は、ソーンヒル医師が失踪する前日に亡くなったんですよ。医師が患者を死なせた悔恨の念から、自殺を図ったとは信じがたいですね」

「そんなことは私も信じないよ」プリーストリー博士は顔をほころばせながら言った。「だが、二つの出来事には、なにか関連があるかもしれない。たとえば、ソーンヒル医師は、患者の診察をするうちに、ある第三者にとって、露見しては困る事実に気づいたのかも。もちろん、それはわずかな可能性にすぎないがね。とはいえ、パタムでの短い滞在中にソーンヒル医師の周辺で起きたことは、すべて調べたほうがいいだろう。一見無関係に思える細かいことも含めてね」

第九章

ジミーは、スコットランドヤードに戻ったが、少しは教授の関心を引いたことに悪い気はしなかった。教授が示唆したように、患者の死にどんな意味があるか、調べる値打ちはあるかも。だが、もっと確実なことから取りかかるべきだ。ジミーは再び、キングを呼び出し、イェイヴァリー森でのいきさつを説明した。

「車の持ち主を見つけなくては」と彼は言った。「これは簡単な仕事じゃないぞ。登録証もないし、エンジンと車台の番号も読み取れない。分かっているのは、マスプロの十馬力、ツードアのセダン、一九三九年かそれ以前の生産車ということだけだ」

「その手のマスプロの十馬力車は、いまでも山ほどありますよ」キングは途方に暮れたように言った。

「そのようだね」とジミーは応じた。「洗いざらい確認するのは、気の遠くなるような仕事だ。だが、やらねばならん。国中の登録局に回状を送り、戦前のマスプロの十馬力車について、登録のあるものをすべて回答させるんだ。ツードアのセダンのことは言及しても仕方がない。ドアの数は、登録事項には記載されないからね。車と所有者のリストが手に入ったら、各地区の警察署に調べさせるんだ。登録されている車の所有者で、該当車の所在が不明だったり、その事情をちゃんと説明できない者がいたら、我々が直接そいつを取り調べる」

「分かりました」キングは忠実に返事をした。「ただ、すべての情報を得るには、多大の時間を要するでしょう」

「よく分かってるさ」とジミーは応じた。「だが、ほかにいい考えがあるなら教えてくれ。真相に到達するのにほかに手があるのなら、骨折り損ということになるからね。とにかく、回状は発送してくれ。私はチルカスター行きの夕方の列車に乗るよ」

フェアロップ警部は、電話連絡を受けて、チルカスター駅でジミーを出迎え、警察本部まで車で送った。「さして報告事項はありません」と彼は言った。「ソーンヒル医師の情報はないし、ブラッグの特徴に合致する男の消息もつかめません。それはそうと、検死審問の様子をお聞きになりたいでしょう?」

実を言えば、ジミーは検死審問にさほど関心はなかった。刑事事件における警察裁判所の手続きと同じで、検死審問はやたらと先入観を生み出すので、害多く益少なしという考えだったのだ。「ああ、検死審問ね」と彼は答えた。「君が傍聴したんだったな。どうだった?」

「ジョン・ソーンヒル氏が、車でロンドンから来ていました」とフェアロップは言った。「巡査部長の家まで来られて、私も同席して、自己紹介を受けましたよ。今朝あなたとロンドンでお会いしたとも言っていました。遺骸も見たいと言われましたが、アードレイ医師が押しとどめました。おそらく身元確認はできないだろうし、ひどいショックを受けるだけですから。検死審問では、ご子息が事故で負った怪我について証言していました。

アードレイ医師は、長々と専門的な講釈をしましたよ。要約しますと、故人の手足にあった古い骨折の跡は、ソーンヒル氏の説明と一致していました。死因は間違いなく、焼死ではなく頭蓋骨骨折によるものです。状況から判断して、事故で生じたものとは考えにくいと。ほかの証人は、火事と死体の発見について証言していました。彼らの証言に新しい話はありません。ニューステッド警視が、チャドリーをパタムから車で連れてきて、ソーンヒル医師の失踪について証言させました。

検死官は、総括の中で、死体の身元確認については十分な根拠があるという意見を述べました。陪審員団には、死因に関しては医学的所見に従ってもらいたいし、聴取した証言が評決を答申するに足るものかどうかを判断してほしいとも述べました。陪審員団は退席しましたが、時間は要しませんでした。再び戻ってくると、陪審員団は、故人はスティーヴン・ソーンヒル医師と推定され、死因は未知の人物の殴打による頭蓋骨骨折の結果であるとの結論に達した旨、陪審長から答申しました」

ジミーは苦笑した。「可能なかぎり、当たり障りのない言葉を選んだわけだ。いずれにしても、そんな形式的手続きはどうでもいい。我々の仕事は、その未知の人物を見つけることだ。目の周りにあざのある男の情報は？」

フェアロップは首を横に振った。「まったく消息がつかめません。州の全警官に、管内の農家を調べるよう指示してあります。現時点では、ほぼすべて該当なしとの報告が来ています。ブラッグの特徴に合致する人物についてはなにもつかめていません」

「該当なしの報告にも意味があるのさ」とジミーは言った。「だとすれば、ブラッグは身元を偽っていたことになるし、名前も明らかに偽名だったんだ。それに加えて、外套にまつわる妙ないきさつと、荷物を取りに行くと嘘をついたことを考えれば、そいつが胡散臭いやつだという十分な証拠さ。だが、そいつの目的はなんだったのか？　そいつがこの土地に来た目的が、ソーンヒル医師を殺すことだけだったとは信じられない」

「ちょっと思ったんですが」とフェアロップは言った。「ラウス事件を憶えておられますか?」

「よく憶えてるよ」とジミーは答えた。「ラウスは、完全に姿をくらまそうと目論んだ。最初に出くわした男をつかまえて殺し、車に乗せて車ごと火をつけた。その狙いは、死体がラウスのものとみなされて、世間に自分が死んだと信じ込ませることだった」

「そうです」とフェアロップは言った。「ブラッグが同じ演出を目論んだとしたら?」

ジミーは首を横に振った。「それは無理だよ、警部。まず、それなら遺骸は、車から数ヤード離れたところではなく、車内で発見されたはずだ。それに、ブラッグは、どうやってソーンヒル医師をつかまえたんだ? ブリックフォード・ハウスや同距離の場所を往復する時間は、彼にはなかった。そこが難点だ。かばんが見つかった場所と遺骸が見つかった場所との距離がね。ブラッグが、コルベックの修理屋から車を出して、火事が起きるまでの時間のあいだに、二つの場所を行き来するのが不可能だったのは、君にも分かるだろう」

「もちろん、分かりますよ」とフェアロップは認めた。「だとすると、ブラッグは事件と無関係だったように見えますすね」

「そんな気がしてきたよ」とジミーも認めた。「燃え尽きた車がブラッグの車かどうかも心もとないしね。距離の問題を解決できるか考えてみよう。まず、ソーンヒル医師が、生死は別にして、一時間弱でその距離を移動したのは間違いのない事実だ。

生きていた場合を考えてみよう。特定の場所に医師をおびき寄せるのは、なによりも簡単なことだ。車に乗っていた未知の人物が、患者のもとに向かう途中のソーンヒル医師に追いついたとする。その男は、車を止め、イェイヴァリー森で事故が起きて、現場に瀕死の重傷患者がいるとかいう、てきとうな話をでっちあげる。地元の医師のアードレイがつかまらなかったので、医師を見つけるためにパタムに行く途中だった、ソーンヒルに出くわしたのはまさに僥倖だった、とかね。彼なら、すぐに車に同乗して、自分が対応しようとするんじゃないか？」

「そうですね」とフェアロップは言った。「でも、ちょっと待ってください。それなら、ソーンヒル医師が、かばんを排水溝に残していったりしますかね？　事故現場に連れていかれるとなれば、かばんこそまさに必要なものでは？」

ジミーはうなずいた。「そのとおりだ。それでこの仮説も吹き飛んでしまう。では、死んでいた場合だ。車に乗っていた未知の男は、従前どおりだ。そいつは、ソーンヒルを待ち伏せ、そいつなりの動機で彼の頭を殴る。さて、ソーンヒルがその晩、往診に呼び出されたことや、迂回してサプワースに自転車で向かうことを、やつはどうやって知ったのか？　ともかく、医師を殺して、死体を車でイェイヴァリー森に運び、車に火をつけた。だが、ここでも生じる疑問として、なぜ死体をそこに放置せず、わざわざ遠いところに運んだのか？」

「私の手には負えません」とフェアロップは答えた。「それと、ソーンヒル医師を殺したいなどと、誰が望んだのか？」

「誰かが彼を殺したのは間違いがない」とジミーは言った。「頭部の殴打は事故ではないという、アードレイ医師の所見は認めていい。ふと思ったんだが、君の疑問への答えが見つかりそうな場所は、パタムじゃないかな。明朝は、パタムで仕事にとりかかることにしよう」

ジミーは、チルカスターのホテルに宿泊の部屋を押さえた。火曜の朝八時半に、フェアロップが車で迎えにくると、「ニューステッド警視に電話して、お伺いすると伝えました」と言った。「グッドウッド医師が昨夜戻ってきたそうですが、まだ会っていないと言ってましたよ」

「グッドウッド医師に会いにいったほうがいいな」とジミーは応じた。「会って、いくつか質問したいことがある。たとえば、彼の不在中に亡くなったという患者のこととかね」

チルカスターからパタムまでの道程は三十マイルほどの距離で、フェアロップは一時間弱で走った。曲がりくねる線路も横断し、ケンマイルにも寄らず、まっすぐ走っていったのだ。ニューステッドは、パタム警察署で彼らを待っていて、同じ警察幹部同士らしくジミーに挨拶した。「さて、ワグホーンさん、少し方向性がはっきりしてきたね。昨日、検死審問に出席したが、ソーンヒル医師が職場から消えてしまったことは、疑問の余地なく説明がついたようですな」

「そのようです」とジミーは応じた。「説明が困難なのは動機だね。ソーンヒル医師が当地に滞在していたあいだに接触した相手は、すべて調べさせています。誰と話し、なにがあったかをね。確か、あなたのお話では、彼が当地に来た翌日、患者が一人、亡くなったとか?」

「おお、そうでしたな!」とニューステッドは声を上げた。「サプワース・プレイスのウィルスデン氏ですよ。彼の逝去は、この土地では重大事件でね。よそ者一人殺されたことぐらい、すっかりかすんでしまったよ」

「ソーンヒル医師が殺されたのは、ウィルスデン氏の逝去と関係があるのではという意見もあってね」とジミーは言った。

ニューステッドは、言葉を返す前にちょっと考え込んだ。「よく分かりませんな。まさか、ソーンヒル医師が患者の命を救えなかったから、それを憤った誰かが彼を殺したとでも?」

「いやいや」とジミーは言った。「ウィルスデン氏の死が、実は自然死ではなかったという可能性はないかな？　何者かがウィルスデン氏をあの世へ送り、ソーンヒル医師が疑惑を抱いたということは？」

ニューステッドは首を横に振った。「あり得ませんな。ウィルスデン氏は、遺言で火葬を望んでいてね。実は昨日、チルカスターで火葬された。その許可を得るには、二人目の医師の承認が必要だし、ソーンヒル医師がそんな疑惑を抱いていたのなら、彼にそう告げたはずですよ。ワグホーンさん、あなたの追っている線がそういうことなら、その二人目の医師と話をされたらいい。名前はデリントン。ハイ・ストリートに住んでいるよ」

「まず、グッドウッド医師に会いたいな」とジミーは応じた。「ウィルスデン氏は、彼の患者だったのでは？」

「昨夜遅くに帰ってきたそうだ」とニューステッドは言った。「診療所にいるはずだよ。この道のちょうど向こうさ」

そのあと少し話してから、ジミーは〝市場広場〟を横切り、診療所まで歩いていった。ドアは開いたままで、彼が近づいていくと、患者が一人出てきた。ジミーは中に入り、待合室に行くと、しょげた顔つきの女性が座っていた。自分の病気のことばかり気にかけている様子で、ジミーのことなど眼中になかった。すぐにドアの開く音がして、会話が途切れ途切れに聞こえたが、「次の方、どうぞ！」という、気難しそうな男の声がした。女性が立ち上がり、ジミーを残して入っていった。

医師の診察を邪魔するまでもあるまい、と彼は思った。次の患者の呼び出しがあったら、入っていけばいい。ところが、呼び出しがある前に、ハンポール夫人が待合室にバタバタと入ってきて、見知らぬ相手を見て立ち止まり、「失礼ですが、患者さんですか？」と、好奇心を隠そうともせずに尋ねた。

「違いますよ。今日のところはね」ジミーは、名刺を渡しながら答えた。「ただ、グッドウッド先生とちょっとお話がしたいんです。手がすいたらお会いくださるよう、取り次いでいただけませんか？」

「まあ！」彼女は、〈犯罪捜査課〉という、ゾクッとする文字が刷り込まれた名刺を見ながら叫んだ。「もちろん先生はお会いしますとも。すぐにお取り次ぎしますわ」

彼女が慌てて入っていくと、ジミーの来訪が騒ぎを引き起こしたのは、すぐにはっきりした。ドアが開いたかと思うと、例の女性患者が、哀れっぽく抗議しながら、追い立てられて出てきた。ハンポール夫人が再び姿を見せた。「先生は診療室でお会いになりますわ、ワグホーンさん。どうぞお入りください」

ジミーは彼女に従い、デスクに向かって座るグッドウッド医師と顔をあわせたが、見るからに苦悩をあらわにしていた。髭もそらず、服の様子からして、それを着たまま寝ていたことが分かる。ジミーが入っていくと、戸惑いの色を浮かべてジミーの顔を睨んだ。ハンポール夫人が出ていき、彼らだけになった。

一瞬気まずい沈黙があったが、グッドウッドは気を取り直し、なんとか言葉を選び、「座ってくれたまえ！」と叫ぶように声を発した。「今朝は、逆立ちでもしているのか、まともに立っているのかも分からん気分だ。ほとんどまんじりともできなかった。なんの問題もない、ああいう馬鹿な患者どもの相手をするのは我慢ならんよ。トム・ウィルスデンは死んでしまい、わしの代診医は殺されてしまった！　それだけでも動揺しとるというのに！」

グッドウッド医師は確かに動揺している、とジミーは思った。「ソーンヒル医師が殺されたことはご存じなんですね？」彼はすぐに尋ねた。

「ああ、もちろんさ」とグッドウッドは答えた。「帰ってきてすぐ、チャドリーが教えてくれた。検死審問で証言しなくてはならなかったそうだ。とんでもないことだよ。トム・ウィルスデンがあんなふうに突然亡くなったのもな」

「ウィルスデン氏の逝去を、いつお知りになりました？」とジミーは訊いた。「家を離れておられたはずですね？」

「そう、離れていたのさ」とグッドウッドは答えた。「家内とわしは、ムーアズ・ホテルに着くまで、あちこちをぶらぶらと過ごして、昨日の午後、やっと着いたんだ。そしたら、この信じがたい知らせが待っていた」

「どんな知らせですか、先生？」ジミーは穏やかに尋ねた。

「電報が二本に、手紙が一通さ」グッドウッドは、ポケットに手を突っ込みながら答えた。「ほら、これですよ。なんなら、ご自分で読んでください。わしはまず、電報を開いた。最初に開いた電報はチャドリーからで、土曜に打ったものだ。ソーンヒル医師が金曜の晩に出かけたまま戻ってこないと書いてある。自分の代診医が姿をくらましたらしいというだけでも驚きだよ。

それから、次の電報を開いた。チャドリーの電報より前に、ソーンヒルが金曜の朝に打ったものだ。ほら、読んでください。『訃報　ウィルスデン氏　木曜夜に逝去　ソーンヒル』最初の電報が驚きだったとすれば、この電報には完全に打ちのめされたよ。自分の目が信じられなかった。とんでもない間違いがあったに違いないと思った。すると、家内が手紙を読んだほうがいいと言いいましてな。ほら、これです」

　ジミーは、グッドウッド医師の代診医が木曜の午後に出した手紙を読むと、「ソーンヒル医師は、患者の病状にかなり厳しい所見を持っておられたようですね」と言った。

「しかも、結果が示すように、あいつは正しかったのさ」グッドウッドは憂鬱そうに答えた。「むろん、もっと早く手紙を受け取っていたら、すぐに戻ってきたよ。ずっと以前から、しばらく入院して治療を受けるべきだったのだが、わしならトムを説得できたかもな。よそ者の、それも自分よりずっと若造の言うことなど、トムが耳を傾けんのもよく分かる」

「休暇に出発されるとき、ウィルスデン氏の病状に不安はなかったんですか？」とジミーは訊いた。

　グッドウッドは首を横に振った。「なにも。あれば、出かけたりなどせん。トムが胃潰瘍で、時おりかなり辛そうにしていたのも知っていたし、ソーンヒルにも、気をつけて診てくれと言っておいた。だが、わし自身もトムを診察したんだ。ええっと、あれはちょうど一週間前だな。そのときは調子よさそうだったし、とても元気だったよ。病状がこうも急変するとは思えなかった。ところが、その二日後に、ソーンヒルがその手紙を書いてきたんだ」

　ジミーは、グッドウッドがなにかの事情で、患者の病状を見て見ぬふりをしたのではないかと怪しんだ。いかにも奇妙だ。彼自身が言うように、わずか二日後に代診医が厳しい所見を示したわけだ。しかし、ジミーは、その問題をここでこれ以上追及しようとは思わなかった。「お分かりと思いますが、先生、私はなによりもソーンヒル医師の殺害容疑に関心を持っているんです」と彼は言った。

「医師のことで教えていただけることがあれば、どんなことでも助かります。募集広告に応じて当地に来るまで、彼のことは知らなかったんですね？」

「会って話したことはなかった」とグッドウッドは答えた。「だが、むろん、彼の資格などはしっかりと確認したよ。水曜にここに来てもらうことに決めて、その日のロンドン発七時十二分着の列車から降りてきたところを出迎えた。夕食後にいろいろ話したが、ほんとに人好きのするやつだったよ」

「ソーンヒル医師は、そのときどんなことを話していましたか、先生？」

「どんなことですと？」とグッドウッド医師は答えた。「そうさな、よく分からんよ。考えてみると、話していたのはほとんどわしのほうだった。診療業務と患者について多少の助言を与えたのさ。仕事に熱心そうだったし、口数も少なく態度もよかった。彼なら安心してあとを託していけると思ったよ。代診医が不適任じゃないかという不安は時おり抱くものだ。だが、ソーンヒルはそうじゃなかった。翌朝、ここに連れてきて、中を案内したよ。そのすぐあと、わしは家内と出発した。わしも家内も、彼とはそれほど長くいたわけじゃない」

「昨日、事の成り行きを知って、すぐムーアズ・ホテルを出発したわけですね？」とジミーは尋ねた。

「ほかにどうしろと？」とグッドウッドは問い返した。「トム・ウィルスデンが死んだという知らせに、わしはひどく動転したし、とても休暇を楽しむ気になれなかった。それにもちろん、診療業務を放置しておくわけにはいかんだろ。デリントンはいいやつだし、一日ぐらいなら患者の面倒を見てもらってもいい。だが、自分の不在中に、患者が彼のほうに流れていってしまうのも困る。わしはひどく悩ましい状況にあったんだよ、ワグホーンさん。アーネストホープからここまで、列車で戻ってくるのはしんどい。だからといって、二人一緒に車で帰ってしまったら、今年もう一度車で向こうまで行くほど、ガソリン代を使うわけにもいかん。

だから、折衷案をとったんだ。家内には、ロンドンに一泊してから休暇を切り上げて、二日後に列車で戻ってきてもらうことにして、向こうに残してきた。わしは車で出発したが、出た時はすでに遅くてね。おかげで道中はほとんど真っ暗さ。わしは夜の運転が苦手なんだ。帰宅したのは真夜中過ぎだったよ。チャドリーには、到着を電報で知らせておいた。着いたら、もう一つ驚きが待っていた。娘のパットがいたのさ。金曜に思いがけず帰ってたんだ。もちろん、わしらにも知らせずに」

「ミス・グッドウッドは、ソーンヒル医師に会っていないんですね？」とジミーは訊いた。

「ちょうど行き違いになったんだ」とグッドウッドが答えた。「チャドリーの話だと、ソーンヒルは八時ちょっと過ぎに、わしの自転車で出かけたそうだ。パットは、九時二十分着のロンドンからの列車で到着して、駅から歩いてきたんだ。もちろん、着いて最初に接した知らせが、トム・ウィルステンの死というわけでね。当たり前だが、娘もひどく落ち込んでいるよ」

「お嬢さんも、ウィルステン氏の友人だったんですか？」とジミーは尋ねた。

当たり障りのない質問のはずなのに、グッドウッドはきまずそうな顔をした。「まあその、娘は帰省しているあいだは、よくサプワース・プレイスに行っていたのさ。トム・ウィルステンは、娘が子どもの頃からよく知っていて、ずっと親しかった。訃報に接して、娘が動転したのも当然だよ。わしが戻ってすぐ、チャドリーがソーンヒルの事件と検死審問のことを知らせてくれた。なにもかもがさっぱり分からん」

「確かにわけが分かりませんね」とジミーはうなずいた。「これ以上お邪魔しようとは思いませんよ、先生。きっとお忙しいでしょうから。どうぞ仕事にお戻りください」ジミーが診療所を出て、警察署に歩いて戻ると、ニューステッドとフェアロップが待っていた。

「さて、医師との話はうまくいったかね？」とニューステッドは訊いた。

「グッドウッド医師は、なにやら戸惑っている様子だったよ」とジミーは答えた。「どうやら、私に話せないことが胸の内にあるようだね。彼の評判はどうだい？　つまり、医師としてということだが」

「そりゃ、誰からも好かれているよ」とニューステッドは答えた。「主にスポーツマンとしてだがね。彼はゴルフに射撃にと、なんでもやってのける。医者としては、ちょっと軽率だと思っている者もいる。痛みとか不快感とかで愚痴を言ってくる連中を軽くあしらいがちだからね。だが、本当の病気なら、彼は労を惜しまないよ」

「ウィルステデン氏のことだが」とジミーは言った。「しばらく前から、グッドウッド医師が判断していたよりも病重篤だったということはあり得るだろうか？」

「うーん、分からないね」とニューステッドは答えた。「その可能性は確かにあるだろう。だが、グッドウッド医師なら、本当に重い病気であれば、たいていはすぐ気づくよ。それに、彼は定期的にウィルステデン氏の診察をしていたしね。私も知っていたが、二人は親友だったんだ」

「ウィルステデン氏に親族はいるのかな？」とジミーは言った。

「サプワース・プレイスに、妹のミルボーン夫人と同居していたよ」とニューステッドは答えた。「ほかに親戚がいるとは聞いたことがない。子どものいない男やもめだとずっと思っていたが」

「ミルボーン夫人を訪ねなくちゃならんな」とジミーは言った。「ソーンヒル医師がここにいたあいだに会った相手なら、すべて話をしたい。警部にサプワース・プレイスまで送ってもらえるとありがたいが」

「私なら、今日は行かないな」とニューステッドは応じた。「葬儀のどさくさに巻き込まれてしまうよ。ブリックフォード・ハウスのポンフレット夫人の話だと、遺灰は今日の午後、サプワースの教会墓地に埋葬される予定だ。もちろん、ウィルスデン氏の友人たちも大勢来るだろう。ただ、ソーンヒル医師がここにいるあいだに会った人物なら、もう一人いる。ラヴロック氏。ウィルスデン氏の弁護士だ。ハイ・ストリートに事務所がある。デリントンの診療所のちょうど向かい側だよ」

第十章

ジミーは、フェアロップを伴って弁護士の事務所に行った。事務員からは、ラヴロック氏は多忙で、今朝は誰にもお会いにならないと告げられた。しかし、来客が身分を明かすと、ラヴロックは面会に応じ、彼らは部屋に案内された。

「お座りください、皆さん」とラヴロックは快活に言った。「依頼人が亡くなったせいで、仕事が山のようにありましてね。だが、少しだけなら時間を割きますよ。ご用件はなんですか？」

「できるだけお時間をとらないようにしますよ」とジミーは答えた。「ソーンヒル医師が亡くなったことはご存じですね？」

「ああ、そのことですか！」とラヴロックは声を上げた。「ええ、もちろん知っていますよ。ケンマイルで昨日開かれた検死審問の報告をちょうど読み終えたところです。残念なことですな。ソーンヒル医師には、当地におられるあいだに三、四度お会いしたし、いい人でしたよ。好感のもてる青年で、しかも細心で有能な人でした」

「お差し支えなければ教えてほしいのですが、ソーンヒル医師に会われたのはいつですか？　どんなことを話されました？」とジミーは訊いた。

「なんの差し支えもありませんよ」とラヴロックは答えた。「最初は木曜の午後、場所はサプワース・プレイスでした。仕事でウィルスデン氏に会いにいったときです。サプワース・プレイスの賃借契約がクリスマスで更新の予定だったので、契約書の変更を提示してあったのです。客間に入ると、ソーンヒル医師がミルボーン夫人と話していました。グッドウッド医師が不在だったので、往診に来ていたのですよ。

二度目は金曜の朝、診療所でした。火葬に必要な手続きや二人目の医師に協力を求める件で、彼のところに立ち寄ったのです。そのあと、午前中に、サプワース・プレイスでもう一度会って話をしましたよ。最後は、その日の晩の七時過ぎ、この事務所の外でばったり会いましてね。火葬のための段取りはすべて整ったと教えてやりました。グッドウッドが月曜までに戻ってこなかったら、代理でソーンヒル医師に火葬に立ち合ってもらうために、チルカスターまで車に乗せていくことにしました」

「実際、グッドウッド医師は戻ってこなかった」とジミーは言った。「連絡を取るためにあらゆる手を講じられたと?」

「月曜までどこにいるのか、連絡先を残していかなかったんです」とラヴロックは答えた。「土曜の『タイムズ』にウィルスデン氏の訃報をどうにか掲載して、最善は尽くしましたよ。だが、グッドウッドは記事を見なかった。見ていたら、すぐに戻ってきたはずです」

「言いにくい質問ですがね、ラヴロックさん」とジミーは言った。「ウィルスデン氏の死因は自然死ではないという疑いをソーンヒル医師が抱いていたとは考えられませんか?」

ラヴロックは苦笑した。「我々弁護士は疑いを抱くのが性分です。だから、火葬の希望に関しても、まさにその質問をソーンヒル医師にしなくてはと思いましたよ。彼の返答は実にはっきりしていて、ウィルスデン氏の死因は確かに自然死だし、状況からして間違いないというものでした」

彼はひと息つき、声を落として話を続けた。「これはここだけの話で、実に言いにくいことですがね。たぶん勘違いでしょうが、ソーンヒル医師は失望していたという印象を受けました。実際に聞いていたより病状の重い患者を、グッドウッドが自分にゆだねていってしまったとね。ただ、そう思っていたとしても、口に出しはしませんでしたが」

「ありがとうございます、ラヴロックさん」とジミーは言った。「お返しと言ってはなんですが、私も内緒の話を教えて差し上げますよ。木曜にウィルスデン氏を診察したすぐあと、ソーンヒル医師はグッドウッド医師宛てに、実に如才のない手紙を出しています。診察した自分の所見と、患者の頑固さに手を焼いている状況を知らせる手紙をね」

「本当ですか？」とラヴロックは言った。「ミルボーン夫人の話では、彼は、お兄さんの病状は皆が高をくくっているほど楽観的なものではないと、彼女に忠告したそうです。ただ、夫人もソーンヒルも、どうしようもなかった。ウィルスデン氏は、医師のこととなると、度し難いほど頑固でね。彼が認めた医者はグッドウッドだけですが、それも彼が旧友だというだけのことですよ。その彼の忠告すら、それほど耳を傾けなかったようですから」

「火曜の午後、ウィルスデン氏にお会いになりましたか？」とジミーは尋ねた。「そのときはどんなご様子でしたか？」

「そう、それほど調子よくはなかったね」とラヴロックは答えた。「自分でも調子がよくないと言っていましたから。でも、そんな様子はこれまでも見てきたし、いつも回復しましたよ。数時間後に死にいたるとは、微塵も予想しなかった。あとで聞いて、ひどくショックを受けましたよ」

「ウィルスデン氏は、裕福な方だったとお聞きしましたが」ジミーはさりげなく言った。

ラヴロックはうなずいた。「彼の財産は、全体で五十万ポンドにはなりますよ。彼は、妹さんと私を共同遺言執行者に指定しました。さいわいなことに、彼の資産状況は明白ですし、我々としても特に問題はありませんよ」

「遺産の大半は、直近の親族である妹さんに遺したんでしょうね?」とジミーは訊いた。

「いえ、違います」とラヴロックは答えた。「というのも、二人の間に諍いがあったわけではなく、ミルボーン夫人がすでに十分な資産を持っているからです。父親がかなりの金額を遺したし、比較的裕福だった夫からも相続したのです。今日午後に葬儀がありますが、ミルボーン夫人は少々昔気質(かたぎ)なものですから、そのあとに遺言書を公表してくれと頼んできました。葬儀の参列者全員に、サプワース・プレイスに戻ってきてもらうよう頼む予定です。おそらく、そのほうがいいでしょう。ほとんどの人が直接の受益者でしょうから」

「つまり、その人たちも遺言書で触れられていると?」とジミーは訊いた。

「まさにそのとおりです」とラヴロックは答えた。「ウィルスデン氏は変わり者でしてね。頑固で折れないところもありましたが、実に気前のいい人でもあったんです。自分に子どもがいなかったのは、彼には痛恨事でした。これに加えて、妹さんがお金に困っていないこともあって、彼は財産を友人や知人に分配することにしたのです。自分が死んだら、連中に楽しんでもらいたいと、よく言ってましたから」

「遺産受取人の方たちは、そのことを知ってるんですか?」とジミーは訊いた。

ラヴロックは苦笑した。「なにを考えているか分かりますよ、ワグホーンさん。弁護士は疑うのが性分だと、さっき言いましたが、警察官も同じ悪い癖を持っているようだ。だが、医師の診断書のことを考えれば、そんな考えは捨てていいでしょう。それはともかく、ご質問にお答えします。遺産受取人たちは、そのことについては額も含めて知らされてはいませんが、漠然としたヒントはもらっていますよ。『君のことを忘れてはいなかったと、いつの日か知るだろうよ』くらいのことはね」

「それぞれの遺贈額はかなりの額ですか？」とジミーは言った。

「お話ししてもかまわんでしょう」とラヴロックは答えた。「どうせ、遺言書の内容は、今日の午後には公表されますから。遺言者が、まだ遺言書で触れていなかった相手を追加しようと決めると、時おり補足が付加されていきました。遺贈額は、相手によって異なります。グッドウッドとブリックフォード・ハウスに住むポンフレット夫人に、それぞれ遺される一万ポンドを筆頭にね。二人は、おそらくウィルスデン氏の一番の親友だからですよ。ほかの人たちはもっと少ない額です。ミルボーン夫人と私もですが、遺言執行者としての労苦に報いるとの趣旨で、それぞれ五千ポンドです。

使用人たちには、さらに小額の遺贈があります。執事、運転手、内勤の召使、庭師などで、よく奉仕してくれたという理由からです。最後に、少数の目立たない人々がいます。鉄道の赤帽（ポーター）もそうで、ウィルスデン氏にいろいろサービスをしてきたからです。彼は五十ポンドを受け取ります。残余遺産受遺者（遺言により、残余の財産を相続する者）は、遺言者のいとこの息子で、ニュージーランドに在住しています。結果かららいえば、彼はなかなか幸運ですよ」

「どういう意味で？」とジミーは尋ねた。

「残余遺産は予想以上に大きいからです」とラヴロックは答えた。「以前は、相続税と個別の遺贈額だけで、ほぼすべての財産を食ってしまうはずでした。そのことはウィルスデン氏にも指摘したのですが、氏は気にとめませんでした。氏は、いとこの息子にさほど関心はなかったからです。ちなみに、名前はチャールズ・リングウッドといいます。氏は、その親戚に一度も会ったことがないんですよ。たまに手紙のやりとりはしていましたが。それに、相手の話からすると、けっこう成功しているようでして。

ところが、ここ一、二年ほどのあいだに、財産の資本価値がかなり大きくなったんです。新たな受遺者が加わることもなかった。ウィルスデン氏が長いあいだ所有していた株券は、ずっと価値が低いままでした。ところが、突然株価が上昇して、ウィルスデン氏は、市場の取引額が最高値のときに売却したのです。こうして増えた、かなりの額が残余遺産に加わるんですよ。すべて精算してみたら、この遠縁のニュージーランド人が誰よりも多く受け取ったとしても驚くにあたりません」

「なに一つ自分で努力せずにね」とジミーは言った。「全体としては、なにやら妙な遺言書のようですが」

「ウィルスデン氏に子どもがいないからですよ」とラヴロックはつぶやいた。「リングウッドだけが幸運ではないんです。この遺言書はいつまで有効なのやらと、たびたび疑問に思いましたから」

ジミーには、この発言の意味をはかりかねた。「ウィルスデン氏が遺言書を変更すると思っておられたんですか?」

「おのずと無効になるのではと思っていました」とラヴロックは答えた。「これは絶対秘密でお願いしますよ、ワグホーンさん。最近になって、ウィルスデン氏が、何度か意味深長な質問をしてきたのです。再婚したら、法的な関係がどうなるのか、と。私からは、再婚したら、現在の遺言書は無効になるし、新たな遺言書を作成しなくてはいけない、と答えました」

「ウィルスデン氏は、結婚の申し込みをした相手の名は口にしましたか?」とジミーは訊いた。

「いや、とんでもない！」とラヴロックは答えた。「話はそこまで踏み込みませんでした。あくまで仮定の話として聞いてきたのです。彼が特定の女性にメロメロに参ってしまったとは、とても思えません。今も言いましたが、子どもがいないのが彼には痛恨事だったし、歳をとるにつれてそのことが骨身にしみるようになったようでして。私の見たところ、手遅れにならないうちに、後継ぎを生んでくれる女性と結婚したいと望んでいたんですよ。彼の話からすると、グッドウッドも、胃潰瘍は子どもを儲ける支障にはならないと明言したそうですから」

「彼が意中に思い描きそうな女性が誰か、見当がつきますか？」とジミーは訊いた。

ラヴロックは肩をすくめた。「若くて健康的な人ですよ。ウィルスデン氏は、若い女性たちとの交際を好んでいたし、そうした女性たちと一緒にいるといつも楽しそうだった。サプワース・プレイスに彼に会いにいくと、若い人たちがいるのをよく見かけましたよ。だが、はっきり言えと求められたら、二人の候補のどっちか、迷うところでしょうな。つまり、ポンフレット夫人の同居の姪、ベティ・ヴァーノンか、グッドウッドの娘のパトリシアです」

ジミーは、ラヴロックが明らかに意図的に、時計のほうを意味ありげにちらりと見たのに気づき、「いや、申し訳ありません、ラヴロックさん」と言った。「来訪の目的から大きく外れてしまいました。ソーンヒル医師を最後に見たのは金曜だと言われましたね。そのとき、悩んでいたとか、不安そうに見えましたか？」

「そんなことはまったくないな」とラヴロックは答えた。「いたって冷静で、普通でしたよ。なにかで悩んでいたとすれば、グッドウッドと連絡をとれなかったせいでしょう。最後に交わした会話も、グッドウッドが月曜までに戻らなかったら、その日、彼を車で拾って、火葬場に連れていくという話でしたしね」

　ジミーとフェアロップは、いとまごいして、道を横切ってデリントン医師の家に行った。医師は在宅だったし、あらゆるジャンルの本で埋まった書斎で彼らを迎えた。ジミーは来訪の趣旨を説明した。

「もちろん、ソーンヒル医師が亡くなったことはご存じですね、先生。彼に関する情報を集めているんですよ。彼が当地に滞在中に会われましたね。そのときのことを教えていただけますか？」

「ソーンヒル医師と会ったのは、あくまで仕事上のことでですよ」とデリントンは答えた。「火葬手続きのために、二通目の診断書に署名するよう求められたんです」彼は、淡々と正確な言葉で、サプワース・プレイスへの訪問と、そこであったことを説明した。

「ぶしつけと思わないでいただきたいのですが、先生」とジミーは言った。「我々警察官は、絶対に間違いがないか、確かめないわけにはいかんのです。死因が確かに自然死だと納得しないかぎり、診断書に署名したりはなさらないですよね？」

「もちろんですよ」とデリントンは答えた。「我が同業者たるソーンヒル医師が、正確に病状の推移を説明したのは間違いありません。私自身が検査したところでも、死因についての彼の所見は裏付けられましたよ。あのような状況では、死亡にいたるのは目に見えていたとも言えるでしょう」

「あのような状況？」とジミーは繰り返した。「なにかおかしなことでも？」

「ウィルスデン氏は私の患者ではないが」とデリントンは答えた。「ソーンヒル医師は、患者について知っていることを教えてくれましたよ。彼は木曜の午後にウィルスデン氏を診察し、厳格な予防措置をとらなければ、いつ深刻な状態になってもおかしくないと判断したんです」

「ウィルスデン氏が亡くなったことで、ソーンヒル医師を責めるべき点はないとお考えなんですね？」とジミーは訊いた。

「まったくありません」とデリントンは答えた。「彼の忠告は拒まれたんですよ。彼がその日の晩に病床に来たときは、手の施しようがなかったのです」

「ウィルスデン氏に必要だった治療について、なにかご所見はありますか、先生？」ジミーはなおも言いつのった。

デリントンは眉をひそめた。「聞いたところでは、彼はどんな治療も受け入れなかったのさ。ソーンヒル医師は、殊勝なことに、グッドウッドが誤診を犯したとは認めようとしなかった。自分より事情をよく知る立場の同業者を告発するつもりはありませんよ。たとえ警察の前でもね。だが、グッドウッドに罪なしとは言えませんな。ウィルスデン氏が亡くなる二日前に診察しながら、不注意にも、患者の病状の重さを把握してなかったのだ」

「グッドウッド医師は最善を尽くしたようですよ」とジミーは言った。「ウィルスデン氏に忠告はしたけれど、きっぱりと拒まれたそうですから。患者の頑なさに直面したら、医師はどうすればいいんですか？」

「忌憚なく言わせてもらえば」とデリントンは答えた。「いつ突然死してもおかしくないほど危険な状態だと、患者に通告することです。そんな通告を目の前に突きつけられたら、誰だって必要な措置を受けることを拒んだりしませんよ。ウィルスデン氏のような男の場合は特にね。氏のことはよく知らないが、生に対する強い執着を持っていたようだし」

「ソーンヒル医師にすれば、診療を引き継いだその日に、患者の一人を亡くすとは不運なことでしたね」とジミーは言った。

「確かに不運でしたな」とデリントンは素っ気なくうなずいた。「ただ、もう一度言いますが、彼を責める余地はありません。木曜の午後、ウィルスデン氏にすぐ入院するよう忠告したんですよ。よそ者の立場では、私が言ったような手荒な対応はできなかったでしょうな。彼の忠告に従っていれば、ウィルスデン氏の命はまず間違いなく助かっていただろうに。危険な状態が進んでからでは、手遅れというものですよ」

「ソーンヒル医師は、金曜の晩にもう一度、サプワース・プレイスの近くに往診で呼ばれていますね」とジミーは言った。

デリントンはうなずいた。「そう、村のお年寄りが心臓発作を起こしたということでね。ところが、ソーンヒルは来なかった。私が経緯を知っているのは、ソーンヒルが来なかったので、結局、私が呼ばれたからです。往診の件は確かに事実ですが、そのお年寄りは、実は心臓発作じゃなかった。娘さんにさんざんそう訴えたのかもしれないが。ちょっとした神経衰弱で、順調に回復しています」

「サプワースに行く途中でソーンヒル医師になにが起きたか、思い当たる節は？」とジミーは訊いた。

「ありません」とデリントンは答えた。「なんでまた、彼の遺体がイェイヴァリー森で発見されたのかも分かりません。しっかりした男だったし、罠にはまるようなやつとは思えなかったが。それを言うなら、誰が、なぜ、彼に罠をかけるようなことをしたのか？　なにもかもがまったくの謎ですよ」

ジミーとフェアロップは、医師の家を出て警察署に戻った。ニューステッドと少し話したあと、彼らはチルカスターに車で戻った。ジミーは、その日の午後、警察本部で他署の警察官たちからの報告を読むことで費やした。マスプロの十馬力、ツードアのセダンで目を惹く車は一台もない。ブラッグの特徴に合致する男の情報も得られなかった。さらには、ジミーも驚いたことに、盗難の報告すらなかった。

「ブラッグがこの州に滞在しているとは思えない」とジミーは言った。「それどころか、車でずっと走り続けたままとしか思えんな。コルベックが説明したような、目の周りのあざという、目立つ特徴の男なら、たとえ一杯ひっかけるために五分ほどパブに立ち寄っただけでも、必ず気づかれてしまうはずだ。相変わらずの疑問は、そいつの目的はなにか、なぜケンマイルに車を置いていったのか、次の二日間どこに滞在したのか、ということだよ」

フェアロップは、そんな疑問を突き付けられても、首を横に振るばかりだった。「私にも分かりません。ロンドンに向かったと思われますが、なぜ戻ってきたのかが、どうしても分からない」

「どうやら車を燃やすためのようだね」とジミーは言った。「ついでに言えば、森林組合の財産に放火するためさ。とりあえず、ソーンヒル医師のことは、そこから外して考えよう。ブラッグが、どこでどうやって彼に会ったのかを考えても、揣摩臆測をたくましくするばかりさ。燃え尽きた車がブラッグのものかどうかも分からない。せいぜい言えるのは、その可能性が高いというだけだ。そうだとしても別の難問に直面する」

「こんな事件なら、一つぐらい難問が増えようと減ろうと、さしたる違いはないと思いますが」とフェアロップは言った。

「ともかく、難問には敢然と立ち向かおうじゃないか」とジミーは言った。「車はブラッグのものだとしよう。車に火をつけてしまうことで、彼はたった一つの移動手段を失ったはずだ。夜のそんな時間では、支線に来る列車はもうない。それどころか、どこにいれば、目撃されることもなく、目にあざのあるまま、怪しまれもせずにいられるのか？　仮に運よく、たまたま通りかかったトラックに乗せてもらえたとしても、今頃は確実に情報が入っているはずだ。いずれにしても、やつの最終目的地はどこなのか？」

「コルベックには、住所はフラムだと言ったそうですよ」フェアロップは期待を込めて言った。

「やつがコルベックに言ったことは、分かっているかぎり嘘ばかりだ」とジミーは応じた。「いずれにしても、我々には糸口がない。スコットランドヤードの担当部署には、やつの手配を頼んでおいたよ。仮にやつを見つけたとしても、やつがソーンヒル医師を殺したとは、とても証明できそうにないがね。この事件は、迷宮入り事件の一つとして歴史に刻まれるんじゃないかと思いはじめているよ」

第十一章

翌水曜の朝、ジミーは再びフェアロップの運転で出かけた。今回の訪問先はサプワース・プレイスであり、まっすぐそこに向かった。車寄せに着けると、その家は妙に静かな様子。呼び鈴を鳴らすと、執事がドアを開け、「ミルボーン夫人は在宅でございます」とジミーの質問に答えた。「ただ、まだ二階の部屋から降りてこられません。昨日から大変お疲れのようでして。朝食もベッドでとっておられます」

「ミルボーン夫人も、いずれ降りてこられるだろう」とジミーは言った。「それまで君と話がしたい。我々は警察だ。ソーンヒル医師の死を調査している。先週、彼に会ったかい？」

「はい」と執事は答えた。「木曜の午後が最初で、その日の晩と金曜の朝にも来られました」

「まず木曜の午後について教えてほしい」とジミーは言った。「医師はウィルスデン氏の診察に来たんだね？」

「そのとおりでございます」と執事は答えた。「先生が往診に来られた際、ウィルスデン様にはほかのご用件がありましたので、ミルボーン夫人がおられた客間にご案内いたしました。数分後に、ウィルスデン様に呼び鈴で呼ばれまして、先生に会われるとおっしゃいましたので、書斎にご案内しました。そのあと、ウィルスデン様は再び呼び鈴を鳴らされ、先生が持ってこられた新しい薬瓶を私にくださいました。先生には、お帰りになる前に空の薬瓶をお渡ししました」

「ウィルスデン氏は、新しい薬瓶を所望していたのかな？」とジミーはさりげなく尋ねた。

「だと思います。昼食の際、最後の一服を飲んでしまわれましたので。新しい瓶は、ウィルスデン様がすぐに取りやすいように食堂に置き、空の瓶は先生にお返ししました」

「ウィルスデン氏は、規則正しく薬を飲んでおられたんだろうね」とジミーは言った。「新しい瓶から服用したのかな？」

「実際に飲んだところは見ておりません」と執事は答えた。「でも、確かに飲まれたはずです。ソーンヒル先生は、旦那様が夕食後に薬を飲んだか確認したいとおっしゃったので、瓶をお見せしました。確認されたければ、食堂にまだ残っておりますよ」

「そうだね」とジミーはぞんざいに言った。執事は、二人の来客を食堂に案内し、食器戸棚にまだ載っている瓶を指さした。ジミーにも、一服分なくなっているのが分かった。「あの瓶が先生にお見せしたものです」と執事は言った。「そばに置いておいた、薬を飲む際のグラスにも使った跡がありました」

「ここに瓶を置いたのは、木曜午後の何時だい？」とジミーは訊いた。

「三時半頃でございます。先生がウィルスデン様と会われたあと、先生をもう一度客間にご案内して、すぐでございます」

ジミーはうなずいた。「用法によると、薬は一日三度、食後に飲むこと、となっているね？」

「はい。しばらく前に、グッドウッド先生がウィルスデン様にそう説明しておられました。旦那様はいつも朝昼晩のお食事後に、規則正しく服用しておられましたよ」

「前の瓶は昼食後に空になったと言ったね」とジミーは言った。「次の薬は夕食後まで飲む予定はなかったわけだ。午後、医師の来訪後に、誰かここに入った者はいるかい？」

執事は首を横に振った。「存じません。お茶はもちろん、客間でお出ししました。女中の一人と私が夕食の用意をするまで、ここに入った者はいないと思います」

「ふむ、ソーンヒル医師の話からそれてしまったようだな」とジミーは言った。「その日の晩、彼ともう一度会ったんだね？」

「はい。ウィルスデン様の具合が悪くなり、ミルボーン夫人から、運転手に命じて先生を連れてこさせるようにとご指示がありまして。私は玄関ホールでお待ちし、先生にお入りいただいて、ウィルスデン様の部屋にご案内いたしました。かなり経ってから、先生から呼び鈴で玄関ホールに呼び出され、ウィルスデン様が亡くなったと告げられると、パタムまで運転手に送ってほしいと言われました」

「それで翌日は？」とジミーは訊いた。「またソーンヒル医師に会ったんだね？」

「朝でございました。ラヴロック様とデリントン先生が最初にこちらに来られ、ソーンヒル先生が数分後に来られました。皆様が二階から降りてこられた際、ソーンヒル先生が、ウィルスデン様は薬を飲まれたかと聞いてこられましたので、薬瓶をお見せしました。ラヴロック様とデリントン先生も、そのときご一緒でしたよ」

「ソーンヒル医師と会ったのは、それが最後だね？」とジミーは尋ねた。「その日の晩、ソーンヒル医師が往診で村に呼び出されたのは知ってたかい？」

「はい、存じております。スプロウストン・アームズに行きましたところ、そこの主人が、近くに住むご老人の娘が来たと教えてくれまして。父親が心臓発作を起こしたので、医者を呼んでくれと頼まれたと」

「私もそう聞いたよ」とジミーは言った。「君が聞いたのはいつだい？」

「八時半でございます。経緯をご説明しますと、ミルボーン夫人が、一人ぼっちで夕食をとりたくないとおっしゃって、居間にお盆を持っていかれました。私が出かけましたのは、そのお給仕をしてからです。外で長居はいたしませんでした。ビール一、二杯飲む程度の時間でございます」

「ソーンヒル医師は自転車で村に向かった」とジミーは言った。「彼の姿を見なかったかい？」

「いいえ。出会った人は多くはございません。ご挨拶申し上げた方が、ほんの一人か二人でございました」

ジミーはうなずいた。「そうか、君が知ってるのはそんなところだろう。ミルボーン夫人がベッドから出られたか、見てきてくれないか。出られていたら、我々が面会を求めていると伝えてほしい」

執事は食堂から出ていき、足音が遠ざかっていくのが聞こえた。ジミーは、すばやく薬瓶を取り上げ、ポケットに滑り込ませた。彼とフェアロップは、無言のまま、執事が戻るのを待った。

長くは待たされなかった。「ミルボーン夫人は数分後に降りてこられ、客間でお目にかかるそうです。こちらへお越しいただけますか？」執事は、二人を暖炉の火が赤々と燃えている客間に案内してから退いた。

数分後、クレア・ミルボーンが姿を見せた。喪服だが整った身なりだ。こうべを垂れて来客に礼儀を示し、堂々たる雰囲気でいつもの椅子に歩み寄ると、腰を下ろした。「どうぞお座りになって」と彼女は堅苦しく言った。「さあ、ご用件を承りましょうか」

ジミーは、こんな場のお決まりの言葉で口火を切った。「このようなときにお邪魔申し上げて恐縮です、ミルボーン夫人。ただ、我々はソーンヒル医師について調査を行っておりまして。彼のことでご存じのことを教えていただきたいのです」

彼女の眉がつり上がった。「ソーンヒル先生のことですか？　私になにを期待しておられますの？グッドウッド先生の不在中に、仕事で来られただけです。とても素敵な青年でしたよ。気の利いた方でしたし。先生が最善を尽くされたのは確かです。もちろん、グッドウッド先生が兄の臨終の場に居合わせておられたらなによりでしたけど。兄も私も、先生とは親しかったものですから。とても落胆してらっしゃいますね。昨日の午後、葬儀のあとにここに来られて、兄が危険な状態だと分かっていたら、絶対に出かけたりしなかったと言っておられました」

「ソーンヒル医師は、最初にウィルスデン氏の診察をしたあと、病状の重さをあなたに警告したのではありませんか？」とジミーは訊いた。

「そのとおりです」とミルボーン夫人は答えた。「自分の指示に従ってもらえるのなら、兄をすぐに入院させると言ってましたわ。先生の忠告に従ってくれたらよかったのにと悔やむばかりです。でも、兄には、そんなこと思いもよらなかったのよ。グッドウッド先生がほんの二日前に説明したことからすると、ソーンヒル先生の誤診としか思えなかった。それに、兄はその日の晩、夕食前はずっと具合がよさそうだったし」

「グッドウッド医師は、ウィルスデン氏を最後に診察してから、あなたを安心させたわけですね？」とジミーは尋ねた。

「ええ、もちろんです！」と彼女は力強く言った。「心安んじて休暇に出かけられると言ってましたわ。兄は、先生が戻られるまで、先生の薬を飲んで食事制限を続けるつもりだったし、戻られる頃にはよくなっていると思ってましたよ」

「ウィルスデン氏の最後の発作がどのような状況で起こったか、正確に教えていただけますか、ミルボーン夫人？」とジミーは訊いた。

進んで答えようとする様子に、彼女はこの話題を忌避してはいないとジミーは感じた。夫人は、木曜の晩の出来事について、ソーンヒルに語ったのとまったく同じ言葉で説明し、「兄が客間に入ってくると、これまでにないほど具合が悪そうなのが分かりました」と話を続けた。「夕食で食べたような物を食べてはいけなかったのよ。でも、兄はひどく我がままな人でしたから。いったんこうと決めると、もうなにを言っても無駄でした。もちろん、ソーンヒル先生を往診に呼ぶと、すぐ来てくれました。でも、兄を診てすぐ、ほとんど手の施しようがないとおっしゃって」

「ソーンヒル医師には、お兄さんを最後に診察してからあとの経緯は、すべてお話ししたと？」とジミーは尋ねた。

「すべてお話ししました」と彼女は答えた。「とてもいい先生でしたわ。自分の忠告に従ってさえいれば、兄が助かったかもしれないなどとはおっしゃいませんでした。内心では、きっとそう思っていたでしょうけど」

「ソーンヒル医師には、木曜の夜にここを出られたあとは会っていないのですね？」とジミーは訊いた。

「それが最後でした」と彼女は答えた。「翌朝も来られましたが、私はお会いしなかったから。ちょうどここにいた、ラヴロックさんが対応されたんです」

ジミーは情報提供の礼を述べて、フェアロップとともに部屋を出た。執事が玄関ホールで待っていて、車まで彼らに付き添った。「薬瓶がないことを執事に気づかれたかな」ジミーは、私道から発車するときに言った。「これを州の分析専門官のところに持っていって、中身を調べさせてくれ。ウィルスデン氏が一服飲む前に、数時間は食堂に置いたままだったんだ」

「手を加えられているとでも？」とフェアロップは訊いた。

「分からない」とジミーは答えた。「ウィルスデン氏の死期が早められたという疑惑をソーンヒル医師が持っていたとしても、そんなことはおくびにも出さず、他の医師にこっそり打ち明けることもしなかったようだね」

「デリントン医師は、グッドウッド医師が十分手を尽くさなかったと思っているようですが」とフェアロップは言った。

「ソーンヒル医師には非がないとかばいながらね」とジミーは答えた。「だが、それは同じ町に住む開業医という、商売敵（がたき）に対する嫉妬心の現れにすぎないのかも」

車が門に近づくと、フェアロップは速度を緩め、「これからどこに行きますか？」と訊いた。

「昼食をとりにチルカスターに戻ろう」とジミーは答えた。「午後はケンマイルに行く。死体のある所（『マタイによる福音書』第二十四章二十八節「死体のある所には、はげ鷹が集まる」より）——というか、あった所だか——とも言うじゃないか。これ以上収穫があるか分からないが、やってみよう」

続く三日間、ジミーは、ケンマイルとパタムを行き来し続けた。パタムでは、ソーンヒル医師と少しでも接触のあった者には全員に会った。赤帽（ポーター）のノープスにも当たり、水曜の七時十二分の列車でソーンヒルが到着し、ロンドンからの一等車席の切符を彼に渡して、駅でグッドウッド医師が車で出迎えたという話を確かめた。

金曜の午後、ジミーは、チルカスターからロンドンに列車で戻った。土曜の午前は、スコットランドヤードで、キングとともに届いていた多くの報告に目を通した。その日の晩、約束の時間に、プリーストリー博士の居宅であるウェストボーン・テラスでの夕食会に出席した。

定例のメンバーは全員揃っていた。ホストのプリーストリー博士、その秘書のハロルド・メリフィールド、引退した開業医のオールドランド医師、かつて犯罪捜査課で指導力を揮ったハンスリット元警視、それにジミー自身だ。夕食のあいだは、いつものように、会話はありきたりな話題に終始した。夕食が終わり、全員がプリーストリー博士の書斎に移動すると、その日の晩における真の話題がはじまるのだ。教授はデスクのうしろに身を落ちつけ、ハロルドはデスクの上にタイプ打ちしたメモ用紙を数枚置き、教授の隣に座っていた。ほかの三人は、暖炉の前に半円を描くように並び、肘掛椅子に座っていた。

前置きで時間を費やすことはしなかった。プリーストリー博士がすぐに口火を切ったからだ。「さて、ジミー?」博士はジミーに向かって熱を込めて尋ねた。「月曜に話してくれた、例の興味深い事件は、なにか進展があったかね?」

「多少は」とジミーは答えた。「でも、期待していたほどでは」彼は、オールドランドとハンスリットのために、事実のあらましを話し、前日にチルカスターを出発するまでの捜査過程を説明した。「事件のポイントは、三角形をなしているように思えます」と彼は言った。「つまり、人間の遺骸の身元、燃え尽きた車の所有者、ウィルスデン氏の死因という、三つの辺からなっています」

オールドランドはクスクスと笑った。「三角形の解法とくると、君の数学的精神をくすぐるんじゃないか、プリーストリー」

「そうした問題を解くには、まず一定のデータが必要だよ」プリーストリー博士は上機嫌に答えた。「たとえば、一辺の長さと二角の角度の情報がね。この事件では、各辺が接する頂点がはっきりしない。それに、各辺自体も今のところ不明確なため、十分な精度で長さを測れないのだ。ジミーなら、もっと明確に定義してくれるかも」

「やってみましょう」とジミーは言った。「一番明確な辺は、遺骸の身元と思われます。ジョン・ソーンヒル氏が、息子さんが数年前に負った怪我について証言してくれたおかげで、これは決定的と思われます。同年齢の複数の男が、過去に同様の怪我をすることもないわけではありません。しかし、遺骸と同様の怪我をした男が、かなりの近距離内で失踪し、最後に目撃されているという事実は残ります」

「その遺骸が、もしかするとブラッグだとは思わなかったのか、ジミー?」とハンスリットは訊いた。

「思いましたよ」とジミーは答えた。「ブラッグが姿を消したのも事実です。しかし、偶然という長い腕をそんなに伸ばしたら、間違いなく関節が外れてしまいませんか? ブラッグとソーンヒル医師が、過去にまったく同じ怪我をしたなんて想像できますか? それに、たとえそうだとしても、ソーンヒル医師がどうなったのか、という問題は残りますよ」

「遺骸の身元は、議論の土台として受け入れていいだろう」とプリーストリー博士は言った。「さらに踏み込んで、ソーンヒル医師が、殺害されてから死体に火をつけて燃やされたと想定してもかまうまい。誰によって、どこで、なぜ、という点は今のところ不明だが。三角形の第二辺についてヒントはあるかね、ジミー?」

「ある程度は」とジミーは答え、回状の内容と送付先を説明した。「登録当局のすべてが回答を寄こしたわけではありません。しかし、ロンドン州会からは回答が来ています。固有の特徴も分からない大衆向け自動車の一台を追跡するのがいかに難しいかを分かっていただくために、州会の台帳に登録されている戦前に生産されたマスプロの十馬力セダンは、まだ数百台もあると申し上げさせていただきますよ。

ところが、驚いたことに、これらの車を調査するのは、思いのほか容易だったんです。送られてきた登録車リストを調べていて、目に留まった車が一台ありました。〈ＸＺＸ２５３〉、マスプロの十馬力セダン、一九三八年生産、グレー、内装は青、アーネスト・ブラッグ大尉、フラム、ライド・ストリート十七番地Ａ。新たに取得したことが、今月四日付けで登録されています。

さて、この新たな所有者の名前は別にしても、重要なポイントが一つあります。コルベックによれば、彼のところに残していった車の色はダーク・グレーでした。当然ながら、我々はすぐにライド・ストリートを訪ねました。そこでまず壁にぶつかりましたよ。十七番地Ａというのはなかったからです。十七番地はありましたが、八百屋で、その所有者と家族が二階に住んでいました。しかし、八百屋も、その通りに住むほかの誰も、ブラッグという名の人物は知らないし、特徴の合致する車も見た覚えがないといいます。

その線での捜査が行き詰まったため、次の手として、車の前の所有者に連絡を取りました。ロンドン州会から名前と住所を教えてもらったんです。草の根を分けて探し出したところ、バーンズに住む競売人と分かりました。しかし、彼もブラッグについては知らなかったし、自分の古いグレーのマスプロ十馬力、ツードアのセダン車を買ったのが誰かも知りませんでした。彼は九月に新車を購入し、古い車はメリルボーン・ロードの中古車業者に売却したんです。

しかし、注目すべき点がもう一つあります。その男は、自分の古い車がツードアのセダンだったと言いました。森林組合のベンフリートが、イェイヴァリー森で燃やされた車の車体はその型だと確認しています。そのあと、メリルボーン・ロードに行きましたが、中古車業者は協力的だったし、記録も見せてくれました。ロンドン州会が提供してくれた特徴に合致する、〈XZX253〉の車を買ったのは、九月十五日でした。売りに出す中古車のリストに加え、車の雑誌の広告に載せたそうです。

こうしてようやく、謎のブラッグの手がかりをつかみました。今月四日、購入希望者が会社に来たそうです。その男の説明によると、落花生会社の従業員として東アフリカで働いているが、休暇を二か月もらって戻ってきたので、こっちにいるあいだに乗る車がほしいとのことでした。『モーター』誌に載った広告を見たとのことで、その雑誌を出して見せたそうです。乗り心地のよさそうなのはいくらでもありましたが、乗ったことがあるからというので、マスプロ車をほしがったそうです。広告に載っているマスプロの十馬力車がまだ売れていないのなら、見せてくれと。

〈XZX253〉は売れていなかったので、その客に見せたところ、結局、それがいいという話になりました。一週間後からしか使わないから、それまでは乗らないが、取引をまとめるために、その場ですぐ支払うとのことでした。男は現金払いした。さて、会社は車を点検して必要な整備をしたのか？　それと、会社は記録簿を持っているが、所有者の変更を登録させる手続きをしたのか？　と訊いていくと、名前はアーネスト・ブラッグ大尉、住所はライド・ストリート十七番地Aというわけです。

ところが、会社にも登録局にも、こうした細かい点の裏づけを取る理由はなかった。事務員が、所有者の変更を記録する際、ライド・ストリートに十七番地Aがないと気づく可能性など万に一つもありませんよ。手続きはすんなり終わりました。新しい所有者は、十一日水曜の朝に再びやってきて、車を点検し、それに乗っていきました。それきり、会社はその男も車も見ていません。

もちろん、この男に会った会社の社員たちからは、男の特徴を聞き込みましたよ。無理もないことながら、結果はきわめて曖昧なものでした。こうした連中に、大勢来る客の顔を憶えておけと言ったって無理です。金さえちゃんと持ってりゃいいんだから。彼らの話では、男は大柄で、東アフリカの日差しのせいか、肌は浅黒かった。身なりはきちんとしていて、北部訛りがあったそうです。大柄という点を別にすれば、コルベックの説明とはかけ離れています。彼の説明では、ブラッグはみすぼらしい古コートを着て、コックニー訛り丸出しだった。メリルボーンで最後に目撃されたブラッグは、明るい色のレインコートを着て、小さなスーツケースを手にし、車の中に一緒に乗せたそうです」

「自賠責保険はどうなのかね？」とオールドランドが訊いた。「それを手がかりに追及できないのかい？」

「無理ですね」とジミーは答えた。「男は、その場で決めて、即購入したいと会社に言った。会社は保険契約覚書を渡して、男は車を受け取り、保険金を支払ったそうです。保険契約証書は、あとで郵送する予定でした。宛て先不明で保険業者に返送されるでしょうね。男には、保険契約覚書のほかに、登録証とクーポンがまだ残っていたガソリン配給通帳を渡したそうです。

結論を言えば、燃え尽きた車が〈ＸＺＸ２５３〉である可能性はかなり高い。登録局からの報告にある戦前のマスプロ十馬力セダンを洗いざらい確認して、存在を確かめるまでは、絶対の確証は持てませんが。しかし、運転手については、なお多くの疑問が残っています。仮に名前が偽名でなくとも、なぜ嘘の住所を教えたのか？　メリルボーン・ロードのブラッグは、ケンマイルのブラッグと同一人物なのか？　赤の他人の立場で、注意深く観察する理由もないときては、彼らの説明する特徴に食い違いがあったとしても、さほど重要とは思いませんがね。二人が同一人でないとしたら、入れ替わりはいつ、どこで生じたのか？　最後に、二人目のブラッグがコルベックの修理屋に車を残していったとき、車から持ち出した荷物はなんだったのか？」

オールドランドは笑い声を立てた。「君は悩みを増やしているだけだよ、ジミー。ブラッグはただ一人と仮定したほうがシンプルじゃないのか？」

「はるかにシンプルですよ」とジミーは同意した。「あなたの医学知識を頼りたいところですね、先生。殴られてから、どのくらいで目の周りに黒あざができますか？」

「おおむね二、三時間といったところだな」とオールドランドは答えた。「正確には言えないが」

ジミーはうなずいた。「ブラッグが水曜の朝に車を取りにきたとき、目の周りに目立つあざをしていたのなら、メリルボーン・ロードの連中も間違いなく気づいたはずです。コルベックが真っ先に気づいたのも、夕方の六時半頃だったのに、目の周りの黒あざだった。いつ、どこであざをつくったのか？」

「車を運転しているあいだだな」とハンスリットが答えた。「きっと事故だろう。急ブレーキを踏んで、顔面を車のどこかにぶつけたのさ。そんなのはよくあることだ」

プリーストリー博士が議論に割って入った。「ジミーがあらゆる可能性を考慮しようとするのも無理はない。こんな複雑な事件なら、石橋を叩いて渡らなくてはいけないものだ。とはいえ、オールドランドの言うように、少なくとも当面は、ブラッグは一人と仮定していいだろう。いずれにしても、水曜に車を置いていったブラッグと、金曜に車を回収したブラッグは同一人物だ。最も重要と思われるのは、その二人目のブラッグの正体だよ」

「分かりました」とジミーは言った。「では、この謎のブラッグの動きをたどってみましょう。測ってみたところ、メリルボーン・ロードからケンマイルまでは、最短で約百三十マイルです。ブラッグが水曜の朝に車で走り去ったのが、正確に何時なのかは分かりません。昼に近かったとしても、コルベックのところには、六時半には着いていたでしょう。寄り道したり、車を停めたりする時間もあったはず。少なくとも、コルベックが見た荷物を運び込むのに、どこかで一度は停まっているはずです。

そのあとブラッグは、おそらくロンドンにその荷物を持って戻りました。荷物は違法な取得物としか思えません。これを処分してから、列車で再びケンマイルに戻ったわけです。疑惑を避けるために、コルベックには、駅に荷物を置いてきたので取りにいくと言った。なぜまた戻ってこなくてはいけなかったのか？　車を隠滅するためでしょう。自分が関わっている悪事の手がかりを残すものですからね。事実、彼は車を隠滅したわけですよ。

しかし、ここで一見、解決不可能な問題が出てきます。なぜソーンヒル医師を殺したのかという疑問を度外視しても、どうやって彼と出くわしたのか？　少なくとも一点だけは確かです。ブラッグが車でコルベックの修理屋を出たのは、九時になってからです。医師のかばんが見つかった場所に車で行き、火事が目撃される前にイェイヴァリー森に戻るのは不可能ですよ。火事は、その数分前には出火していたはずです。それどころか、ブラッグは、燃え尽きた車の見つかった場所に直行したとしても、ぎりぎりの時間しかなかったでしょう」

第十二章

プリーストリー博士はうなずいた。「その問題は一時保留として、三角形の残った辺を検討しよう。つまり、ウィルスデン氏の死だ。その問題について君の意見は、ジミー？」

ジミーは、オールドランドのほうを向いた。「これはあなたにお訊きしたいですね、先生。集めた証拠については、すべてお話ししました。ウィルスデン氏の死は自然死だと納得されますか？」

「実に難しい質問だ」とオールドランドは答えた。「ソーンヒルのように、木曜の午後にその男を診察したわけじゃない。胃潰瘍とは妙な病気だよ。急に不快な症状が現れたかと思うと、意外にあっさり消えたりする。君の話には、ウィルスデンの死因が病状から自然に生じた胃腸の穿孔ではなかったと示唆するものはない。最後の夕食が直接の原因だったことも十分あり得る。彼がその日の晩、気分がよかったのは確かだし、そうでなければ、そんな夕食はとらなかったろう。

ソーンヒルの立場に立って考えてみよう。大学付属病院から独立して比較的間がなく、多忙なロンドンでの診療業務に従事していたことからすれば、彼の診断の経験は、おそらくグッドウッドよりずっと優れていただろうな。田舎の開業医は、最新知識を保つ努力をしないと、すぐ腕がなまってしまう。ソーンヒルは、ウィルスデンを診察してすぐ、病状の重さに気づいた。彼がそのとき話したことを別にしても、グッドウッドへの手紙がそのことを証明している。

ソーンヒルの立場は、最初から八方ふさがりだった。ウィルスデンは、まったく手に負えない患者だったらしいからね。診察したのが私で、ソーンヒルの場合と同様、忠告をにべもなく拒まれたとしたら、それ以上彼の治療に関わるのを断り、ほかの医者を探せと言っただろうな。だが、ソーンヒルはただの代診医だし、そんな態度はとれまい。彼の忠告は実にもっともだが、患者に拒まれたら、どうしようもなかっただろう」

「なるほど。先生、もう一つ質問があります」とジミーは言った。「ソーンヒルは木曜に、ウィルスデン氏の病状が重いと診断しました。グッドウッド医師は、その前の火曜に彼を診察し、心配するようなことはないと言っている。二日でウィルスデン氏の病状が急激に悪化するなんてあり得ますか？」

「あり得んことではないさ」とオールドランドは答えた。「さっき話したように、胃潰瘍の場合は、症状が急激に現れる。もっとも、違った見方もできるがね。グッドウッドについての君の説明からすると、対応が少々ぞんざいだという評判があるようだね。患者の病状の浮き沈みに慣れてしまっていたから、火曜に症状をしっかり診なかったのかもな」

「でも、こうも言えますよ」とジミーは言った。「二人の医師が書いた診断書が事実に合致していたことは疑えません。でも、その穿孔が、誰かほかの人間によってもたらされたものだとしたら？　それも、ソーンヒル医師が見抜けなかったような方法を用いたとしたら？」

オールドランドは苦笑した。「あまりに大雑把な質問だね、ジミー。大まかに言えば、答えはイエスだ。胃潰瘍の患者は、非常に不安定な状態にある。言い方を変えれば、殺そうと思えばたやすく殺せてしまう。腐食性の薬を微量でも与えれば、すぐに穿孔を生じるだろう。そんな薬を用いても、検死解剖で検出するのはたぶん無理だ。それに、その男は火葬されてしまったわけだから、検出するのは永遠に不可能だよ。

もう一度ソーンヒルの立場に立って考えてみたまえ。彼は火曜の午後、穿孔が生じるおそれのあることを知っていた。患者に入院を勧めているからね。病院で危険な状態になったとしても、すぐ手術をすれば、ほぼ確実に患者の命は救えただろう。ソーンヒルには、サプワース・プレイスで、自分ひとりで手術することはできなかったはずだ。仮に手術する能力があったとしてもね。いずれにしても、そんなリスクを負うのは、彼には荷が勝ちすぎたろう。その日の晩、往診で呼ばれたときに彼が聞いた話には、疑惑を抱くような点はなかった。あんな食事のあとなら、穿孔が生じるのは十分予測できただろう」

「つまり、こういうことですね」とジミーはなおも食い下がった。「ウィルスデン氏の死は、無分別な夕食が原因だった可能性がある。その一方で、ひそかに盛られた、微量の腐食性の薬が穿孔を生じさせた可能性もあると？」

オールドランドがうなずくと、ハンスリットが割って入った。「なにを考えてるんだい、ジミー？そんな議論が、この事件とどう関係があるんだ？」

「関係があるかどうかは、よく分かりません」ジミーは、プリーストリー博士のほうを横目に見ながら答えた。「でも、お分かりのはずですが、ウィルスデン氏は、殺人者が狙うには恰好の標的だった。彼は胃潰瘍だったから、適当な薬を少量与えても死をもたらした。彼は金持ちで、財産を広く分け与える遺言を作成していた。受益者は皆、遺贈の対象であることをそれとなく知らされていたという。妹は別ですが、サプワース・プレイスの全員と、彼の家をよく訪ねていた多くの人が対象になっていた。実に単純じゃないですか」

「君の疑惑を裏づける証拠はあるのかね？」とプリーストリー博士は訊いた。

「いいえ、ありません」とジミーは素直に認めた。「ただ、一つ閃いたんですよ。ソーンヒルがサプワース・プレイスを初めて訪ねたときに持参した薬瓶のことはお話ししましたね。ハンポール夫人と話したときに、私からその瓶の話を持ちだしたんです。夫人の話では、ソーンヒル医師ではなく、グッドウッド医師の処方で薬を調合したそうですよ。グッドウッド医師が休暇に出る前に行った最後の処方でした。

　その瓶のことを聞いてすぐ、気になりはじめたんですよ。ウィルスデン氏は、その瓶から薬を飲み、ほぼその直後に具合が悪くなった。起きたことは、二つに一つだと思いました。瓶の中身が、意図的かどうかはともかく、不適切な処方をされていた。あるいは、あとで手を加えられた、と。ソーンヒルが持参したあと、瓶は午後のあいだずっと食堂の戸棚に置きっぱなしになっていた。誰でも手を出せたわけです。

　というわけで、執事が背を向けたとき、ポケットにくすねて、州の分析専門官のところに送りました。その結果報告は、私がチルカスターを出発する直前に届きました。瓶の中身は、ただのビスマス調合薬で、有害なものはなにも含まれていなかった」

「空クジを引いたね、ジミー」ハンスリットは同情を込めて言った。

「空クジでした」とジミーも繰り返した。「でも、もちろん、それで決まりとは言えない。夕食で食べた皿の一つになにかを入れるのは容易だったはずです。たとえば、チキンを食べるのに浸けたホワイトソースとか、アップル・タルトとか」

「待てよ、ジミー」とハンスリットは異議を唱えた。「妹さんだって同じ皿から取ったはずだぞ。そんなものが入っていれば、彼女もおかしくなるだろう？」

オールドランドがこの問いに答えた。「それはどうかな。腐食性の薬なら、ごく微量でもウィルスデンに十分致命的な効果をもたらしただろう。だが、妹さんの内臓が正常なら、その程度の量だと、たぶんなんの影響も出なかったはずだ」

「そう、おっしゃるとおりです」とジミーは言った。「オールドランドの意見を聞いたあとではなおのことですが、私はまだ、ウィルスデン氏の死因が実は自然死じゃなかったのではと思ってますよ」

「その可能性は確かにある」とプリーストリー博士は応じた。「ジミーのほのかな疑いをかばう意味で言わせてもらえば、ソーンヒル医師がパタムに滞在した短いあいだに、彼の周辺で起きたことはすべて調べるよう勧めたのは私なのだ」

「彼の滞在中に起きた顕著な出来事は、ただ一つ、ウィルスデン氏の死です」とジミーは言った。「ソーンヒルと一言でも言葉を交わした者には、すべて当たったつもりですよ。その一人の患者の死を別にすれば、彼が経験したことは、田舎の医者が経験しそうなことばかりです。

ウィルスデン氏の死に関して一番引っかかるのは、ラヴロック氏が話してくれたことです。つまり、受益者は大勢いて、いずれも多かれ少なかれ、なにかもらえると知っていた。その中の一人が、グッドウッド医師が不在で、よそ者の代診医が代わりを務めているのを絶好の機会と考えたのでは？　行動に移すなら急ぐ必要がありました。というのも、彼らの得になる遺言は無効になるおそれがあったんですよ。

ウィルスデン氏は、ほぼ確実に再婚するつもりだったからです。その心づもりを誰かにはっきり話したかどうかは分からない。でも、彼がラヴロック氏にした質問からすれば、なにを考えていたかはまず疑問の余地はありませんよ。その点についてほぼ確信を持っていた人物がもう一人います。グッドウッド医師はウィルスデン氏に、氏の病気は子どもを儲ける妨げにはならないと請け合っていたんです」

「その大勢の中で、特に強い動機があると目星をつけている者でもいるのかね、ジミー?」とオールドランドが尋ねた。

ジミーは肩をすくめた。「誰の名を挙げてもおかしくありません。ただ、調査をしていると、常にグッドウッド医師の名が浮かんでくる。実は彼が、患者の病状の重さを知っていたとしたら? 患者が死んだとき、パタムの誰も連絡の取れないところにいたとしても不思議ではないのでは? グッドウッド医師は、ポンフレット夫人と並んで筆頭の受益者です。一万ポンドとはけっこうな額ですよ」

「ちょっと待て、ジミー」とハンスリットは言った。「ついさっき、君はこう言わなかったか? ラヴロックによると、ウィルスデンはグッドウッドの娘と結婚する気になっていたと。だとすると、その事実は、グッドウッドの動機を打ち消すものに思える。それに、患者の死亡時に不在だったのなら、どうやって患者を殺害したと?」

「ラヴロックが言ったのは、こういうことです」とジミーは答えた。「彼の意見では、ウィルスデン氏がパトリシア・グッドウッドとベティ・ヴァーノンのどっちを選ぶかは、半々の可能性だと。グッドウッド医師は、本命の相手がベティ・ヴァーノンのほうで、自分の娘には見込みがないとはっきり知っていたのかも。ついでに、細かい点を一つ申し上げておくと、パトリシア・グッドウッドは、ウィルスデン氏が亡くなった翌日の晩に突然帰宅しましたが、氏の逝去については帰宅するまで知らなかったと明言しています。

グッドウッド医師が患者を殺害したのなら、指一本動かす必要もなかったのかも。適切な処置なくばウィルスデン氏は早晩死ぬと知っていたので、放置しておけばよかったのでは。当然、臨終時は近くにいないほうがいいと考える。代診医が本当の病状に気づいたとしても、心配することはなかった。ウィルスデン氏が、見ず知らずの医師の忠告になど耳を傾けないことはよく分かっていた。実際、思惑どおりになったわけです」

「我々はあやうく、不毛な推測の域に迷い込もうとしている」プリーストリー博士はもどかしげに言った。「三角形の第三辺は、今のところ、計算の基礎とするには不明確でありすぎるね。少なくとも、各辺が接する頂点を一つでもはっきりさせたほうがいい。言い換えれば、ソーンヒル医師の殺害、ブラッグとその車、ウィルスデン氏の死がどう関係しているかを探ることだ。ハロルドに頼んで、『ブラッドショー鉄道案内』を調べてもらったよ。彼から調査の成果を報告してもらおう」

ハロルドは、メモ用紙を一枚、自分の手前に引き寄せた。「手荷物係責任者のジャーヴィスの証言について調べました。ケンマイルは、単一支線の数少ない相互乗り入れ箇所の一つなので、上りと下りの各列車が近接した時間で発着します。この支線は、チルカスターの連絡駅から海岸沿いにあるユーポートのターミナル駅まで伸びています。その中間には駅が九つあります。ケンマイルとパタムを含めてね。その両駅の間には、ティブル・ロードという駅が一つあります。ロンドンからその支線の他の駅に列車で行くには、本線が通過するチルカスター連絡駅を必ず経由することになります。

さて、ソーンヒル医師は、十一日水曜七時十二分に、列車でロンドンからパタム駅に到着しました。その列車は、六時四十七分にケンマイル駅を発ちます。この駅で六時五十分に発つ上り列車と交差します。正常な運行であれば、この二本の列車はケンマイル駅で三、四分ほど一緒にいるわけです。ブラッグがコルベックに、列車でロンドンへ行くと言ったのは、その上り列車のことです」

「三角形の二辺が接する可能性のある頂点が、ここにあるのが分かるかね」とプリーストリー博士は言った。「ブラッグとソーンヒル医師の接点は、彼らが同じ時刻に同じ場所にいたという形で立証されるのだ。一方が他方を知っていたかどうかは別問題だが」

「知っているわけがありませんよ、教授」ハンスリットが異議を唱えた。「ブラッグの行動からすれば、やつは明らかに悪党です。人品卑しからざるソーンヒル医師の友人とはまず考えられません」

「そんな意味での友人ではないよ」とオールドランドが言った。「だが、考えてみたまえ。ブラッグが悪党なのは、みな同意見だろう。悪党なら、ソーンヒル医師が診療をしていたイースト・エンドにもいくらだっているさ。彼らが医師と患者の関係というのもあり得るんじゃないか？　どうだい、ジミー？」

「それは一理あるかも」ジミーは思案しながら答えた。「もう一歩進めてもいいかもしれません。ブラッグは正体を隠そうと努めていた。赤帽（ポーター）の詰所に外套を残していったのが、唯一の正体の手がかりです。ソーンヒル医師がケンマイル駅のプラットホームでやつを見かけ、誰なのか気づき、『やあ、ジョーンズ！』とか、やつの本名で声をかけた。『ここでなにを？』とね――かくして、彼は自分の死刑執行命令書に署名してしまった」

「悪くないな、ジミー」とハンスリットが言った。「ブラッグが『先生こそ、どちらへ？』と問い返し、ソーンヒルが答え、ブラッグはいざとなったら医師をどこでつかまえられるか知ったわけだ」

「ハロルドからあとの説明を聞こうか」プリーストリー博士は静かに言った。

「夕方遅くに、二本の列車がケンマイル駅で再び交差します」とハロルドは言った。「ジャーヴィスが正確な時間を説明しています。下り列車は八時五十五分に着き、九時一分に発つ。上り列車は八時五十七分に着き、九時三分に発つ。ブラッグは金曜、その下り列車でロンドンから着いたと思われます。ソーンヒル医師は、金曜八時過ぎに自転車で出発した。上り列車は、八時三十三分にパタム駅に停車し、八時四十四分にティブル・ロード駅に停車します。ソーンヒル医師が、どちらかの駅でその列車に乗り、ケンマイル駅で降りた可能性は？」

「その駅でブラッグに会い、車に乗るよう勧められたんだ！」ハンスリットが声を上げた。「どう思う、ジミー？」

ジミーは首を横に振った。「ブラッグがコルベックの修理屋に車を取りにきたときは、一人きりでした。ジャーヴィスの説明からすると、車で駅に戻っていないのは確かなようです。ソーンヒル医師がパタム駅で乗車したとはまず考えられない。赤帽（ポーター）のノープスは彼を知っていたし、その時間は勤務中でしたから、確実に彼に気づいたはずですよ。ティブル・ロード駅は、かばんが見つかった場所からほぼ五マイル離れている。それに、緊急の往診の呼び出しを受けていたソーンヒル医師が、どうして急に気が変わったのか、そのわけを説明してほしいところです。彼が列車に乗ったのなら、自分の意思で乗ったはずですよ。列車に強引に連れ込むなんてできない」

「その可能性も、まったく否定すべきではあるまい」とプリーストリー博士は言った。「それで君の一番の難問を回避できるのならね、ジミー。ブラッグには、ブリックフォード・ハウスの近くでソーンヒル医師を車に乗せることはできなかったと君は証明した。出くわした場所がそこではなく、ケンマイル駅だとしたら？」

「それ以外にないようです」とジミーは答えた。「でも、ソーンヒル医師は、いったいそこでなにをしていたと？」

だが、プリーストリー博士は無言のままだったので、ひと息置いて、ハロルドが説明を続けた。

「もう一つ重要な点があります。ジミーの今の説明では、パトリシア・グッドウッドは、金曜にロンドンから、九時二十分に着く列車で帰ってきた。八時五十五分にケンマイル駅に着く下り列車です。これは、ブラッグがコルベックに、自分がロンドンから乗ってきたと言っていた列車ですよ。だとすれば、彼らは同じ列車に乗り合わせていたことになりますね」

「それと、彼女はケンマイル駅で、ソーンヒル医師とも会って話をしたかもな」とハンスリットは言った。

またもやジミーは、今度は途方に暮れた様子で首を横に振った。「私には手に負えません。ソーンヒル医師は、パタムではまったくのよそ者でした。グッドウッド医師ですら、ソーンヒルが到着するまで会ったことがなかったんですよ。パトリシア・グッドウッドは、彼が到着したときは家にいなかったし、医師が姿を消したあとで帰宅しました。二人がロンドンで顔をあわせていたとはまず考えられない。パトリシアとブラッグが知り合いだったなんて、なおのこと考えられませんよ」

「その列車ではじめて顔をあわせて、言葉を交わしたのかも」とオールドランドは示唆した。「そもそも、アーネスト・ブラッグ大尉は、自己紹介だけなら、少なくとも表向きは人品卑しからざる人物に映るはずだ。彼に車を売った連中は、悪党とは微塵も疑わなかった。二人は会話をし、パトリシアは、自分が誰で、家がどこか話した。ブラッグは、そりゃ奇遇だ、二日前にソーンヒル医師という友人に会ったが、彼もパタムに行くと言ってたな、と答えた。そんな偶然の出会いが謎の解明に大きく寄与するとは思えんが」

「議論が、とりとめなくなりつつあるようだね」とプリーストリー博士が辛辣に言った。「ジミーなら、確実な事実に基づいて、出来事の推移の仮説を組み立てているはずだ」

「組み立てましたよ」とジミーは応じた。「まだ大雑把なものですが、それだけの値打ちがあればご説明します。ウィルスデン氏は殺された。その方法ですが、殺人者は、グッドウッド医師が休暇で不在なのを利用した。彼が定期的に患者を診察していれば、病状が急に悪化すれば気づいたし、疑いを抱いたでしょう。患者に初めて接する代診医ならそうはいかない。ごく微量の腐食性物質を最初に仕込んだのは、グッドウッド医師が最後に診察した直後だったのかも。それなら、ソーンヒル医師がウィルスデン氏の初診時に示した病状の所見も説明がつく。

最後の薬は、木曜の晩に仕込まれた。明らかに、ウィルスデン氏が夕食をとった皿の一つにね。ソーンヒル医師が往診に呼ばれたものの、その薬は致命的なものだった。ソーンヒル医師が疑いを抱いたとは思えない。でなければ、死亡診断書に署名しなかったはずです。理由を言わずに署名を拒むのも容易だったでしょう。故人を診察した期間が短すぎたことも、拒む立派な口実になったはずです。オールドランドは、検死解剖を先にやっても、検死審問で犯罪は暴けなかったとお考えですが、結果から言えば、それはどうでもいいことです。

ソーンヒル医師はなんの疑いも口にしなかった。しかし、ウィルスデン氏の木曜午後の病状を診察し、死亡時にも立ち会っている。きっとグッドウッド医師に詳細を説明しただろうし、グッドウッドも疑いを抱いたのでは。罪の意識に悩まされる殺人者は、そうなることを恐れた。絶対確実な安全は、グッドウッド医師と話をする前にソーンヒル医師を消す以外に保証されない。そこに二つめの殺人、つまり、ソーンヒル医師殺害の動機があるのです。

　それがどうやって行われたかは、推測の域を超えません。私の考えでは、ソーンヒル医師は、かばんが発見された場所からさほど遠くない場所で殺された。あるいは、その場で殺されたのでないとしても、少なくとも意識を失わされた。それから、なにかの乗り物でイェイヴァリー森に運ばれた。彼がその晩、往診に呼び出されると事前に知っていた者はいないとされています。しかし、その主張が本当かどうかは、今は確信が得られません。

　チャドリーと先日話したんですが、初耳の話がありまして。サプワースから電話がかかる前に、ソーンヒル医師はすでに、金曜の夕食後に出かける心づもりでした。町の反対側の少し郊外に住んでいる患者を往診する予定だと、チャドリーに話したんです。ハンポール夫人に教えてもらって、その患者を突き止めましたが、中年の女性で、小売店員の奥さんでした。その奥さんの話によると、彼女は金曜の朝に診療所に行き、胸の痛みを訴えた。ソーンヒル医師が診察して、重く見たようです。すぐ帰宅して休むよう指示し、八時から九時のあいだに往診すると言いました。彼女は指示に従いましたが、医師は往診に来なかった。その後、グッドウッド医師に診てもらい、特に心配することはないと言われたそうです。彼女は、パタムから四分の一マイルほどの郊外に住んでいて、ブリックフォード・ハウスに行く途中ではないですが、家はそれほど離れていません」

「興味深いね」とオールドランドは言った。「やり方が対照的という点だが。ソーンヒルはいささか用心深すぎるし、グッドウッドは些細な病気に気を使わない。話の腰を折ってすまんな、ジミー。続けてくれたまえ」

「どんなご意見でも歓迎ですよ」とジミーは答えた。「そこから何が分かるかですが、その女性はおそらく、不快を訴えてソーンヒル医師の関心を引いたものだから、わくわくしたんでしょう。帰宅したのは六時半から七時のあいだのようですが、どうやら近所の人たちに、あとで医者が往診に来てくれると触れて回りましてね。なので、その日の晩、狙った相手が暗くなってから外出するという情報が殺人者の耳に入るだけの時間は十分あったわけです。ほかにもソーンヒル医師の動きを知っている者がいた。サプワース・プレイスの執事が、医師が往診で村に呼ばれたことを、遅くとも八時半には知っていたんですよ」

「なに？」ハンスリットは声を上げた。「執事だって？　使用人は全員、ウィルスデン氏の遺言書で受益者になっていると言わなかったか？　そう考えると、執事は誰よりも簡単に主人の食べ物になにか仕込めるだろうに」

「ええ」とジミーは答えた。「執事にウィルスデン氏を殺せなかったとは言いません。でも、執事がソーンヒル医師も殺したのなら、どうやって医師をイェイヴァリー森に連れていったのか？　スプロウストン・アームズに寄って聞き込みをしましたが、執事が店を出たのは九時をかなり回ってからだそうです。運転手も容疑者リストから外してかまわないでしょう。その日の晩は、使用人部屋で二人のメイドとラジオを聴いていたそうです」

「ジミーの仮説を、ある程度は受け入れたいね」とプリーストリー博士言った。「ソーンヒル医師が殺されたという事実は受け入れなくてはならない。医師は、正体を知られたブラッグに殺されたという仮説も示された。だが、時間と距離を考慮に入れると、それは困難を伴う。ソーンヒル医師がブリックフォード・ハウスの近くで襲われたのなら、コルベックの修理屋から車を出したブラッグは、そのあとで医師を襲うことも、死体を運ぶこともできなかった。だが、その前なら犯罪をやり遂げることもできたのでは？」

ジミーは少し考えてから、その質問に答えた。「八時五十五分着の列車でロンドンからケンマイル駅に着いたというのは、彼自身の言葉があるだけです。外套を取りにいったのは確かですが、駅でも目撃されていない。でも、車を回収する前にソーンヒル医師を殺したのなら、無意識か死んだ状態の彼を、どうやってイェイヴァリー森に運んだのか？　なにか別の乗り物を使ったと想定しなくては。地元での捜査はしらみつぶしにやったし、その点は請け合います。そんな乗り物を使用していたら、必ず突き止めていますよ」

プリーストリー博士はうなずいた。「その点は認めるよ。ブラッグは事後従犯の可能性は高いようだが、殺人犯ではない。となると、一人で二つの殺人を犯した者がいるという、君の仮説に戻ってくるね、ジミー。それ以上論を進めるのは無理だし、どのみち今日はもう遅い。だが、ジミー、ウィルステデン氏の遺言書で受益者となっている人々の完全なリストを手に入れて、問題の時間、つまり、金曜の午後八時と九時のあいだ、各人がどこにいたのかを確認したほうがいい。忍耐強い調査以外に、君の問題を解決するすべはあるまい」

第十三章

ジミーは、休暇を取った気分で、日曜は家で過ごした。しかし、月曜にはチルカスター行きの朝の列車に乗り、現地の警察本部でフェアロップと会い、ロンドンでの調査結果を説明した。「なんとしても、ブラッグという男を見つけなくては」と彼は言った。「やつの動きからして、どう見ても悪党だ。ロンドンからケンマイルに車で直行したに違いない。まっすぐ行けば、四、五時間で行けるからね。なぜそこへ行ったのか？　コルベックの目撃した荷物はどこで積んだのか？　その中身は？」

フェアロップはかぶりを振った。「その日の盗難の届け出は受けていません」

「じゃあ、こう考えたら？」とジミーは示唆した。「中身はともかく、その荷物は以前に盗まれたもので、どこかに隠しておいて、頃合いを見て回収したのさ。それと、もう一つ。どこで例の目のあざをつくったのか？　ロンドンにいたあいだとは考えられない。それなら間違いなく人目に付いたからね」

「その点は私も考えました」とフェアロップは言った。「昨日、巡査部長の一人とその話をしまして。彼は地元のアマチュア演劇団のメンバーで、ときどき端役で出てるんです。そいつが言うには、ドーランで目の周りにあざをつくるのはさほど手間もかからないし、消すのも簡単だと」

「おお、そうか！」とジミーは声を上げた。「いつも言ってることだが、自明なことに気づくのも才能の一つさ。君の言うとおりだ、警部。心から祝福させてもらうよ。ドーランか、なるほど。コルベックの証言とも合う。それなら彼も、その客は目の周りにあざがあって、みすぼらしい茶色の外套を着ていたと言うはずだ。ブラッグが列車に乗ったときは、外観を大きく変えていたわけだ。外套は捨て、目のあざは消していたのさ。まったくずる賢いやつだな」

ジミーはひと息ついて、フェアロップにたばこを差し出し、自分も一本火をつけると、「さて、やつはロンドンからケンマイルまで車で来た」と話を続けた。「その後数日のやつの消息は途絶えている。例の謎の荷物を持ち、水曜の六時五十分発の列車でロンドンに戻ったのか？　きっとそうだ。でなきゃ、ほかにどこへ？　ソーンヒル医師が同じ時間に下り列車に乗っていて、ブラッグと顔をあわせ、知り合いと気づいた可能性も指摘されたよ。ブラッグがその列車の別のコンパートメントに入り、パタムまでソーンヒル医師をつけていった可能性もあるのでは？」

「いえ、それは無理です」とフェアロップは答えた。「パタム駅で切符を受け取った職員の話をお忘れですか。下車した乗客の中で、彼が知らなかった人物は、グッドウッド医師が出迎えた紳士、つまり、ソーンヒル医師だけです。ブラッグが目につかないはずがありません。それに、もう一点。仮にそのあとにやってきたとしても、パタムみたいな小さな町では、よそ者がいつまでも目につかないままではいられません。ニューステッド警視と部下たちも八方調査しましたが、そんなやつがいたら必ず情報が入ったはずですよ」

「そうだね」とジミーはうなずいた。「では、ブラッグはロンドンまで行ったか、どこか同じ方向の駅まで列車で行ったと考えていい。やっかいなのは、やつのはっきりした特徴が分からないことだ。君の閃きが正しいなら、コルベックの説明はあてにならない。車を買った店の職員たちによれば、そいつは、最後に目撃されたとき、明るい色のレインコートを着て、小さなスーツケースを持っていた。だが、それもさして役に立たない。どっちも、ケンマイルに行く途中で間違いなく処分してしまっただろうからね。

だが、よく分からないのは、やつはなぜ列車で移動したのかということだ。修理屋に現れ、そこに車を残し、駅に行ったのもそうだ。自由に乗れる車があったのに。車を買った理由として考えられるのは、例の荷物を積み込むことだけだ。その一度の行程で車を必要としただけで、次に持ち出したのは、隠滅するためさ。車と一緒に引き継いだガソリン配給通帳には、クーポンがたくさん残っていたという。なぜ、どこか途中の給油所で給油して、車でロンドンに戻らなかったのか？」

「給油の際に渡すクーポンには、車のナンバーを記入しないといけないでしょう」とフェアロップは答えた。「それで足がついて、車を追及されると恐れたのでは」

「車をスクラップの塊にしたりしなきゃ、追及されることもなかったろうに」とジミーは言った。「それに、二日間も車を修理屋に残すという、もっと大きな追及のリスクを冒している。いや、荷物を列車で運んだのは、なにか理由があったんだ。ただ、それがなにかは分からない。だが、推論を進めよう。やつが二日間、なにをしていたかは分からない。次にやつの消息が分かるのは、金曜にコルベックの修理屋に再び姿を見せたときだ。やつはそこから車でイェイヴァリー森に向かっている。

ソーンヒル医師をどこで拾ったかは訊かないでくれ。その点は、事件全体の中でもどうしても説明がつかない。ブラッグ自身の動きに焦点を絞ろう。森の中に適当な場所を見つけると、車に火をつけ、周囲の木々にも延焼した。それから逃走を図った。だが、どうやって？　車がもう一台、手近にあったのか？　ソーンヒル医師の殺害犯が死体を森に運んでくるのに使った車に乗せてもらったのか？

二台目の車がなければ、自分の足を使うしかない。そんなことは、車を隠滅する前から分かっていたはずだ」

「ほかに関係者がいるとお考えですね？」とフェアロップは訊いた。

「そうさ」とジミーは答えた。「ブラッグがソーンヒル医師を殺した動機も機会も見当がつかない。やつが自分の車で医師を森に連れてきたはずはない。徒歩では、すぐに現場に駆けつけた森林組合の連中に見つからぬほど、遠くに逃げることはできなかったはずだ。どう思う？」

フェアロップは首を横に振った。「分かりません。それは誰の車だと？」

「それを見つけるのが我々の仕事さ」とジミーは答えた。「さて、ブラッグのことはしばらく忘れて、ソーンヒル医師に目を向けよう。医師がパタムで過ごした時間は、ほぼ分刻みで分かっている。まず水曜日。彼は七時十二分に駅に着き、グッドウッド医師が出迎え、そのままブルックウェイに連れていった。その晩、彼は家を出なかった。そして木曜。彼はグッドウッド医師と診療に立ち会い、一緒にブルックウェイに戻り、休暇に出かける医師夫妻を見送った。その日の午後、ハイヤーを借り、サプワース・プレイスとブリックフォード・ハウスに往診に行った。運転手にも確認したよ。例の手紙をグッドウッド医師に出したのは、そこから戻ってからに違いない。その日の晩は、再び診療を行い、ブルックウェイで夕食をとった。サプワース・プレイスへの往診の呼び出しがあったのは夕食後。戻ってきたのは深夜過ぎ。

金曜の行動をおさらいする必要はないだろう。よく分かってるからね。要点をまとめよう。彼はパタムにいるあいだ、職業上の義務に専念していた。言い換えれば、仕事以外の関係者には会わなかった。では、彼を殺した動機はなにか？　彼が関わった出来事で唯一目を引くのは、ウィルスデン氏の思いがけない死だ。動機は、その出来事に医師として直接かかわったのが彼だけだということさ」

「そうですね」とフェアロップは言った。「それは私も思いました。先日聞いたラヴロック氏の話から、たっぷり遺産をもらう者が大勢いるなと思いましたよ。ただ、ソーンヒル医師がなにか疑いを抱いたのなら、そう口にしたのでは？」

「どうかな」とジミーは答えた。「グッドウッド医師の代診医という立場は実に微妙だと思わなくては。自分の疑いを証明できないと判断し、沈黙を守るほうがいいと考えたかも。だが、そのまま達者で、グッドウッド医師と話ができたら、どうなっていたかな？　グッドウッド医師は、ウィルスデン氏のかかりつけ医であり、さらには家族ぐるみの友人でもあるから、なにが起きたか気づいたかも。議論の筋道が分かるかい？」

「もちろんです」とフェアロップは答えた。「でも、受益者の中で誰がやったと？」

「それを明らかにするのが我々の仕事さ」とジミーは答えた。「食事をすませたら、パタムまで送ってくれるかい。だが、その前にもう一つ。先週、デリントン医師と面談したのは憶えてるよね。彼の発言は公明正大なものだと思ったかい？」

「まあ、そう思いましたけど」とフェアロップは言った。「彼はソーンヒル医師の所見と処置に納得していましたよ」

「そのとおりだ」とジミーは答えた。「だが、グッドウッド医師の患者に対する処置には納得していなかった。明らかに、グッドウッド医師に過失くらいはあったと思ってたよ。ここ数日、その過失が故意じゃなかったかと思いあぐねていた。仮にそれが事実なら、金曜の晩、グッドウッド医師が正確にはどこにいたのかを知りたいところだね」

早めの昼食をすませて、彼らは出発した。「午後ずっと待っている必要はないよ」とジミーは言った。「ブルックウェイまで送ってくれたらそれでいい。あとは列車で帰るよ。困ったことがあれば電話するから」

フェアロップがブルックウェイの門の前に車を停めると、ジミーは玄関に歩いていった。チャドリーが呼び鈴に応じてドアを開け、医師は在宅だと告げた。書斎に案内され、数分後にグッドウッドが入ってくると、「やあ、ワグホーンさん！」と言った。「戻られたわけですな？　気の毒なソーンヒルのことで新たな情報でも？」

「まだなにも」とジミーは答えた。「お伺いしたのは、お嬢さんに訊きたいことがありまして」

「パットに？」と医師は言った。「遅かったね。また出てってしまったよ。土曜に出発して、アーネストホープにいる母親のところへ行ったのさ。ムーアズ・ホテルに部屋をとってあるから、母親と同じ部屋に泊ることにしたようだ。実のところ、あんなことがあってはいたたまれなかったのさ。まあ、無理もない」

「ソーンヒル医師が亡くなったことで動転したとでも？」とジミーは尋ねた。

「いやいや、そうじゃない」とグッドウッドは答えた。「娘はあいつに一度も会っとらんよ。帰宅してから、トム・ウィルスデンの死を知ったことさ。当然だが、大きなショックだったんだ」

ジミーは、ラヴロックから聞いた内緒話はばらしてはならないと思った。「ええ、当然でしょうね」とうなずいた。「ウィルスデン氏はお嬢さんの親しい友人だったわけで？」

「我々三人、家族ぐるみの親しい友人だったのさ」とグッドウッドは答えた。「彼がサプワース・プレイスに住むようになってから、ずっと親しかったよ。パットのことも、とても気に入ってくれてね。

娘もよく邸を訪ねたものさ」

「気に入っていた?」ジミーはさりげなく言った。「ウィルスデン氏に再婚の意思があったとは思いませんでしたか?」

グッドウッドは眉をひそめた。「捜査となんの関係があるのかね、ワグホーンさん。患者から聞いたことをわしが漏らすなどと思わんでくれよ」

「とんでもない」とジミーは言った。「ただ、あなたもその可能性が心をかすめたのではと」

「もちろんさ」とグッドウッドは苛立たしげに答えた。「トム・ウィルスデンにその気があるなら、再婚していけないわけはなかった。彼ぐらいの歳なら珍しいことじゃない」

「お嬢さんはよくサプワース・プレイスを訪ねていたと言われましたね?」ジミーは意味ありげに訊いた。

「なんだと!」グッドウッドは怒りを込めて叫んだ。「無礼だぞ。なにが言いたいのかね、ワグホーンさん?」

「しばしば無礼を働くのも警察官の性でして」ジミーは穏やかに答えた。「意味はよくお分かりのはずですよ。だが、もっとはっきり申し上げましょう。ウィルスデン氏がお嬢さんとの結婚を望んでいたのはご存じでしたか?」

「知らん!」とグッドウッドは答えた。「いや、まあ、こうなっては、話しても差し支えあるまい。トム・ウィルスデンが再婚を考えていたのは感づいていたし、パットを気に入っていたのも知っていた。だが、彼のめがねに適った女性は娘だけじゃない。ベティ・ヴァーノンもそうだ。ポンフレット夫人の姪だよ。家の距離も一マイルほどだから、よく家をあけるパットよりは、ベティのほうがずっと頻繁に会っていた。このあいだ、パットから聞いて初めて知ったんだ」
「よろしければ、お嬢さんがなにを話してくれたか、教えていただけますか？」とジミーは頼んだ。
「娘を質問攻めにされるくらいなら、わしから話したほうがよさそうだな」グッドウッドは無愛想に答えた。「パットからは先週聞いたのさ。しばらく前、夏のことだが、トムは娘に結婚を申し込んだ。娘も別に驚きはしなかった。女の直感てやつで、うすうす予想してたんだな。だが、いざとなると、娘もなんと言っていいか分からなかった。トムのことは好きだったが、そんな感情とは違う。そう、娘にすれば、トムは老人で、おまけに病人だ。どんな娘でも、自分と同じ年頃の男性と結婚したいと思うものだろうよ。それに、なにもかも犠牲にして、四六時中面倒を見てやらなきゃいけないと分かってたしな。

躊躇した理由はそれだけじゃない。ほかに意中の男がいたかどうかはわしも知らん。そんな話はわしにしなかった。だが、クレア・ミルボーンがいる。彼女なら、兄が再婚しても、家を出ていくまいとパットは踏んでいた。年配の義姉がつきまとってくるという予感も、パットには幻滅だった。とはいえ、娘はトムに誠意をもって接していたし、サプワース・プレイスの女主人になれるという予感は、どんな娘にとっても魅力的なものだ。

けっきょく、彼女は折れた。半年ほど考える時間をくれと言ったんだ。わしと家内には内緒にしてな。パットはなんでも自分で決めたがる娘だ。だから、この家にもできるだけ寄りつかなかったのさ。決心がつくまで、サプワース・プレイスにも近づきたくなかったんだ。それと、最後の気ままな時間を楽しみたかったのかもしれん。これで分かったろう。帰宅して最初にトムの死を知らされたのが、娘にとってどれほどショックだったか」

「ええ、分かりますよ」とジミーは言った。「先週戻られた際、お嬢さんが帰宅しているとは思わなかったと言っておられましたね。どうして急に帰宅したんですか?」

「まったく不測の事態だったのさ」とグッドウッドは答えた。「パットは、ロンドンにフラットを構える友人のところに滞在していた。この友人の夫は中佐で、ドイツで仕事をしているが、電報を寄こして、国内の駐屯地に配属換えになったから、翌日帰国すると言ってきたんだ。パットは、実にもっともだが、自分が邪魔になると思い、荷造りして帰ってきた。娘に訊きたかったのはそのことかね?」

「というわけでは」とジミーは言った。「お訊きしたかったのは、戻ってくる列車の中で誰かと言葉を交わしたか、ということです」

「そんな話は聞いてないな」とグッドウッドは応じた。「知人に会ったのなら、そう言ったと思うが」

「あなたでもお嬢さんでもけっこうですが、アーネスト・ブラッグ大尉という人に会ったことは?」

とジミーは訊いた。

グッドウッドはかぶりを振った。「わしはないが、娘のことは分からん。そんな男の話は聞いたことはないが。わしも家内も会ったことのない娘の知り合いなどたくさんいるよ」

「ウィルスデン氏の話に戻りましょう」とジミーは言った。「出発前の火曜に診察したとき、彼の健康状態になんの不安もなかったと言っておられましたね。だとすると、ソーンヒル医師が二日後に診察したときに病状がひどく悪化していたというのは、注目すべきことではないですか?」

「注目すべきことだと?」とグッドウッドは答えた。「わしの経験でも最も異常なことさ。もちろん、トムがわしの指示に従わんことはよくあった。調子がよくなると、食事制限も守らなかったしな。クレア・ミルボーンから何度も聞いたよ。だが、食事のせいで具合が悪くなっても、たいていはすぐ回復した。解せんのは、ソーンヒルが診察したとき、それほど病状が悪化していたのなら、すでに気分が悪かったはずだが、ほんの数時間後に途方もなく豪勢な夕食を出させ、しかも、そのまま平らげたほど気分がよかったことだ。それがどうにも分からん」

「そのとき家を離れておられたのは残念ですね、先生」とジミーは言った。「ウィルスデン氏なら、きっとソーンヒル医師より、先生の忠告のほうを尊重したでしょうから。ソーンヒル医師は、あなたと連絡が取れなくて、ずいぶん困っていたそうですよ」

「もちろん、状況が分かっていたら、すぐさま戻ってきたさ」とグッドウッドは応じた。「だが、そんな状況は想像もつかなかった。実を言うと、さほど遠くにいたわけじゃない。せいぜい十五マイルだ。ここを発った日、オープンして間がないユーポートの新しいホテルに寄って昼食をとった。そのホテルがすごく気に入って、その夜はそこに泊まることにしたのさ。どのみち、アーネストホープに宿泊できるまで、どこかをうろついてなきゃいけなかった。愉快な連中もたくさんいたし、わしたちも楽しかったから、けっきょく、そこで二日泊まったんだ」

「ユーポートに滞在中、ここに電話しようとは思わなかったんですか?」ジミーはさりげなく訊いた。

「思わなかったね」とグッドウッドは答えた。「休暇はあくまで休暇さ。診療業務や日常の雑事は努めて忘れることにしてる。不在中のことが気になって仕方ないなら、はじめから休暇など取らんほうがいいのさ。それに、所定のことにはちゃんと対応できるように代診医を置いてるんだ。電話して状況を尋ねたりすれば、代診医は自分が信頼されとらんと思うだろうよ」

「土曜の『タイムズ』にウィルスデン氏の訃報が載ったのには気づかなかったと?」とジミーは訊い

た。

　グッドウッドはもどかしげに首を横に振った。「もちろん見とらんよ。見てたら、すぐ戻ってきたさ。土曜の朝は早めに出発して、新聞など読んでる暇はなかった。その日は、かなりの距離を走ってね。はるばるダービーシャーまで行って、ダヴデイルで宿泊したのさ。日曜はスカーボローに行って泊まり、月曜の午後、やっとアーネストホープに着いた」

「ウィルスデン氏の死を知ったのはいつですか？」とジミーは言った。「さっき、彼の病状があれほど急に悪化したのは、あなたの経験でも最も異常なことだと言っておられましたね。悪化の原因は誰かの意図的な行為によるものと思ったことは？」

　グッドウッドは、ぽかんとして彼を見つめた。「どういう意味だね？　トムが胃潰瘍患者に致命的な薬を盛られたとでも？　それは重大な告発だよ、ワグホーンさん。なんの根拠があってそんな告発をするのか、尋ねる権利がわしにはある」

「告発などしていませんよ」とジミーは答えた。「そんな可能性があると考えたことがあるかとお尋ねしただけですが？」

「考えるわけがない！」とグッドウッドは声を荒げた。「いやはや、荒唐無稽だ。誰がそんなことをやったと？」

「その質問への答えは、私よりよくご存じのはずでは、先生」とジミーは言った。「かなりの人たちが、ウィルスデン氏の死により金銭的な利益を受けるそうですね。ウィルスデン氏が達者で、再婚の希望を実現していたら、彼らの期待どおりになったかは怪しい」

「分かってるさ」グッドウッドは無愛想に答えた。「だが、連中のうちの誰かが、あのトムを殺すような真似をしたとは信じられん。おそろしい考えだ。そんなことは想像するのもご免だよ」

第十四章

ジミーはブルックウェイを出て、町に歩いていった。ラヴロック氏の事務所に立ち寄ると、すぐに弁護士のところに案内された。「こんにちは、ワグホーンさん」とラヴロックは快活に言った。「またお目にかかれて嬉しいですな。ご用件はなんでしょう？　今なら時間はたっぷりありますよ」

「これからお話しすることは内密に願いたいのですが」とジミーは答えた。「ウィルスデン氏の死は、殺人ではないかという疑いが頭から離れないんですよ。それが事実なら、ソーンヒル医師が知ったことを洩らされては困るから彼を殺したのでは」

ラヴロックは苦笑した。「むろん、どんな小さな可能性も検討するのがあなたの仕事です。だが私なら、そんな妄想は振り払いますな。お考えのことは理解できますよ。ウィルスデン氏の死に利害関係を持っていた人は大勢いる。だが、彼らの中に死期を早めようと手を打った者がいたとは、とても信じられませんね」

「邸に入れた者なら、誰でも簡単にやってのけたでしょう」とジミーは言った。

「あるいはね」とラヴロックは冷ややかに言った。「それなら、私だってサプワース・プレイスにいましたよ。ソーンヒル医師が往診に来て厳しい所見を述べた日の午後にね。ということは、私も容疑者リストに載っているわけですな」

「弁護士は普通、自分の顧客を殺したりしませんよ」とジミーは言った。「顧客は死んでいるより、生きているほうが報酬を払ってくれるでしょうから。あなたは喜んでリストから省かせていただきますよ、ラヴロックさん。いや、まじめな話です。受益者の誰かが犯行に及ぶと考えられますか？」

「考えられませんな」とラヴロック氏は答えた。「邸に入れたら、と言いましたね。それならまず、ミルボーン夫人と邸内の使用人たちがいる。ミルボーン夫人には動機がない。遺言執行者としての手数を考慮して遺される金額を別にすれば、得るものがありません。その金額も彼女には微々たるものですよ。ついでに申し上げれば、彼女は、サプワース・プレイスの賃借人を自分の名義に変えてほしいと希望しています。邸内の使用人ですが、私の意見を申し上げれば、やはり動機の点で除かれる。彼らが受け取る遺産は、そんな大それた犯罪に手を染めようと思うほど大きなものじゃない。

ほかの受益者については、そんな機会があったかどうかは分かりません。グッドウッドは即座に無罪放免ですよ。ウィルスデン氏が危篤になったとき、ここにはいなかったから。それに、先日申し上げたように、ウィルスデン氏が彼の娘と結婚する可能性もあったし、それは彼も予想していたはずだ。ポンフレット夫人は問題外です。神経炎を病んで体が弱い。葬儀に出席するのも相当難儀でしたよ。ウィルスデン氏が亡くなる前の少なくとも一週間は、サプワース・プレイスにも来ていません」

「ポンフレット夫人の姪のミス・ヴァーノンも遺産を受け取りますか？」とジミーは訊いた。

ラヴロックは首を横に振った。「いいえ、彼女の名は触れられていません。彼女の伯母に遺す額で、二人分として十分だとウィルスデン氏は考えたようです。確かにベティ・ヴァーノンはほぼ毎日サプワース・プレイスに来てましたよ。ウィルスデン氏も妹さんも、彼女が来るのを楽しみにしていた。しかし、よもや忠実なる姪が伯母のためならばと殺人に及んだなどと主張するつもりじゃないでしょうな、ワグホーンさん」

「まあ、それはないでしょう」とジミーは答えた。「おっしゃっていた、ほかの人たちはどうですか？」

「一人として、あなたの言う条件に合う者はいませんよ」とラヴロックは言った。「そんなことができるほど長く邸内にいた者はいない。いずれも私自身、よく知っている人たちだし、直接接してきた人たちです。もっとも、残余遺産受遺者は別ですが。数日前、ウィルスデン氏の書類を見るまで、彼の住所すら知りませんでした。親族の訃報を伝える電報を打ちましたが、今のところ返事はありません。彼が送ってきた手紙を見つけましたが、ほぼ一年前のものでした。そのあとに住所を変えたり、旅行に出ていることもあり得る。どのみち、私の打った電報は、オセアニアあたりで彼のあとを追っかけているところでしょう」

「ありがとうございます、ラヴロックさん」とジミーは言った。「実に見事に私の妄想を振り払ってくれましたよ。これ以上お邪魔はいたしません」事務所を出て警察署に歩いていくと、ニューステッド警視が温かく迎えてくれた。「さほど進展はないよ、ワグホーンさん」と彼は言った。「一つだけ言えることがある。ソーンヒル医師が携えていたかばんは見つかったが、乗っていた自転車は見つかっていない。あちこち捜索はしたがね。死体と一緒にイェイヴァリー森に運ばれて、炎の中に投げ込まれたとは考えられないかな？」

ジミーは首を横に振った。「私も自分で灰の中を徹底的に探したが、自転車の痕跡はなかった。火の中にくべられたのなら、せめてフレームぐらいは形になって残っていそうなものだ。私が見つけたのは、くすんだ銀貨だけで、遺骸の見つかった灰の中にあった。ということは、少なくとも盗みがソーンヒル医師殺害の動機ではないということだね」

「動機はぜひ知りたいところですな」とニューステッドは言った。「その点でなにか新たな手がかりは？」

「グッドウッド医師から実に興味深い話を聞いたよ」とジミーは答え、ブルックウェイでの面談で話したことをほぼ一字一句正確に繰り返すと、「さて、君は私より、医師のことをよく知っている」と話を結んだ。「作為か無作為かは別として、彼が患者の死期を早めるようなことをするかな？」

「そんなことはやらんだろう」とニューステッドは言った。「私も彼に診てもらっているが、正直な意見を言えば、グッドウッド医師は、過失で患者の問題点を見落として死なせてしまうことはあるかもしれない。だが、問題点を見つけながら、不適切な処置をして死なせるようなことはないと思うよ」

「奇妙な事件だ」とジミーは言った。「私のごちゃごちゃした考えも、君に説明しようと試みるうちに整理できるかも。まず、ウィルスデン氏の死と、それがグッドウッド医師にどんな結果をもたらしたかだ。医師は一万ポンドの遺産を受け取る。彼は、ウィルスデン氏が結婚したとすれば、相手はミス・ヴァーノンだと考えていたという。これは、いささか彼に不利な告白だ。それが事実なら、ウィルスデン氏の現行の遺言書が無効になる前に、氏を亡きものにしたい動機があったわけだ。ウィルスデン氏が、実は彼の娘のほうに結婚を申し込んでいたと知って、医師はほぞを嚙んだに違いない。

それから、殺しの手段だが、今言ったように、積極的に手を下したか無作為のいずれかだ。患者の病状が実は重いと知っていながら、なにもしなかったとも考えられる。あるいは、患者に付き添いながら、早晩死に至るような薬を投与したとも。ウィルスデン氏が死ぬ二日前に出発したのは、十分計算の上だったと考えるしかない。実際、きわめて説得力のあるアリバイだよ」

「ふむ、そうかもしれないね」とニューステッドは言った。「一つだけはっきりしている。それが間違っているかどうかは、もう誰にも証明できない。ウィルスデン氏の遺体は一握りの灰になってしまったし、灰からはなんの秘密も暴けない。ただ、君の言うとおりだとしても、ソーンヒル医師の殺害を説明できるとは思えないが」

「どうすりゃ説明できると？」とジミーは言い返した。「まるで見当もつかないから、荒唐無稽な仮説を検討してしまいそうだよ。とりあえず、グッドウッド医師がウィルスデン氏の死に関与したと仮定して、医師がいかに不安な状態にあったかを考えてみよう。彼は、月曜になるまで、ソーンヒルからの連絡を受け取らなかったし、ソーンヒルの所見を知ることもなかった。ウィルスデン氏が死んだ夜、グッドウッド医師はユーポートにいた。ここからわずか十五マイルの場所だ。みずから状況を知ろうと思えばできたわけだ。

次に、ソーンヒル医師が実際なにを考えていたかを推測してみよう。ウィルスデン氏の死は自然死だと納得していたというし、医学的にはそうだったかもしれない。だが、患者を診察してすぐ、グッドウッド医師が患者の病状について重大な誤診を犯していたという所見をひそかに抱いたに違いない。彼は、グッドウッド医師に危急を知らせようとした。注目に値するのは、デリントン医師も同じ所見をみずからの判断で抱いたということだ。

火葬を希望する項目を別にすれば、ソーンヒル医師が遺言書の内容を知っていたとは思えない。グッドウッド医師が主たる受益者の一人とは知らなかったろう。しかし、ここに滞在し続ければ、確実にその事実を知っただろうし、すでに抱いていた所見と結びつけて、一定の結論に達したのでは。となれば、警察に事情を伝えるのが自分の義務と思うだろう。そんな可能性が神経質に想像をめぐらす殺人者をどれほど動揺させるか、考えてみたまえ」

「お話の筋は、なかなか説得力があるね」とニューステッドは言った。「ともあれ、続きを聞かせてもらおうか」

「グッドウッド医師は、土曜の朝までユーポートにいた」とジミーは応じた。「グッドウッド夫人が共謀していたと言うつもりはない。夫人には、ホテルを少しばかり離れる、もっともな口実を告げたのかも。車は持っていたしね。ここまで運転してきて、ソーンヒル医師を捕え、車に積んできたなにか重い物、たとえばジャッキとかで頭を殴打したというわけだ。それから、死体をイェイヴァリー森に運び、ユーポートのホテルにまっすぐ戻ってきた。せいぜい二時間ほどしかかかるまい」

ニューステッドは疑わしげな顔をした。「失礼だが、あまり説得力があるとは言えないね。まず、いつ、どこでならソーンヒル医師を捕まえられると知っていたのか?」

「異議を唱えると思ってたよ」とジミーは答えた。「この仮説は、あくまで試験的なものだし、間違いなく修正を要する。もちろん、その質問には答えられない。だが、どうにかして知ったとも考えられる」

「まあね」とニューステッドは認めた。「だが、もう一つ。例のブラッグという男はどう関わってくる?」

「関わりはないのかも」とジミーは答えた。「グッドウッド医師が、やつに遺体の処分をゆだねたとはさすが考えにくい。だが、想像を膨らませ過ぎたようだ。グッドウッド医師に、金曜の晩の八時から九時まで立派なアリバイがあるなら、私の想像も泡沫のごとく消えてしまう。ユーポートは君の管轄かい？」

「いや」とニューステッドは言った。「だが、所管の警視は親しい友人だよ」

「その友人に調査依頼してくれるかい」とジミーは言った。「極力如才なくやる必要がある。はずれだったら、スキャンダルになりかねないしね。グッドウッド夫妻がどのホテルに泊まっていたかはすぐに分かるはずだ。オープンして間がない新しいホテルだという。グッドウッド医師は、金曜の晩ずっとそこにいたのか、そうでないなら、どこに行ったのか？　そこが我々の出発点だ」

　ニューステッドは、友人の警視に電話をして依頼すると約束した。ジミーはそのあと警察署を出ると、市場広場のカフェでお茶を飲んで時間をつぶし、駅まで歩いていき、チルカスター行きの三等車席の切符を買った。列車は六時二十二分発だったが、乗客はほとんどいなかったので、コンパートメントを独占できた。列車はのんびりと走り、途中、ティブル・ロード駅で停車し、最後にケンマイル駅に着いた。下り列車はすでに待機していた。

　ジミーは、ジャーヴィスが説明した状況を自分で確認したいと考えて下車した。駅の照明は暗く、上り側のほうにいる赤帽（ポーター）は、見るかぎり一人しかおらず、改札口から少し離れたところに立っている。ジミーは、プラットホームを駆け抜けながら赤帽（ポーター）の詰所を探し、突き当たりにあるのを見つけた。ドアは開いたままで、詰所には誰もいない。誰にも気づかれないままコンパートメントに戻った。

　列車が動きはじめると、ジミーは謎のブラッグのことに思考を集中しはじめた。やつは、うまい機会をとらえて外套を赤帽（ポーター）の詰所に置き、ついさっき裏が取れたとおり、またそれを取りにいったのだろう。気づかれないように、巧妙にかわしたわけだ。フェアロップがドーランのことを閃いてくれたおかげで、目の周りのあざも説明がついた。手の込んだ変装をしなくても、列車に乗っていたブラッグは、コルベックのところで目撃されたブラッグとは、ずいぶん違う容貌をしていたわけだ。

だが、やつは、水曜にメリルボーン・ロードから車を出したときから、金曜にイェイヴァリー森で車に放火するまで、そのあいだなにをしていたのか？　正体を隠すのに周到な用心をしていたせいか、まるで分からない。それに、ニューステッドの鋭い質問も未回答のまま。ブラッグは、ソーンヒル医師の殺害にどう関わっているのか？

グッドウッド医師が有罪だというジミーの仮説が正しいなら、ブラッグを全体構図の中に収めるのはますます難しくなる。二つの仮説が考えられるが、いずれもありそうにない。一つは、ブラッグは事件となんの関係もないという仮説。やつとグッドウッド医師は、まったく無関係でありながら、ブラッグは車を隠滅し、グッドウッドは死体を処分するために、イェイヴァリー森の同じ場所を選んだことになる。それも、数分の時間差でだ。

もう一つの仮説は、二人の間に共謀関係があったというもの。つまり、医師が殺人を犯し、ブラッグは死体を処分したか、少なくとも、すでに置いてあった死体を焼却したという仮説。だが、こんな仮説が別の仮説よりましといえるか？　彼らがたまたま金曜の晩に初めて会ったとすれば、いきなり意気投合するとは考えにくい。それに、事前に謀議を凝らす機会がいつあったのか？　ブラッグとグッドウッド家の人間との間に接点があったとすれば、ハロルドが気づいたように、ブラッグとパトリシアが金曜の晩に同じ列車に乗っていたことだけだ。パトリシアが謀議に加わっていたとはとても考えられない。仮にそうだとしても、殺人のことを知ることはできなかったはずだ。列車に乗っているあいだに行われたのだから。

ジミーはチルカスター駅に着いても、まだその悩ましい問題と格闘していた。駅でタクシーを拾い、警察本部に行くと、フェアロップがいたので、パタムで議論したことを彼にも伝え、「グッドウッド医師が木曜と金曜をユーポートで宿泊したというのは注目に値するよ」と言った。「だが、ニューステッド警視が依頼した調査の結果を聞くまでは、その問題を追及しても無駄だな。それより、自転車について警視が指摘したことが重要だ。自転車はいったいどうなったのかな」

「その晩、道端に放置されていたのなら、誰かがくすねたのかも」とフェアロップは答えた。「もしやブラッグが……。ああ、そうか。これは思いつかなかったですよ」

「話してくれ」とジミーは言った。「君の閃きは、これまでのところ実に冴えているからね、警部」

「そう、ブラッグが乗っていったんですよ」とフェアロップが答えた。「そこは難問の一つでしたね。やつが車に放火したのなら、森林組合の連中が来る前に、どうやって徒歩で立ち去ったのか？　でも、自転車があれば簡単ですよ。まるまる一晩こげば、朝には遥か彼方にずらかってます」

「ふむ、あり得るな」とジミーは疑わしげに言った。「だがまず、どんな問題があるか考えてみよう。ソーンヒル医師は、かばんが見つかった場所の近くで殺された。そうでないなら、自転車がイェイヴァリー森まで来たのは、彼が自分でそこまで乗ってきたことしかあり得ないが、それは考えられない。知ってのとおり、自転車がかばんと一緒に放置されていたら、ブラッグは自転車を持っていけなかったはずだ。だから、殺人犯が、死体だけでなく、自転車も一緒に森に持っていったことになる。その理由は？　かばんを残していったのなら、自転車も残しておけばよかったはずだ。単に、ブラッグに逃走手段を与えてやるためにか？　だとすると、例のほとんど信じがたい共謀理論に戻ってしまう。ともあれ、警部、君の考えには惹かれるよ。ブラッグに自転車が使えたのなら、どうやってその界隈から逃げることができたかも確かに説明がつく」

「すぐにずらかれたはずですよ」とフェアロップは応じた。「主要道路から離れて走っていけるし、ある程度離れてしまうまでになにかに出くわしても、生垣の陰に隠れられる。ロンドンに戻っていったのだろうし、ずっと自転車で走っていったのかも。となれば、自転車はロンドンで見つかるはずです」

ジミーは笑った。「浜の真砂に針一本探すようなものだな。さあ、警部。流砂の下にある、硬い岩盤を探ろうじゃないか。ソーンヒル医師が殺されたのはなぜか？　ウィルスデン氏の死となにか関係がある。ほかに動機はあり得ない。一方、ブラッグはウィルスデン氏の死と関係はなかったのかも。やつがサプワース・プレイスと関係があったとすれば、なにか情報があったはずだ。遺産受取人は全員分かっているし、ブラッグは間違いなくその中にはいない。したがって、やつにソーンヒル医師を殺す動機はない。知ってのとおり、ブリックフォード・ハウスの近くで医師を事故で轢き殺したというのも物理的にあり得ない。だが、医師の遺骸は、ブラッグが車に放火した場所で見つかった。その解答やいかに？」

フェアロップは首を横に振った。「分かりません。今まで挑んできたパズルと同じくらい難解ですよ」

「ブラッグを完全に切り離して、問題を単純にできないかな？」ジミーは思案しながら尋ねた。「やつとソーンヒル医師を結びつけるものは、彼らがケンマイル駅で、二分ほど顔をあわせたかもしれないという、漠然とした可能性だけ。ソーンヒル医師が列車でロンドンからパタムへ来る途中だ。いや、ちょっと待てよ！　時刻表があるかい？　見せてくれ」

フェアロップが時刻表を出してくると、ジミーは目を凝らして確認しながら紙片にメモを書き込んでいき、「さあ、これでいい」と最後に言った。「ソーンヒル医師の行程を追跡できるぞ。パタム駅に着いたときの列車は、五時五十五分にチルカスター駅を出ている。その前に乗ったロンドンからの列車は、君が最初に出迎えてくれた日に私が乗ってきた列車だ。その列車は、ロンドンを一時五分に発ち、チルカスター駅に三時五十二分に着く。つまり、ソーンヒル医師は、チルカスターで二時間ほど手持ちぶさたの待ち時間があったわけだ」

「ええ」とフェアロップはうなずいた。「ですので、あの日は車でお迎えして、ケンマイルまでお送りしたんですよ。申し上げたように、支線の乗り換えがうまくいかないものですから」

「そうだったね」とジミーは言った。「だが、そんな特殊な乗り継ぎは、数ある中でも一番ひどいものだ。ロンドンからパタムまでの列車の中で、ソーンヒル医師はよりによって最悪の列車を選んだ。六時間以上かかることになる。ところが、もっと早い十一時四十五分発か、もっとあとの五時十分発の列車なら、四時間ほどですむ。あとのほうの列車は、パトリシア・グッドウッドが金曜に乗ってきたやつだ。だが、医師は一時五分の列車に乗ったはずだし、だとすると、ロンドンでは昼食時間前に目撃されたのが最後だ。おおまかに言えば、十二時半頃だろう。すると――」

ジミーは、不意に言葉の途中で口をつぐみ、しばらく黙っていたが、突然まくしたてた。「いや、ばかげている！　筋の通らないことをもう一つ付け加えるだけだ。証拠のかけらもないことを想像しても仕方がない。なぜそいつがブラッグだと？」

ジミーの激しい口調は、答えを求めているようだった。しかし、フェアロップには分からなかった。

「失礼ですが、お話の筋が分かりません。ソーンヒル医師がロンドンを発った件を話しておられたのでは？」

「そうさ」とジミーは言った。「部下の一人がたまたま聞き込んだ話を思い出してね。ソーンヒル医師に診療所で最後に会ったのは同僚医師の一人で、彼が昼食に出かけるときのことだ。医師はその同僚に、友人が車で迎えにくるのを待っていると言っていた。ブラッグがメリルボーン・ロードを車で出たのが何時かは分からないが、午前中という話だ。ロンドン西区の診療所まで車で行き、ソーンヒル医師を乗せ、一時五分の列車に乗れるようにターミナル駅まで連れていくには十分時間があったろう。だが、それなら、二人はもともと知り合いだったことになる」

フェアロップは疑わしげな顔をし、「ちょっと突拍子もない話ですね」と言った。

「もちろんそうだ」とジミーは応じた。「突拍子もないし、たぶん的を大きく外しているだろう。まず、ブラッグは、むろんやつ自身の後ろ暗い理由からだが、自分の正体を隠していた。嘘の住所、それに間違いなく嘘の名前を出してね。そうやって、友人にロンドンまで車で送ってやると申し出て姿をくらましたのでは？　ソーンヒル医師がブラッグの手がけていた悪事の秘密に関与していたというなら事情は別だが」

フェアロップは、まるでとがめるように首を横に振った。「そりゃ無理がありますよ」

「もちろんそうさ」とジミーは応じた。「もう一つ。ブラッグは同じ方向に行く予定だった。ソーンヒル医師を乗せにきたのなら、全行程、少なくともケンマイルくらいまでは乗せていけたはずだ。そうしなかったのは分かってる。ソーンヒル医師がパタム駅に着いたとき、ロンドン発の切符を改札で渡しているからね。ブラッグは、列車で発つソーンヒル医師を見送ったあと、医師が列車でケンマイル駅に着くのとほぼ同じ時間にそこに着くように、同じルートを車で行ったと考えられないか？」

「無理ですね」とフェアロップは答えた。「ブラッグが医師の待っていた友人だったとは思えません」

「まあ、私も心もとないがね」とジミーは応じた。「だが、ソーンヒル医師が診療所からロンドンのターミナル駅まで車で送ってもらった事実は確かめてみてもいい。それが事実なら、誰が送ったのかもね。スコットランドヤードに電話して、この件の担当者にさらに調査を進めてもらうよ」

第十五章

翌朝、フェアロップは再びジミーを車でパタムまで送った。今回は警察署まで直行したが、署ではニューステッドがジミーを今や遅しと待っていた。「待ってましたよ、ワグホーンさん。来られなかったら、チルカスターの警察本部に電話するつもりだった。興味を持ってもらえる情報だよ」

警視は書き込みをしたメモを手にして話を続けた。「三十分ほど前、ユーポートの友人から伝言が来てね。頼んだ調査をしてくれた結果だよ。グッドウッド夫妻はリヴィエラ・ホテルに泊まっていた。先々週の宿泊客はかなり多かった。グッドウッド夫妻は、木曜の昼食前に到着し、土曜の朝食後に出発した。ホテルの駐車場は満杯で、夫妻は仕方なく中庭に駐車した。

木曜、夫妻は七時半に夕食をとりに出てきた。そのあと、ラウンジの給仕はコーヒーを夫妻に出した。夫妻は就寝までそこにいたと、給仕がはっきり証言している。他の客とも何人か知り合いになり、おしゃべりをしている。金曜は、同じ時刻に夕食に出てきた。そのあと、ラウンジの給仕は、十時頃にグッドウッド医師が来るまで、夫妻の姿を見ていない。医師は外套を着て、手に帽子を持っていたから、明らかに外出していた」

ニューステッドは、メモを脇に押しやった。「話は以上だよ。なにかありそうだろう、ワグホーンさん」

「うん、なにが出てくるか考えてみよう」とジミーは答えた。「ここからユーポートまでの道の状態は？」

「まっすぐで平坦だ」とニューステッドは言った。「チルカスターとユーポートを結ぶ、クラスＡの幹線道路だよ」

「医師は、夜の運転は嫌いだと言っていた」とジミーは言った。「だが、よくは分からない。夕食に三十分かかったとしよう。近頃はホテル内にたいした食べ物がないから、たいていはすぐ出てくる。医師は八時に車で出かける。二十五分もあれば、十五マイル走って、ブリックフォード・ハウスの近くでソーンヒル医師に遭遇できたはずだ。頭を殴り、死体と自転車を車に積み込むのに五分。これで八時半になる。

先日、警部が、ケンマイルからかばんが見つかった場所まで車で案内してくれたが、そのとき時間を測ったんだ。十七分だったよ。イェイヴァリー森からもほぼ同じ距離だが、森に入る道になると、ペースはずっと遅くなる。死体と自転車を捨てるまでに二十五分かかるとしよう。医師は九時までにすべてなし終えたはずだ。ユーポートへの帰り道は？」

「一番の早道は、ケンマイルを通らずに幹線道路に再び入ることだね」とニューステッドは答えた。「おおむね二十五マイル、森からユーポートまでは、だいたいいい道程だよ」

「彼なら、たやすく行けただろうな」とジミーは言った。「ラウンジの給仕が彼を目撃したのは十時頃だ」

ニューステッドは苦笑した。「見事だね、ワグホーンさん。だが、昨日の質問をあえて繰り返させてもらうよ。まず、グッドウッド医師は、どうやってソーンヒル医師がサプワースに往診に出向いたことを知ったのか？」

「知ったのは彼じゃない」とジミーは答えた。「ソーンヒル医師が女性患者の往診に出かける予定だったのを忘れちゃいけない。その予定のことは、少なくとも診療所では、六時半頃には知られていたこともね。医師は夕食前に、チャドリーにその予定を話していた。その情報がどうやって所在不明のグッドウッド医師に伝わったのかと訊きたいところだろうね。その答えはこうだ。つまり、グッドウッド医師は、ひそかに誰かと連絡をとっていたのさ。その人物が殺人の共犯者だと言うつもりはないが、電話で個別情報を提供し続けていたんだ。ソーンヒル医師の予定だけでなく、ウィルスデン氏の訃報についてもね」

「興味深い説だね、ワグホーンさん」ニュースステッドはしかつめらしく言った。「その人物とは？」

「チャドリーかもしれない」とジミーは答えた。「だが、違うな。むしろ診療所の女性のほうがあり得る。つまり、ハンポール夫人だよ。彼女なら、ソーンヒル医師が女性患者を家で休むように帰し、夕食後に往診して容態を診るつもりだったのも知っていたはずだ。ハンポール夫人は、ソーンヒル医師が七時に診療所を出ると、グッドウッド医師に電話し、そのことを告げ、患者の女性が誰かを教えた。グッドウッド医師なら、彼女の住所も知っていたし、ソーンヒル医師が行きそうな道程も分かっていたはずだ。ソーンヒルが何時に出発するかも、ほぼ正確に推測できただろう」

「なるほど」とニュースステッドは答えた。「これで最初の質問は答えが出た。だが、二つめの質問はそう簡単じゃないぞ」

「ブラッグのことかい？」とジミーは答えた。「そのくそ野郎は常に躓きの石だな。またもやタイミングの問題だよ。私の仮説では、九時頃にグッドウッド医師は森から出てきた。比喩的な意味だけでなく、文字どおり（out of the wood には「困難を乗り越えて」という比喩的な意味もある）にね。さて、ブラッグのほうはどうか？ ロンドンから列車で八時五十五分にケンマイル駅に着いたというやつの話は、本当かどうか分からない。だが、その頃、ケンマイル駅にいたのは間違いない。外套を赤帽（ポーター）の詰所から回収できたのは、往復の列車が駅に同時に停まっているときだけだ。コルベックは、九時数分過ぎにやつと会って話をしている。九時十分頃までは修理屋にいたはずだ。やつがグッドウッド医師と連絡を取れたとは思えない。君の言うように、医師はケンマイル経由で戻ってはいないだろうから」

「ブラッグは事件と無関係だとでも？」とニューステッドは訊いた。

「そう思えてきたよ」とジミーは答えた。「少なくとも、やつが車に放火する前に、車でブリックフォード・ハウスに行けなかったのは分かっている。同じく、グッドウッド医師に会ったはずがないのも明らかだ。仮に会ったとして、それからなにが？ 医師がやつに、『さあ、イェイヴァリー森に死体を置いてきた。頼むから、そいつを燃やしてきてくれ』と言ったとでも？ あるいは、ブラッグとグッドウッドが前もって謀議をこらしていたとか？

どういうことか分かるだろ。我々も時おり奇妙な偶然に出くわして、魔法使いの仕業のように思えることがある。これも、その一つと思えてきたよ。二人の男がいて、一人は車を処分したいし、もう一人は死体を処分したい。二人とも、目的のために近隣で一番都合のいい場所を選んだ。それがそんなに驚くべき偶然かな？ 熟したりんごをつけた木の枝が道路に垂れ下っているのを見て、一人がそれを取り、あとでもう一人が同じ道を通って同じように取ったとしても、偶然といえるかい？」

「まあ、そんな偶然もあるだろうね、ワグホーンさん」ニューステッドはやや気押され気味に言った。

「それで？」

「ブラッグは、なにか不明な理由で、買ったばかりの車を隠滅するか、判別不能なものにしようとした。やつが取得した保険証書は、対第三者責任をカバーしているだけだから、保険の問題は生じない。やつは実際は、列車でケンマイルまで行ったんだろう。それだけの目的でね。車を回収し、森に入っていったが、ほんの少し前に、もう一台車がそこに来ていたとは気づかなかった。ソーンヒル医師の死体も、薪束から取った薪をかぶせてあったから見えなかったんだ。

だが、隠さずに置いてあった自転車は目に入ったわけさ。ブラッグには、自転車の存在は、まさに降ってわいた天与の恵みのように見えただろうね。逃走手段という問題の完璧な解決策だ。やつは車に火をつけた。おそらくはガソリンの管を壊し、そこにマッチを投げ入れると、力のかぎり自転車のペダルをこいで逃走した。警部が指摘したように、まる一晩かけてね。言ってみれば、そのままロンドンまで自転車で戻ることもできたろう」

ニューステッドは、時計をちらりと見た。「ブラッグがどこにいるかは分からんが、グッドウッド医師の所在は分かっている。今なら診療所から帰る頃合いだ。会いにいくかね、ワグホーンさん？」

「こっちに来させたいね」とジミーは答えた。「当たり障りのないように、ここへ連れてこられるかい？」

「簡単だよ」とニューステッドは言い、呼び鈴を鳴らすと、ハワードがやってきた。「グッドウッド医師が出てくるまで、診療所の外で見張っててくれ」とニューステッドは指示した。「出てきたら、私からということで、お話があるのでこちらへお越しいただきたいと丁重に伝えてほしい」

ハワードはほどなく戻り、グッドウッド医師を部屋に案内してきた。「やあ！」彼は二人を順に見ながら声を上げた。「パーティーのお招きにあずかったようですな。ご機嫌はいかがかね、皆さん。

ご用件はなんですかな？」

「お座りください、先生」とジミーは言った。「ソーンヒル医師のことですよ。殺人犯は、犯行の時刻にあなたがどこにいたか探り出していた節があります。この町で、あなたがユーポートにいたことを知っていた者は？」

グッドウッドは首を横に振った。「そこに滞在するなんて、わし自身も知らなかったさ。金曜の朝になって、リヴィエラ・ホテルにもう一泊しようと家内と決めたんだ。それに、昨日も言ったが、休暇中だったから、この土地の誰とも連絡はとってない」

「ほかの土地の人とも？」とジミーは尋ねた。

「誰とも連絡しとらん」とグッドウッドは答えた。「わしも家内も、ユーポートにいるあいだはずっと、手紙も書かなきゃ、電話もかけなかったさ。ホテルで知り合いには会わなかったよ」

「そうは断言できないでしょう、先生」とジミーは言った。「あなたがご存じなくても、あなたを知っている人に目撃されていたかも。金曜の夕食後はなにを？」

グッドウッドは思い返しながら眉をひそめた。「夕食後だと？　ああ、思い出したよ。家内が、同じホテルのブリッジ狂の連中に誘われて、四人一組の仲間に入ることになってね。わしも誘われたが、ブリッジはイライラする。だから、町にいる友人と外で会う約束があると言ったのさ。まったくの作り話だよ。残念ながら、ユーポートに知り合いはいないんでね」

「嘘も方便ですよ、先生」とジミーはさりげなく言った。「そんな逃げ口上を使ったら、そのとおりふるまわないといけなかったのでは。どうなさったんですか？」

「もちろん出かけたさ」とグッドウッドは答えた。「おっしゃるとおり、そうせざるを得なかった。

さいわい、その晩は晴れていて、ちょっと体を動かしても悪くないと思った。二日間、運動をしてなかったからね。それで、速足の散歩に出かけて、海岸通り沿いにぐるりと町を回ったわけさ。戻る途中、居心地よさそうな小さなパブを見つけて、ビールを一杯やったがね。だが、そこにいた連中は、年配の客が二人に、カウンター側の女主人だけ。彼らに自分のことは話さなかったし、連中もわしのことは知らなかったはずだよ」

「居心地のよい小さなパブとは、記録に値しますな」とジミーは言った。「なんと言うパブで？」

グッドウッドはかぶりを振った。「残念だが、ご案内はできないよ、ワグホーンさん。名前は気にとめなかった。もう一度見つけられるかも自信がない。通りの名前すら知らんよ。町の奥で、海岸通りや海辺の下宿屋からも離れた場所だ。地元の連中が利用しても、観光客が来る店じゃなかったよ。ビールはうまかったが、わしに言えるのはそれだけさ。そう長居したわけでもない。三十分ほどだ。それから、リヴィエラ・ホテルまで歩いて戻ったよ」

「徒歩ではなく、車でも行けたのでは、先生」とジミーは示唆した。

「歩いたのは運動のためさ」とグッドウッドは答えた。「それに、車を使いたくとも、出せなくてね」

「なぜですか？　なにかあったとでも？」とジミーは訊いた。「ユーポートに滞在中、確かご自身の車があったのでは？」

「ああ、自分の車があったよ」とグッドウッドは答えた。「まあともかく、その晩は車を出せなかった。わけを話そう。木曜に着いたとき、ホテルの駐車場は満車で、中庭に駐車しなくちゃならなかった。係の者が、非番になる夕方、車を使うかと訊いてきた。とりあえずそのつもりはないと答えたよ。すると、車に鍵をかけて、キーは自分に預けてくれと言われてね。わしの不在中に駐車場が空いたら、入れておくというわけだ。キーを渡したが、けっきょく空きはできず、車は外に置きっぱなしさ。係員がキーを使うことはなかったし、わしも土曜の朝に出発の用意をするまで、キーを返してくれと言わなかった。これで分かっただろ。キーがなかったし、持っていた係員も非番でいなかったから、その晩は車を出せなかったのさ」

「なるほど、分かりました」とジミーは言った。「つまり、こういうことですね、先生。ご存じのかぎりでは、あなたが金曜の夜にユーポートにいたことは誰も知らないはずだと？」

「どうすりゃ知ることができたか、よく分らんね」とグッドウッドは答えた。

ニューステッドはジミーの目配せに気づき、「さて、お訊きしたかったのは以上です、先生」と席を立ちながら言った。「お忙しいでしょうから、これ以上はお引き留めしませんよ」彼はグッドウッドを部屋から送り出し、二分ほどで戻ってきた。「さて、ワグホーンさん？」と彼は訊いた。「車の件は、いかにももっともな話に聞こえたが。ホテルの駐車場係が、金曜の晩にキーを持っていたと証言すれば、アリバイは完璧だよ」

「まあ、そう証言するだろうな」ジミーはうんざりしたように答えた。「その話は微塵も疑ってないよ。ずる賢いやつが考え出しそうな、見るからにもっともなアリバイだ。ほら、君だって車は持ってるだろ？　キーはいくつ持ってる？」

「二つだ」ニューステッドはすぐさま言った。「一つはポケット、もう一つはここのデスクに入ってる」

「そのとおり」とジミーは言った。「車のキーを一つしか持っていない所有者がいるかな。メーカーは必ず二つくれるから、一つ失っても大丈夫だ。グッドウッド医師は、キーを一つ手放しても、もう一つ手元にあると承知だったのさ。もう一点ある。駐車場係がその晩、非番だったのなら、誰にも悟られずに中庭から車を出し、またぞろ戻しておけたはずだ」

「まあ、そうかもしれないな」とニューステッドは認めた。「だが、居心地のよい小さなパブはどうだ？　ユーポートにあるパブの女給に片っ端から、その晩グッドウッドを見なかったかと聞き込みさせてもいいが」

「やってみてくれ」とジミーは応じた。「だが、もう一週間になることも忘れないでほしい。ある晩、グッドウッド医師の特徴に合致するよそ者に飲み物を出したのを憶えている女給が見つかったとして、面通しをしても、そんな一見客を見分けられるかな？　そいつに飲み物を出したのはいつの晩か、証言できるか？　正確に何時にパブを出入りしたか、宣誓の上で証言できるとでも？　むろん、できっこない。人間の記憶力に過大な要求をすることになるよ。それに、グッドウッド医師なら、我々に作り話をしたときに、そんなことはよく分かっていたさ」

「すると、まだ彼のことを殺人犯だと思ってるのかい？」とニューステッドは訊いた。

「先入観は持たないようにしてるよ」とジミーは答えた。「証拠を得られるまでは、とくと考えてみたいんだ。グッドウッド医師が自分の代診医を殺さなかったとは、まだ得心できない。とはいうものの、彼がやったという証拠も今はない。動機の点では、彼に対する告発を根拠づけることすらできない。いくら疑わしかろうと、ウィルスデン氏が自然死じゃなかったとはもはや証明できないからね。医師が二人を殺した張本人なら、完全犯罪をやり遂げたようだな」

「彼が張本人でないとしたら？」とニューステッドは尋ねた。「ほかに誰に目星を？」

ジミーは肩をすくめた。「またもや動機だな。故意か過失かはともかく、ウィルスデン氏は罪過によって死期を早められた。そして、その張本人が痕跡をくらますために、ソーンヒル医師を殺したのさ。どうやら、こつこつと着実に調べるしか、展望は開けそうにないね。ラヴロック氏に、額の大小を問わず、遺産相続人の全リストを提供してもらわなくては。それと、幸運な相続人たちが、それぞれ金曜の晩の八時から九時のあいだ、どこにいて、なにをしていたのかも確認しなくてはね。彼らは皆この近辺の住人だから、そのうんざりする仕事はそちらの仕事になりそうだよ、ニューステッドさん」

ニューステッドは笑い声を上げた。「ありがたいことだね、ワグホーンさん。お気遣い無用さ。やらせてもらうよ。だが、少々時間がかかることも覚悟しておいてくれ。ヤードの連中と違って、無尽蔵に人員を使えるわけじゃない。二、三日はほしいね。それだけあれば、相続人たちをしらみつぶしに調べられるさ」

「分かった、じゃあ、君に任せるよ」とジミーは応じると、フェアロップと一緒に外に出て、待機していた車に乗り込んだ。「次はどちらへ?」と警部は訊いた。

ジミーは心中、ニューステッドとの議論をまだ反芻していたため、すぐに答えを返せなかった。「相続人以外の誰かが、ウィルスデン氏の死を目論んだとも考えられる。引退前の彼を知っていた者が怨恨を抱いていた可能性だ。そんな人物は、この土地ではよそ者か、少なくともあまりなじみのない者だろうな。行き先を教えるよ、警部。チルカスターに戻る前に、サプワースのスプロウストン・アームズに寄って、そこのビールの味を試そうじゃないか」

ジミーは、これまでの経験でも、手がかりのつかめそうな場所は村のパブだと知っていた。しかし、今回は当てが外れた。スプロウストン・アームズの亭主は、よそ者を見かけてはいなかった。「もう何週間も見てないな」亭主は、カウンターにグラスを二つ置きながら言った。「この村に来るよそ者はそう多くないから、いれば目に留まりますよ。そういや、道に迷ったハイカーが一人、二人いたが、外から来る人はそうは見ないね。それに、今は外来客が来るには時期がちょっと遅すぎますよ」

ビールを飲み終わると、ジミーとフェアロップはサプワース・プレイスに行き、執事に質問した。しかし、ジミーの質問に、執事は首を横に振った。「いいえ。滞在者はおろか、立ち寄る者もおりません。私もよく知らないような人は、もう長いこと、この邸には来ておりませんよ。ウィルスデン様やミルボーン夫人の旧友くらいです。それどころか、玄関のドアを開けて初めてお会いしたのは、ソーンヒル医師だけでございますよ」

「さあ、ここまで見通しはついた」ジミーは、警部に車で送ってもらう途中に言った。「君の意見は分からないが、私の本命はグッドウッド医師だ。どうやって彼に罪を認めさせるかが思案のしどころだがね。ともかく、もうここでやることはあまりない。ロンドンでやらなきゃいけない仕事がたくさんあるし、そっちに連絡してほしい。新たな進展があったら、すぐ戻ってくるよ」

キングの調査報告をジミーが受け取ったのは、スコットランドヤードに着いてからだった。「ご指示どおり調査しました。ステップニーの診療所に行って、ソーンヒル医師の同僚にもう一度会ってきましたよ。でも、前に聞いた以上の話はなかったですね。ソーンヒル医師は、友人が車で迎えに来るのを待っていると話していたそうです。その同僚医師は同日十二時半ちょっと前に外出しましたが、ソーンヒル医師はそのときまだ迎えが来るのを待っていました。

ただ、今回もですが、診療所に行くと、若い女性が案内してくれるので、彼女にも聞き込みしてみたんです。ソーンヒル医師の名前を出したら、とたんにえらく動揺して、泣き出すんじゃないかと。

でも、自制心を取り戻して、質問にしっかり答えてくれました。彼女は受付係で、午前九時から十二時まで診療所にいて、夕方にまた仕事に戻るそうです。

その水曜、ソーンヒル医師が迎えを待っていた相手が誰なのか、尋ねてみました。彼女によると、診療所の電話に出るのは彼女の仕事です。その日の朝、九時数分過ぎに電話が鳴りました。相手はロザラム氏と名乗り、ソーンヒル医師と話したいと言ったそうです。ちょうどそのとき医師がやってきて、玄関ホールで電話を手渡しました。彼女はほかの部屋に移動し、話のやりとりは聞かなかったのですが、『いいとも。この診療所まで来てくれるなら、ここで待ってるよ』という最後の言葉だけ小耳にはさんだそうです」

「ほう、それはなかなか筋がいい」とジミーは言った。「その女性は、ロザラム氏のことをなにか知ってたかい？」

「ええ」とキングは答えた。「彼女の話によると、最初にその男に会ったのは八月初めで、ある日の朝、診療所に受診に来たそうです。たまたまソーンヒル医師が、三人の医師の中で一番手が空いていたので、ロザラム氏を診察しました。そのあとも三、四回来て、初診を受け持ったのがソーンヒル医師だったので、いずれもソーンヒル医師が診察したそうです。

彼女も最初はその程度しか知らなかったのですが、ソーンヒル医師が彼のことをよく話してくれたそうです。ソーンヒル医師とはとても親しくなったようですね。ロザラム氏の病はさほど重くもなく、完治すると、医師と夕方付き合うようになりました。ソーンヒル医師が彼女に話したところでは、ロザラム氏は、ロンドン西区を題材にした本を書いている作家で、執筆場所としてステップニーに部屋をとっていると言っていたそうです。

そいつの特徴を彼女に聞きましたが、診療所に来たわずかな機会にちらりと見た程度で、ほかで見たことはないそうで。ソーンヒル医師より少し年上の感じで、四十歳くらいじゃないかと。背が高くて、肩幅が広く、黒っぽい髪で、多少日に焼けた顔をしています。第一印象で一番目を引いたのは、診療所によく来る患者より、ずっと身なりがよくて、学のありそうな話し方をしていたことだそうです。

そこで、ソーンヒル医師の診療簿を確認してもらい、ロザラム氏の住所を教えてもらいました。すぐそこへ行って、家の女主人に会うと、彼女は下宿屋をやっていて、ロザラム氏は、七月の終りか八月の初め頃に部屋を借りたそうです。彼女が説明した特徴も、診療所の女性の説明とほぼ同じでした。彼はいつも終日外出して、遅くまで戻ってこないので、あまり見かけたことがないと。男の説明によれば、自分は作家で、取材で出歩いているとのことだった。食事は、フライド・フィッシュの店などで、市井の人々を観察しながら食べていたとか。彼女はソーンヒル医師も知っていて、何度かやってきて、ロザラム氏に伝言を残していったそうです。

彼女がその下宿人の姿を最後に見たのは、十月三日です。日誌をつけていたから間違いないと言っています。ロザラム氏は昼過ぎに戻ってきましたが、そんなことはそれまでなく、とても動転した様子だったそうで。父親がデヴォンシャーで交通事故に遭い、重傷を負ったという連絡が入ったので、すぐ駆けつけなくては、と話し、それまでの支払いを済ませると、荷物をまとめるあいだにタクシーを呼んでくれと彼女に頼みました。パディントン駅へ、と運転手に告げるのが聞こえ、車が走り去るのを見たのが彼の見納めだったそうですよ」

「連絡の取れる住所は残していかなかったのかな？」とジミーは訊いた。

です」

「ええ」とキングは答えた。「落ち着いたら、また戻ってきてこの家に住みたいと彼女に言っただけ

「ふむ、そのロザラム氏は、確かに実在の人物のようだね」とジミーは言った。「ソーンヒル医師を訪ねてきたのは間違いなくその男だ。だが、医師が殺されたのはその二日後だから、ロザラムが手がかりを与えてくれる見込みは乏しいな。とはいえ、ソーンヒル医師の友人だったわけだし、それを考えると、彼に当たってみるべきだ。デヴォンシャー州警察に連絡して、今月初めに交通事故で怪我をしたロザラム氏なる人物の住所を照会してくれるかい」

第十六章

その週の土曜、ジミーは再び、プリーストリー博士の夕食会に出席した。そのあと、書斎に場を移して、前の例会以後の進捗状況を報告し、得た情報と自分の推理についても説明した。「昨日、パタムに行って、ニューステッドに会いました。金曜の晩の各遺産相続人の動きについて完全な記録を作ってくれましたよ。グッドウッド医師以外にソーンヒル医師を殺せた者はいないという点では、彼も私も確信しています。

その点は、大雑把すぎる主張と思われないためにも、明確に説明したいと思います。一定期間にわたる個人の動きを、秒刻みでチェックするわけにはいきませんが。彼らのうちの五、六人くらいは、ソーンヒルを待ち伏せて襲う機会があったでしょう。たとえば、執事です。ただ、誰ひとりとして、死体を遠い場所に運べたほど、説明のつかない時間がたっぷりあった者がいないのも確かです。

グッドウッド医師のアリバイを調査しましたが、結果は予想どおりでした。リヴィエラ・ホテルの駐車場係は、医師が車のキーを預けていったことを確認し、医師に車を使う機会はなかったと言っています。夕方七時に非番になるそうです。グッドウッド医師の車は、木曜の朝から土曜の朝まで中庭に駐車してあり、彼の知るかぎり、そのあいだは使われなかった。ただ、医師はおそらくスペア・キーを持っていたから、その証言は車のアリバイを裏付けるには無価値です。

医師のアリバイも裏は取れない。ユーポートで許可を得て営業している店もすべて調査しましたが、はっきりした結果は出ません。居心地のよい小さなパブという説明に当てはまりそうな、小さめのパブの一つで、よそ者が入ってきたのを女給がぼんやりと憶えていました。その説明がいかにぼんやりしているかというと、もう一度そのよそ者を見ても分からないそうでして。そのよそ者は、ある日の晩、店に入ってきた。どの晩かは憶えていないが、二週間ほど前じゃないかと。バーは六時から十時まで開いていて、そのあいだのいつだったかは分からない。よそ者という言葉も、意味をはっきりさせてくれましたよ。その男がユーポートの住人じゃないという意味ではありません。常連客の一人ではなく、見た憶えがないというだけです。

ニューステッドは、いささか軽率ながら、ハンポール夫人に嚙みついて、グッドウッド医師の所在を知っていたはずだ、電話で話をしただろう、と攻めかかりましてね。彼女はたちまち憤慨して、きっぱり否定しました。知っていれば、当然ソーンヒル医師に伝えたとね。少なくとも、ウィルスデン氏の逝去をグッドウッド医師に伝えたし、それなら、医師もすぐ戻ってきたはずだと」

オールドランドは笑い声を上げた。「いかにも彼女が口にしそうな主張じゃないか。君はグッドウッド医師が犯人だと考えているのかい?」

「私の仮説を再度、一つ一つチェックしていきましょう」とジミーは答えた。「ソーンヒル医師を殺害した動機はただ一つ、ウィルスデン氏の死にかかわる、都合の悪い事実を彼が暴きかねないというおそれですよ。ということは、ウィルスデン氏の死期を早めた者がいるのです。遺産相続人以外に、そんなことを望む者はいない。その犯人が、ソーンヒル医師の口を永遠に封じようと謀った。相続人の中でも、グッドウッド医師は主要相続人の一人です。ソーンヒル医師を殺害し、死体をイェイヴァリー森へ運ぶ機会があったのも彼だけです。消去法でいけば、まさにそうなりますよ」

「君の仮説には首肯できるよ、ジミー」とプリーストリー博士は言った。「ウィルスデン氏の死とソーンヒル医師の殺害には、密接な関係があるのはほぼ疑いない。だが、君の消去法の進め方は、必ずしも完全ではない。残余遺産受遺者を考慮していないのでは?」

「ラヴロック氏の言う、遠縁のニュージーランド人ですか?」とジミーは答えた。「その存在を忘れたわけではありませんが、彼は無関係だという、もっともな根拠があります。父親はウィルスデン氏のいとこですが、ずっと前にニュージーランドに移住して、バートラム・リングウッドの出生地もそこです。ウィルスデン氏は、そのいとこの息子には会ったことがないし、二人の間の通信は、たまの手紙のやりとりだけだった。たまのやりとりでしかなかったことは、ラヴロック氏が見つけたリングウッドからの最後の手紙が、ほぼ一年前のものだったことからも分かります。それに、リングウッドが残余遺産受遺者として有望な立場になったのも、ごく最近の偶然といっていい状況からですよ。

さて、ウィルスデン氏の死期が、グッドウッド医師以外の誰かによって早められたのだとすれば、その人物はウィルスデン氏が死ぬほんの少し前に、邸に入った者でなければならない。議論のために、リングウッドが突如として、その界隈にやってきたと想像してみましょう。ウィルスデン氏が一度も会ったことがないのなら、サプワース・プレイスの使用人たちにも、地元の人々にも、彼はまったくのよそ者だったはずです。私も相当徹底した調査を行ったし、地元の警察だってそうです。結論を言えば、そんなよそ者が最近サプワース・プレイスを訪れたことはないし、村でも目撃されていないと確信していますよ。執事は誠実この上ない人物ですが、彼の言葉を引き合いに出せば、邸のドアを開けて初めて会った訪問客はソーンヒル医師だけなんです」

「それで十分だと思うよ、ジミー」とハンスリットは言った。「そのリングウッドという男が、見知らぬ土地で、誰にも見とがめられることなく、サプワース・プレイスでなにかいかがわしいことをしていたとは考えられない」

「確かにそれは無理だな」とオールドランドが言った。「その男は無関係だというジミーの意見に賛成だよ。だが、先週この事件について議論して以来、思いついたことがある。犯人はサプワース・プレイスに入ったはずだと言ったね。だが、そうはっきり言えるかな？　ソーンヒルは、木曜の午後にウィルスデン氏を最初に診察し、氏の病状が重いという所見を持った。その一、二日前、氏がどこかに外出していたときに、病状を悪化させる薬を与える機会があったんじゃないか？」

「まあ、そうですね。ありました」とジミーは答えた。「彼と妹さんは月曜、ブリックフォード・ハウスにお茶を飲みに行きました。ポンフレット夫人も主要相続人の一人です。彼女なら、トーストとバターに腐食性の物質を混ぜることもできなくはないでしょう。でも、それなら、グッドウッド医師が翌日にウィルスデン氏を診察しているのに、異常に気づかなかったのは変ですよ。彼らに共謀関係があったとも考えにくい」

「ブリックフォード・ハウスだって？」とハンスリットは問いただした。「医師のかばんが見つかった場所の近くじゃないか？」

「そのとおりです」とジミーは答えた。「ただ、多少補足させてもらうと、ポンフレット夫人は車を持っていないし、たいていは神経炎であまり自由がきかないんですよ。姪と年配の家政婦と一緒に、ブリックフォード・ハウスに住んでいますが、家に男は誰もいない。三人とも、例の金曜の晩の八時から九時は、誰も外出しなかったと口をそろえて言っています。

そのうちの誰か、なんなら三人全員が、ソーンヒル医師が近くを通りかかったのを知り、外に出て、アイロンで彼の頭を強打したとしましょう。でも、そのあとどうやって、九マイルほども離れたイェイヴァリー森に死体を運べたのか？」

オールドランドは笑った。「一本とられたよ、ジミー。だが、死体の移動の問題にこだわりすぎていないかい？　ソーンヒルが、かばんの発見場所で殺されたという証拠でもあるのかね？」

「はっきりした証拠はありません」とジミーは答えた。「しかし、彼は、その場所か、そこから遠くない場所で殺されたように思えます。医師なら、患者の往診に行こうとしているのに、相手の話がいかにまことしやかでも、そんなのにつられて職務を後回しにするでしょうか？　仮にそうだとしても、気分が浮かれて、仕事かばんを排水溝に投げ捨てていったとでも？　先生は私以上にそんな質問に答えられるお立場では？」

「ふむ、ソーンヒルが、その場所か近くで殺されたことは認めるよ」とオールドランドは言った。「だが、私の職業上の団体精神からすれば、医師が自分の代診医を殺したとは認めたくないな。明らかに職業上の仁義に反することだよ。ブラッグがなにやら背景に退いてしまったが、やつがソーンヒルを殺害して、死体を運んだとはいえないのかね？」

「無理です」とジミーは答えた。「時間と距離からして不可能なのは、不確かなことだらけの中で、数少ない確実な事実ですよ。ブラッグには、九時数分過ぎになるまで、乗れる車はなかった。火事が最初に目撃されたのは九時半だから、その少し前には出火していたはずです。殺人現場からイェイヴァリー森まで九マイルもあるし、それも、便の悪い田舎道です」

「それが不可能なのは、全員一致で認めるよ」とプリーストリー博士は言った。「オールドランドが言うように、ブラッグは背景に退いてしまったようだ。君は、彼の存在をこの問題から外してしまったのかね？」

ジミーは明確な答えを避けた。「ブラッグは、この事件を取り巻く小さな謎の一つです。やつについて分っていることを申し上げましょう。やつは、十月四日にはじめて姿を見せました。車を買ったときです。一週間後の十一日の朝、やつは車で走り去っています。その日の晩、ケンマイルに現れ、コルベックの修理屋に車を置き、荷物を駅に運んでいます。二日後の晩に再び姿を見せ、イェイヴァリー森に車を走らせ、そこで車に放火したわけです。あらためて時間の問題を強調しておきますが、やつは、コルベックの修理屋から森まで行くあいだに、そう遠くに外れることはできなかった。なお、戦前のマスプロ、ツードアのセダン車は、ブラッグが購入した車を除いて、すべて完全に裏が取れました」

「ブラッグのたくらみはなんだと思う、ジミー？」とハンスリットは訊いた。

ジミーは肩をすくめた。「誰にも分かりません。やつは車を買い、ロンドンからケンマイルまで運転し、途中で荷物を載せ、車は修理屋に残した。やつが次に車を出したのは、車に放火するためです。やつが車を必要とした目的は一つしか考えられないし、その目的を果たせばもう用済みだった。やつの目的は、荷物を回収することですよ」

「こうも考えられるぞ、ジミー」とオールドランドは言った。「ブラッグは、ソーンヒルが列車でパタムに来たのと同じ日、ケンマイルに車でやってきた。ハロルドが指摘したように、二人の男は、ケンマイル駅で居合わせたに違いない。この場合も、ブラッグが車に放火したのは、ソーンヒルがパタムを出発してからほぼ一時間以内のことだし、そうやって、不運な医師の死体を燃やしてしまったわけさ」

「分かりますよ」とジミーは辛抱強く答えた。「でも、それもやはり、皆が認める不可能に直面します。ブラッグがソーンヒルを殺したのなら、方法は一つしかない。この事件の捜査で、荒唐無稽なことはいくらでも考えてきたから、一つくらい増えたって大差ありませんよ。ソーンヒル医師は、知ってのとおり、八時を過ぎてすぐブルックウェイを出ました。自分の、というか、グッドウッド医師の自転車をこいでね。ブリックフォード・ハウス近くの道に来ると、彼は患者のことをすべて忘れ、かばんを排水溝に投げ捨てる。それから、森を目指して力強くペダルをこいで九マイル走り、ブラッグがまさに車に放火しようとしているところにやってくる。放火の現場を見られて驚いたブラッグは、闖入者の頭を殴り、その死体を炎の中に投げ込み、そのあと、自転車に乗って走り去る。こんな仮説を自説として受け入れたいなら、どうぞお好きになさってください」

「私はご免こうむる」とオールドランドは言った。「ソーンヒルがそんな夜間走行をするとは、あまりに根拠薄弱だ」

「そうおっしゃると思いましたよ」とジミーは答えた。「この事件は小さな謎に取り巻かれていると申し上げませんでしたか？　そう、謎はもう一つあります。先ほど申し上げた、ソーンヒル医師の友人、ロザラム氏ですよ。作家は概して変人だし、この人物も例外ではないようです。この作家の情報を確かめたくて、ジョン・ソーンヒル氏を再訪しましたが、気の毒に、ご子息の死にすっかり憔悴している様子でした。

会ったことはないものの、ご子息がよくそいつの話をしていたので、ロザラムのことを知っていたし、彼の話から、聞き込んだ情報も裏付けられました。ロザラムは、ステップニーの診療所に来て、腹の痛みを訴え、ソーンヒル医師が診察した。医師の治療は功を奏し、患者は回復したが、二人が付き合うようになってからも、多少思い込みによるらしい胃の不調を訴え続けたと」

「ちょっと待ってくれ、ジミー」オールドランド医師が話の腰を折った。「小さなことだが、これは無視できんぞ。つまり、ソーンヒルは、少なくとも胃の不調を治療した経験があった。ウィルスデン氏を最初に診察したとき、グッドウッド医師が無意識に見逃していた症状を見抜けたのも、その経験のおかげかも」

ジミーは苦笑した。「グッドウッド医師の弁護士を務めるおつもりですね。まあ、類は友を呼ぶ、とも言いますから。しかし、ロザラムの話に戻りましょう。診療所に通うあいだに、彼とソーンヒル医師は意気投合し、治療が終わっても、週に二、三度は会っていた。飲みに行ったり、観劇したりとかね。ジョン・ソーンヒル氏によると、パタムのことを知っているとご子息に話し、そこに行くのを勧めたのはロザラムではないかと。

ロザラムは、二か月ほどステップニーでおとなしく暮らし、けっこう頻繁にソーンヒル医師と会ったり、自著の取材をしていたようです。下宿の女主人にも彼のことを訊きましたが、悪いことはひとつも言いませんでしたよ。口数が少なくて、言葉も丁寧な紳士だそうで。彼女の話では、イングランド西部に住む両親をとても大切にしていたようで、週末はほとんど不在で、両親のところで過ごしていたそうです。車を持っているとは聞いてないし、運転しているところも見たことがないと。

次に、十月三日ですが、父親が事故に遭ったと言って、慌てて戻ってくると、すぐにタクシーでパディントン駅に向かった。そこから謎がはじまる。デヴォンシャー州警察に照会しましたが、ロザラムという人物が重傷を負った交通事故の記録はないとの回答でした。そこから、三つの仮説が出てくる。まず、ロザラムは、父親の実名と違う偽名を使ってステップニーに住んでいたという仮説。作家がペンネームを使うのは常識ですからね。二つめは、彼は誰かにかつがれたという仮説。三つめは、余計な説明をせずに姿をくらます口実として、事故の話をでっち上げたという仮説です」

「一つだけ質問がある、ジミー」とハンスリットは言った。「ロザラムは、その事故のことを、どこでどうやって知ったんだ？　そんな事故があれば、住んでいる下宿にまず連絡がくるだろうに」

「その点は私も考えました」とジミーは答えた。「下宿の女主人にも尋ねましたが、ロザラム氏は、手紙はみな、ウェスト・エンドのクラブに届くようにしていたそうです。そのクラブには毎日通っていて、執筆もそこでしていた。下宿に届く通信物は、ソーンヒル医師が時おり残していく短い手紙だけでした。だから、電報もクラブに届き、ロザラムはそこで受けとったのかも。

　事故が本当かどうかはともかく、ロザラム、というより彼の声は、一週間後に再び聞いた者がいたわけです。診療所の女性が、ソーンヒル医師が電話を切るときに話していた言葉をはっきり憶えていました。誰と話していたにせよ、その相手は間違いなく、医師を迎えにきて、駅まで送ると言ったんですよ。ちなみに、その女性の悲嘆ぶりからして、彼女は、受付係として雇い主の医師に接していたというより、ソーンヒル医師に思いを寄せていたようですね。友人のロザラム氏が父親の事故のせいでロンドンを離れたという話をソーンヒル医師から聞いたことはないそうです。

　さて、彼女はもちろん、診療所の誰も、ソーンヒル医師が出ていくのを見ていない。ただ、近隣の家を聞き込みさせたところ、目撃者が見つかりました。どうやら一日の大半を窓から外を眺めて過ごしているらしいお婆さんでして。彼女は、ソーンヒル医師の顔を知っていて、車が一台、診療所に来て、医師が荷物を持って乗り込むのを目撃した。彼女に分かったのは、運転手は男で、車はタクシーではなかったということだけ。それがいつの日かは憶えていないし、時間も、息子の食事の準備をする頃だったというくらいでして。息子さんは、いつも十二時半から一時のあいだに仕事から戻ってきます。

これらの情報を総合すると、一つの結論が出ます。ソーンヒル医師の友人とは、ほぼ確実にロザラムですが、彼は水曜に車で医師を迎えにきた。おそらくですが、その時刻が十二時半頃なら、ソーンヒル医師は余裕でターミナル駅に着き、一時五分の列車に乗れたはずで、パタム駅に着いた時間からすると、それが彼の乗った列車に間違いない。その列車を選んだのは、ちょっと奇妙ではある。というのも、チルカスター駅で二時間も待ち時間があるからです。まあ、重要な問題ではありませんが」

「どれもこれも、重要な問題ではなさそうだがね、ジミー」とハンスリットは言った。「ソーンヒルを駅まで送ったのが誰だろうと、どうでもいいんじゃないか。問題は、二日後に、医師になにが起きたかということだ」

「こうも言えますよ」とジミーは答えた。「ロザラムの親切な行動は、三角形の頂点の一つを明らかにするものかも。ロザラムとブラッグが、同一人物ではないかという可能性が頭を離れないんですよ」

「なんだって、ジミー！」とオールドランドは声を上げた。「その二人になにか接点を見出したのか？」

「なにも」とジミーは答えた。「おそらく、今言った荒唐無稽な可能性の一つにすぎないでしょう。ロザラムは、ちょっと変わり者だとしても、まったく善良な市民かもしれないし、彼の消息を突き止められないのも、ただの偶然かも。ブラッグはといえば、その行動からして、間違いなく悪党です。

しかし、ご辛抱いただけるなら、私の途方もない空想も考慮してほしいんです。ステップニーに住んでいた期間に、ロザラムが車を持っていたという証拠はない。しかし、突然の出発の一週間後、彼は車に乗って現れている。いや、もちろん、幾通りもの説明が可能とは思いますよ。父親は、ロザラムという名ではないが、本当に交通事故で重傷を負った。車は持っているが、しばらく使わずに置いておくつもりで、乗っていなかった。ロザラムは、車を借りたのであって、その車でロンドンに戻った。どこにでもある普通のことです。

ともかく、考えてみてください。ロザラムは、十月三日、普段の住まいから慌てて出発した。車を持っていたのなら、そんな緊急の場合であれば、きっと車を使ったはずです。翌四日、ブラッグは、メリルボーン・ロードの店に徒歩でやってきて、車を購入している。やつは、そこに車をそのまま残し、十一日水曜に取りにきた。ソーンヒル医師がロンドンを発った日ですよ。ブラッグが車を取りにきたのは、午前中、十二時より前です。やつなら、十二時半には、車で診療所に来ることができたはずです」

オールドランドは声を出して笑った。「暗黒の中に闇雲に飛び込むような推論だな。どう思う、プリーストリー？」

「ジミーの途方もない空想も、もっと緻密な推論を土台にすれば、ある程度の意味を持つかもしれない」とプリーストリー博士は答えた。「たとえば、ソーンヒル医師がロンドンから一時五分の列車で発ったのは、どんな理由からか？」

「ほかに手だてがなかったんです」とジミーは答えた。「乗ることのできた、唯一つの列車でした。十二時過ぎに診療所で目撃されているから、それより前の列車には乗れなかった。それよりあとの列車だと、七時十二分パタム着のチルカスター発の列車には乗れない。彼がその列車で来たことは、グッドウッド医師だけでなく、赤帽のノープスの証言からも分かっています。ロンドンを発つのに、一時五分発の列車しかなかったんですよ」

「彼が列車でロンドンを発ったという証拠はなにかね？」とプリーストリー博士は訊いた。

「それは間違いありません」ジミーは自信ありげに答えた。「パタム駅に着いたとき、ロンドンからの一等車席の往復切符を、往路の半券だけ渡していますから」

プリーストリー博士は、とがめるように首を横に振った。「その事実を証拠として受け入れるとは驚きだね。どの目的地の往復切符でも、旅行代理店で事前に購入できることは、君も知っているはずだ。それに、出発駅にしても、ロンドンのターミナル駅である必要はないのでは？」

第十七章

プリーストリー博士の言わんとする意味を最初に理解したのは、オールドランドだった。「そうだよ、ジミー!」と彼は声を上げた。「賭けてもいいが、君の途方もない想像にも、実は意味があるんじゃないか。知ってのとおり、ブラッグはどのみち、ロンドンから、パタムへ行く途中にあるケンマイルまでは、車で行ったわけだ。

なにが起きたか考えてみよう。君の説明では、ロザラムは、水曜の朝にはじめて電話で提案をしてきた。ソーンヒルはそれまでに切符を買ってしまっていたのさ。提案の内容までは分からない。君の想定では、ソーンヒルを車で駅まで送っていく提案だというが、ほかにもいろいろ考えられる。ロザラムは、ケンマイルに行く用事があるから、そこまで送っていくと提案したのかも。ソーンヒルが買った切符についても疑問が解ける。途中の駅なら、どこでも使えたからだ。君が考えているのもそういうことだろう、プリーストリー?」

「同様のことを想像してみたよ」とプリーストリー博士は答えた。「そうすると、君の仮説はどうなる、ジミー?」

「一見すると、整合性がとれそうですね」とジミーは言った。「でも、残念ながら、そううまくはいきません。ブラッグは、ソーンヒルをケンマイルまで送ってはいない。そこに着いたとき、車に同乗者はいなかった。それに、もう一つ。やつがどんな悪事に手を染めていたにせよ、寄り道してまで目撃証人を連れていくとは考えがたいことです」

しかし、オールドランドの興奮は、そう簡単には冷めなかった。「その異議は退けることができる。ブラッグは、ケンマイルまでソーンヒルを送ってはいないのさ。もっと手前の場所、たとえば、チルカスターとかで医師を降ろしたんだ。そのあと、自分の裏仕事に携わるために、一人で運転していった。それが君の疑問への答えだよ」

ハンスリットは、肘掛椅子に深々と掛けながら、皮肉たっぷりに唸り声を発した。「さっき言ったように、どれも重要な問題じゃないし、その自説を曲げるつもりはないな。ロザラムであれ、ブラッグであれ、ソーンヒルをターミナル駅へ送っていこうと、チルカスターへ送っていこうと、あるいは月に送っていこうと、どうでもいいことだ。水曜日に彼らのあいだでなにがあろうと、そこになんの意味があるのか分からない。どうあがいても、ブラッグが二日後にソーンヒルを殺せなかったことはジミーがすでに証明済みだし、私にも十分納得がいったが」

「お言葉、痛み入ります」とジミーは言った。「ロザラムがブラッグではという私の仮説は、彼がソーンヒル医師の殺害犯だという、もう一つの仮説に導こうとするものではありません。ブラッグとソーンヒルのあいだで、ハロルドが指摘した可能性以外に、なにか接点があったことを立証しようとしているだけです」

「接点なら、まだあるよ」とオールドランドは言った。「彼らは、ケンマイル駅に同じ時間にいたはずだ。だが、ブラッグは、あえてソーンヒルにそれを悟られないようにしたのさ」

「今度は、どんな方向に脱線させようとしてるんだい、先生?」とハンスリットは訊いた。

「脱線とは思わんよ」とオールドランドは答えた。「どう考えても、ブラッグにはソーンヒルを殺せなかったという点では、我々の意見も一致しているようだ。それなら、ブラッグを事件の当事者から完全に除外すれば、問題は単純になる。そうだろ、ジミー？」

「間違いなく」とジミーは答えた。「ブラッグを除外すれば、我々が三角形と思っていたものは、実は一点で交わる二つの線となる。以前にもまして確信を強めていますが、その一点とは、グッドウッド医師ですよ」

オールドランドは笑った。「君はさっき、私がグッドウッドの弁護士を務めていると言ったね。では、私の中立な立場を示すためにも、腹蔵なく言わせてもらうよ。我々は、ブラッグを想像の産物として排除することはできない。やつが生身の人間として存在している、あるいは過去に存在していたことは事実だからだ。だから、彼の存在と行動を説明できる仮説をなにか立てなくてはならない。それと、プリーストリーの勘気をこうむるかもしれんが、少しばかり推測を働かせてみたい」

「推測はときとして必要だよ」とプリーストリー博士は言った。「ただし、条件が二つある。一つは、可能性の範囲内にとどまらなくてはならないという条件。もう一つは、あくまで真実を確認するための足がかりとして用いるという条件だ」

「その二つの条件は忘れないようにするよ」とオールドランドは答えた。「ロザラムがブラッグの変名の一つだという、ジミーの仮定からはじめたい。考えてみれば、それもあり得ぬことじゃあるまい。あらゆる証拠はブラッグが悪党だと指し示しているし、悪党なら、いろんな隠れ蓑を持っていて当たり前だ。ブラッグは、なにかの都合で、ステップニーにしばらく滞在するのが便利だと考えた。おそらく、著作の取材をするためではなく、ほかの仲間と連絡を取り合うためさ。ここまではいいかい、

「その仮定に有効な反証があるとは思わないよ」プリーストリー博士は答えた。

プリーストリー？」

「よし、次だ」とオールドランドは言った。「さしあたり、ブラッグは、無名ではあるが善良そうな作家のロザラムになりすます。彼が醸し出そうと努めたのは、そうした罪のなさそうな善良さの外観だ。彼は腹痛を覚え、ソーンヒルの診察を受けた。そして、この実に品行方正な若き医師をだしに使おうという、単純だが巧妙なアイディアを思いついた。

言わんとすることが分かるかね？　悪党とは、みな自分たちは監視されているというコンプレックスを持っているものだ。まず間違いなく、善良さを装う一つの手は品行方正さが折り紙つきの人物の仲間に見られることだ、とロザラムは思いついたのさ。そこで、自分がソーンヒルの知人だという外観をつくりだす。一緒に出かける仲だったという。ロザラムは明らかに、できるだけ自分を善良に見せかけようと苦心していた。

だが、彼の目論見はなんだったのか？　ブラッグとしての行動は、控え目に言っても、きわめて怪しげなものだ。ジミーも最初から、やつがケンマイルに現れたときに携えていた荷物を怪しいと思っていた。来る途中で回収した盗品というのも、一つの推測だよ。しかし、貴重品が盗まれたという訴えが出ていないのも奇妙だ。そこで、もう一つ推測を立ててみたい。その荷物には、盗品ではなく、この国への密輸品が入っていたのさ」

「おいおい、先生！」とハンスリットは異を唱えた。「税関は、ここ最近は特に監視の目を厳しくしているんだぞ。その荷物の特徴は分からないのかい、ジミー？」

「目撃したのはコルベックだけです」とジミーは答えた。「最初にその話をしたときも、荷物の存在に言及していただけで。そのあと会ったとき、精一杯思い出してもらいましたが、かなり大きなバッグかスーツケースが二つあったと。ブラッグが運んでいた様子からして、けっこう重そうな荷物だったようです」

「ほら、どうだい、先生」とハンスリットは言った。「大きなバッグを二つも持って、税関をすり抜けられるかどうか、試してみたらいい」

「そんなことを試そうとは思わんよ」とオールドランドは言った。「それに、税関職員がその荷物に目を留めたとも思ってない。新聞を読んでいれば分かるが、これまでも怪しげな物が飛行機から落とされたことがあった。私の議論は、まだ条件を満たしているよな、プリーストリー？」

「もちろんだ」とプリーストリー博士は答えた。「君の推論は実に示唆に富んでいる」

「では、私は安全な足場に立っているわけだ」とオールドランドは言った。「ハンスリットも、その荷物にけっこうな貴重品が入っていたことは否定しないだろう。ブラッグがその荷物を確保し、ロンドンまで運んだ手間と経費を考えれば、それは明らかだよ。関税とか購入税とかが、かなりの額になる物と推測できる。その支払いを免れるために、飛行機からケンマイル近郊に荷物を落としてもらうよう手配したのさ。そこがイェイヴァリー森だな。どう思う、ジミー？」

「あり得ぬことではありません」とジミーは答えた。「森のはじには、まだ植林されていない荒れ地が大きく広がっています。こんな季節に、その場所に足を踏み入れる人がそれほどいるとは思えません」

オールドランドはうなずいた。「君の話だと、パタムのことならよく知っているとソーンヒルに言ったのはロザラムらしいね。たぶん間違いあるまい。きっと、両親と過ごしていたという週末に、適当な荷物の落下場所を探していたのさ。手はずがみなすむと、十月三日にロザラムに届いたのは、父親の事故の連絡ではなく、大陸にいる友人からの連絡だった。荷物を落とすのは、十月十一日の夕刻だと知らされたんだ。

ロザラムは下宿の女主人に、自分の出発をいかにももっともらしく説明した。実に念が入っているようだし、タクシーでパディントン駅に行ったのも確かだろう。だが、そこからはせいぜい、イーリングくらいまでしか行かなかったし、すぐに戻ってきて、ロンドンで一週間息をひそめていたんだ。ついに荷物を無事手に入れて処分する手はずも整い、翌日、車を購入して、必要になるまで預けておいた。

ソーンヒルを車で送ってやるというアイディアは、あとから思いついたかどうかは分からない。友人のソーンヒルが、パタムの医師による代診医の募集広告を見たと言ったので、ロザラムがそんな目論見を抱きながら、応募するよう勧めたとも考えられる。さっきも言ったが、悪党は監視されているというコンプレックスを抱く。医師の移動に手を貸してやることほど、混じり気のない好意があるだろうか？　二人は出発し、ソーンヒルはチルカスターで降ろしてもらい、その駅から、もともとパタム行きに使う予定だった列車に乗った。

午後になる頃、ロザラムはイェイヴァリー森に車を走らせ、そこでブラッグに変身した。例のみすぼらしい茶色の外套を服の上に着て、ドーランで顔をメイクした。ジミーの友人の警部がいみじくも示唆したようにね。予定の時間、たとえば暗くなる六時頃に、飛行機が飛んできて荷物を落としていった。ブラッグはこれを回収し、車に積み込んだ。そのあとの行動はコルベックが説明したとおりだよ。

さて、ロザラムとソーンヒルがケンマイル駅で顔をあわせた可能性についてだ。駅に着いたときはブラッグだったが、上り列車に乗ったときはロザラムだった。ソーンヒルが同じ時間に駅に停車している下り列車に乗っていることをやつが知っていたかどうかは分からない。知っていれば、ソーンヒルに見られないよう気をつけただろうよ。自分がケンマイルの方に行くことは、ソーンヒルにてきとうな作り話をしておいたかもしれんが、ケンマイルからロンドンに戻ることまでは話に含まれていなかった。ソーンヒルが彼を駅で見たとしたら、いったいなにをしているのかと思ったことだろう。

ロザラムはその夜、ロンドンに戻り、間違いなく、持ち帰ったブツをすっかり処分したことだろう。だが、コルベックの修理屋に置いてきた車が残っていた。車はもう用なしだったし、仮に用があったとしても、もう一度使うのは危険だろう。教えた住所が嘘だと、いつばれてもおかしくなかった。実際、保険証書がその住所に送られるのは確実だった。罪証は確実に隠滅しなくてはならない。

こうして、ロザラムはケンマイルに戻ってくる。グッドウッドの娘と同じ列車でね。二人は顔をあわせて話をしたかもしれないし、娘は自分が誰か話したかもしれない。だが、仮にそうだとしても、彼女の父親の代診医としてパタムに行った人物を知っていると、やつが口にしたとは考えにくい。彼女がソーンヒルに会えば、その話を伝えるに決まってるからね。ソーンヒルも、友人がいったいなにをしていたのか、すこぶる不思議に思うだろう。

やつはケンマイル駅で下車し、赤帽（ポーター）の詰所に行き、置いてきた上着を回収した。そこにあるはずだとまでは思ってなかったろう。赤帽（ポーター）の一人が、保管のために出札所に引き渡してしまったかもしれないからね。だが、それはさほど重要なことじゃなかったはずだ。ドーランで目の周りのあざをもう一度作れば、明かりに背を向けて暗闇の中を行く分には十分だ。次いで、コルベックのところに顔を出し、車を回収して走り去ったわけだ。

ブリックフォード・ハウスを車で往復できたはずがないという、ジミーの強力な論拠については、これ以上、詳しく論じるつもりはないよ。だが、補足しておこう。仮になにか奇跡的な力で往復できたとしても、なぜそんなことを？　直前まで四時間も列車に乗っていたのに、ソーンヒルがその時間にブリックフォード・ハウス近辺にいるとどうやって分かったのか？　いや、やつは車でイェイヴァリー森に行ったのさ。荷物の落下場所の候補としてあらかじめよく調べてあったし、奥まったところもよく知っていた。やつは森で車に放火し、とんずらした。たぶん、奇跡的にも、使ってくれと言わんばかりに、そこに置いてあった自転車でね」

議論を切り上げる合図に、オールドランドは、そばにあったグラスを持ち上げ、飲み物をすすった。しかし、ハンスリットは、発した唸り声からして、まだ十分納得していない様子だった。「以上かね、先生。たぶん、先生の推測はかなり真実に近いと思うよ。だが、ソーンヒルの死体がイェイヴァリー森に運ばれた直後、ブラッグがそこに車でやってきたというのは、いささか荒唐無稽に思える。しかも、死体が置いてある一、二ヤードほどのところで車に放火するとは。やつは明らかに死体のことを知っていたんじゃないか？　そこがどうにも腑に落ちない点だ」

「まあ、そこは腑に落とすよう努めたほうがいい」とオールドランドは答えた。「偶然とは常に起きるものだし、もっと荒唐無稽なことでも実際に起きている。ソーンヒルの殺害という点では、ブラッグ、ロザラム、どう呼ぼうとかまわんが、そいつを除外することはできただろう。どう思う、プリーストリー？」

しかし、プリーストリー博士から無条件の同意を引き出せることは滅多にない。「君の推測が、いくつかの点で真実に大きく近づいていることは認めるよ」と博士は言った。「いずれにせよ、君の議論は合理的な範囲によく踏みとどまっている。君の仮説の多くは、ジミーにとっても間違いなく検討に値するものだ」

「検討させていただきますよ」ジミーはそんな勧めを受けて、少し当惑しつつ答えた。ブラッグを本当に除外すれば、彼の行動も、どっちの偽名を使ったのであれ、ソーンヒル医師の事件とはほぼ無関係になる。「博士がおっしゃるのは、密輸仕事のことですね。もちろん調べさせますよ」

「その程度のことなら部下に任せればいいだろう」プリーストリー博士は、ややもどかしげに言った。「君自身は、ソーンヒル医師の問題に注意を集中すべきだ。君は、ソーンヒル医師が、パタムのことも、その界隈の住人のことも、事前になにも知らなかったと確信しているね？」

「もちろんです」とジミーは答えた。「住民の誰も彼のことを知りませんでした。ただ一つの接点は、伝聞に属するものです。グッドウッド医師の話では、一緒にいた晩、ソーンヒル医師に自分の患者の情報を伝えたそうです。ウィルスデン氏のこともね。ソーンヒル医師は、その名前なら父親から聞いたと答えたそうで。先日、ジョン・ソーンヒル氏にお会いした際、そのことを訊いてみました。彼が言うには、シティで仕事したことのある者なら、トマス・ウィルスデンを知らない者はいないし、最低でも名前は知っているはずだと。彼自身、かつてウィルスデン氏と取引をしたことがあるし、氏の投資をさばく手腕に感服させられたそうです。おそらく話のついでにウィルスデン氏のことを息子に話したこともあるだろうが、氏がパタムの近くに住んでいるとは知らなかった、とのことでした」

「もしかしてだが、ジミー」とハンスリットは言った。「昔の怨恨があるとは思わないか？　ウィルスデンは、ソーンヒル氏を欺いたことがあるのでは？」

「おお、なにを言う！」とオールドランドは叫んだ。「自分の職業を弁護する意味でも、そいつは強く抗議させてもらうぞ。ジミーは、グッドウッドが自分の代診医を殺したと確信しているようだが、私には承服できん。今度は君が、まったく想像上の怨恨を晴らすために、ソーンヒルが自分の父親を出し抜いた男を殺したと匂わせている。実に馬鹿げてるぞ！」

オールドランドは、どうやら自分の憤りを抑えようとして、グラスの中身をガブッと飲み込むと、「ジミーの主張も荒唐無稽だが」と、やや気を静めて話を続けた。「君のその仮説は、今までのどの仮説より、輪をかけてひどい。よく考えれば分かるはずだ。君の言う、ばかげた動機を受け入れられるほど、知性を犠牲にするのはまず無理だな。だが、あえて無理をして受け入れたとして、それでどうだと？」

ハンスリットは苦笑した。「まあまあ、先生、分かりましたよ。今のは私の思いつきにすぎない」

「なんの根拠もない思いつきだ」オールドランドは、収まらぬ様子で言い返した。「そんなものは今すぐ、これを最後にお払い箱にするんだな。だいたい、ソーンヒルは、どうやってウィルスデン氏の死期を早めた？　彼が氏に渡したのは薬瓶だけだ。それも自分じゃなく、グッドウッド医師が処方した薬だ。ジミーは抜かりなく瓶の中身を分析させ、まったく無害だと証明した。ソーンヒルが次に患者を診察したときは、もう手の施しようがなかったんだぞ。

それと、ソーンヒルがウィルスデン氏に死をもたらしたというなら、ソーンヒル自身の殺害をどう説明する？　復讐劇とでも？　命には命、ということか？　復讐の動機に駆られて、故人の友人か親族がソーンヒルを殺したと？　ジミーなら、グッドウッドがその友人で、復讐こそが利害と無関係な真の動機だったと主張しかねないが」

ジミーは慌ててなだめにかかった。「そんなことを主張しようとは思いませんよ、先生。こんな議論も元をただせば、教授の質問に私が答えて、ソーンヒル医師が父親からウィルスデン氏の名前を聞いたことがあったと言っただけです。患者に死をもたらすどころか、ソーンヒルは、患者を救おうと手を尽くした。彼がした忠告と、グッドウッド医師に書いた手紙がそのことを証明しています」

「オールドランドが自分の職業に過敏になるのも無理はない」とプリーストリー博士は言った。「君の確信するところでは、その地域と住民にとって、ソーンヒル医師はまったくのよそ者だったわけだ。とすると、これこそ私の強調したいことだが、彼が到着したとき、彼を殺す動機などもともと存在していたはずがない。であれば、殺人の動機は、そのとき以降にあるという結論になるだろう。ソーンヒル医師がグッドウッド医師の代診医として活動していたあいだに起きた出来事の帰結なのだ」

「そのとおりです」とジミーは答えた。「そして、まがりなりにも重要な出来事といえるのは、ウィルスデン氏の死だけです。ソーンヒル医師の殺害は、ウィルスデン氏の死から生じた結果だと今でも確信していますよ。だからこそ、オールドランドがブラッグを除外したことに賛成したいんです。やつがどんな悪党だったにしても、ウィルスデン氏の死に関与したとは考えられない。やつがサプワース・プレイスに近づくことはなかったとはっきりしているだけでもね。とすれば、ブラッグがソーンヒル医師を殺す動機など、仮にそんな機会があったとしても、なにが考えられると？　医師がやつの犯罪を知っていたとは信じられないし、まして共犯者だったとはとても信じられない」

「さしあたり、その説明を受け入れておこう」とプリーストリー博士は言った。「だが、グッドウッド医師を告発する君の主張には、現状では、納得できるほどの根拠はないと認めざるを得ない。彼の有罪を立証するには、もっと具体的な事実の裏付けがいる。それは、君自身も気づいていると思うが」

プリーストリー博士は、デスクの上に置いたメモに目を向け、思考にふけりながら紙を繰った。

「グッドウッド医師が自分の弁護のために持ち出せる論拠はたくさんあるようだ。たとえば、イェイヴァリー森で見つかった人間の遺骸の状態。その説明からすると、死亡時刻については、おおよその推定すらできまい。死体は、出火の数時間前、あるいは数日前に森にはなかったという証拠もない、と主張できる」

「ええ、確かにできるでしょう」ジミーは疑わしげに応じた。「でも、そんな議論はすぐに崩れますよ。ソーンヒル医師が生きている姿は、八時にチャドリーが目撃しているし、ほかに何人もの人が、その前の二時間ほどのあいだに目撃しています」

プリーストリー博士は首を横に振った。「弁護側は、遺骸の身元確認を追及することで反論できる。検死陪審の評決は、せいぜい、それがソーンヒル医師の遺骸だと推定しただけだ。死体を森の中に数日間隠しておくことは、実際可能だったのかね?」

「可能だったでしょう」とジミーは答えた。「遺骸は、夏の間じゅう積み重ねられていた薪の灰の中から見つかりました。その薪束は、ずっと以前に運び去るはずでしたが、運搬車がなかったためにできなかった。おそらく森林組合の職員も、薪がそこにあるのに慣れてしまい、通りかかっても気に留めなくなっていたでしょう。死体をその上か横に置き、ほかの薪を持ってきて死体にかぶせておけば、ずっと発見されないままだったかも」

「結果として、そうはならなかったがね」とオールドランドは言った。「それはともかく、そこに死体があったとしても、現場にいたのがほんの数分では、ブラッグは発見しなかったろうよ。薪の山から死体を探している暇などなかった。だが、やつが可能なかぎり薪のそばまで車を近づけたとしても不思議はない。薪が火を拡大して、車を認知不可能な状態にしてくれると分かったはずだ。タンクに入れたガソリンと乾燥した薪の山を使えば、見事な焚き火になる」

「実際そうなったようだね」プリーストリー博士は冷ややかに言った。「だが、我々の議論も終了する時間だ。オールドランドは、ブラッグを事件との関わりから除外した。少なくとも彼自身はそれに納得している。消去法でいけば、グッドウッド医師以外に代診医を殺した者はいないというのがジミーの結論だ。ソーンヒル医師の殺害とウィルスデン氏の死には密接な関係があるという点では、私も彼の意見に異論はない。だが、消去法のプロセスは、まだ論理的に完全ではないと言わなくてはならない。残余遺産受遺者であるリングウッドのことを明らかにせねばなるまい」

「ニュージーランドにいるのなら、事件とはさほど関係がないはずですよ、教授」とハンスリットは言った。

「ニュージーランドにいると、なぜ分かるのかね?」プリーストリー博士は辛辣に応じた。「ラヴロック氏は、確認できる最後の住所宛てに電報を打ったそうだね。返信は返ってきたのかい、ジミー?」

「氏に先日会ったときは、まだでした」とジミーは言った。「なにか消息がつかめたら、知らせてもらうことになっていますが、今のところ音沙汰なしです」

「今になっても、電報がリングウッドに届かないのは妙だ」とプリーストリー博士は言った。「ニュージーランドにいるのなら、きっとその住所にいる誰かが、彼に連絡を取っているはずだよ。彼はここ最近、ニュージーランドを出国して、この国に来ていることもあり得る」

「そりゃあり得るさ」とオールドランドは応じた。「だが、それなら真っ先に親戚を訪ねるだろうに」

「訪ねたかもしれないね」とプリーストリー博士は言った。「だが、今その問題を考察する時間はない。今晩の議論を締めくくるにあたって、ジミーには、ウィルスデン氏の死亡時に、リングウッドがどこにいたのかを確認するよう勧めておくよ」

第十八章

週末の残り、ジミーは教授が最後に言った言葉を思いめぐらしながら過ごした。教授の批判にも、もっともな点があるのは確かだ。論理的には、消去法のプロセスは、リングウッドのことを明らかにしないかぎり完全ではない。彼が英国にいることだってあり得る。サプワース・プレイスに来なかったのは間違いあるまい。ミルボーン夫人や執事に気づかれずに、そんなことはできない。来ていたのなら、彼らがその事実を隠す理由もない。それに、邸に来ていないのなら、どのみち、ウィルスデン氏の死に関与はできなかったはずだ。

ジミーには、リングウッドの存在を持ち込むことは、ただでさえ不明瞭な事態を混乱させるだけのように思えた。教授は論理について語っていたな。いいだろう。だが、この事件のさまざまな要素に、論理をあてはめてみたらどうなるか。まず、ウィルスデン氏の死だ。二人の医師が自然死だったと確認している。ソーンヒル医師は初診の際、患者を油断ならぬ病状と診断した。その病状がなにか腐食性の物質を投与することで引き起こされた可能性も指摘された。ごく微量でも死に至った可能性がある。それでも医師たちは、死因は患者の疾患の自然な結果と考えただろうと。

しかし、そんな物質を投与した者は、誰であろうと、サプワース・プレイスに入れる者でなければならない。とすれば、怪しげな連中はみな視野から消えてしまう。ブラッグ、ロザラム――ブラッグと同一人であろうとなかろうと――、それにリングウッドも。よそ者は、もう長いあいだ邸を訪れていない。ウィルスデン氏の死期を誰かが早めたとしても、その人物は、氏が亡くなる少し前には、邸にいなくてはならなかったはずだ。

となると、その死はやはり、腐食性の物質ではなく、グッドウッド医師の意図的な過失によって早められたことになるのでは。ウィルスデン氏は扱いの難しい患者で、気に入らない忠告はなかなか受け入れなかった。そのおかげで、グッドウッド医師にすれば対応は容易だった。ソーンヒル医師が気づいた症状を彼も見抜いていたが、適切な処置を受けるよう強くは言わなかった。そのまま出かけ、自分の不在中に必然的な結末を迎えるよう仕向けたのだ。

ウィルスデン氏の死とソーンヒル医師の殺害に必然的な関係があると考えるのは、必ずしも論理的ではあるまい。しかし、殺害にほかの動機を探すのも無理に思える。単なる推測に根強い不信感を持つ教授でさえ、そこに関係があると考えている。だとすれば、同じ人間が二人の死に手を下したと推測するのは、確かに論理的だ。よそ者にウィルスデン氏を殺せなかったとするなら、ソーンヒル医師も殺さなかったことになる。ウィルスデン氏を殺せた者の中で、ソーンヒル医師を殺し、その死体をイェイヴァリー森に運ぶ機会のあった人物は、グッドウッド医師だけだ。

とはいうものの――とジミーは考えた――教授のご機嫌をとっておくほうが好都合だろう。ウィルスデン氏が死ぬことで利益を受ける最後の人物を除外してしまえば、教授もグッドウッド医師を有罪とする仮説を受け入れてくれるのでは。こうして、月曜の朝にスコットランドヤードに出勤すると、ジミーはキング巡査部長を呼び出し、「君にまたひと仕事頼みたいんだ、巡査部長」と言った。「まず、バートラム・C・リングウッドという男の名前をメモしてくれ。ニュージーランド在住の男だが、英国に来ている可能性もある。ロンドンとは限らないがね。ここ数か月間のことだ。ニュージーランドに周航している船会社から調査をはじめてほしい。会社のリストなら簡単に手に入るよ。会社に船客リストを調べさせ、リングウッドの名前がないか確認させるんだ。近頃は偽名で旅行するのは容易じゃない」

キングは出ていき、ジミーはほかに処理しなくてはいけない諸々の仕事にとりかかった。午前の残りはこうして費やし、ちょうど昼食に出かけようとしたとき、キングが人の良さそうな顔をにこやかに輝かせながら戻ってくると、「やつを見つけましたよ！」と声を上げた。

ジミーは鉛筆を脇に置いた。「いっそ、ここに連れてくればよかったじゃないか。とにかく、座って話してくれたまえ」

「まあ、本人を見つけたわけじゃありませんが」とキングは答えた。「どこにいるかは分かりました。つまり、こういうことです……」彼は手帳を取り出し、書き込んである見慣れない名前を確認した。「船会社のリストを手に入れて、訪ねて歩いたんです。最初に行ったところはハズレでしたが、二番目の会社で幸運に恵まれました。対応した事務員が、リングウッドの名前に見憶えがあると言いましてね。オセアニア圏航路会社という、フェンチャーチ・ストリートにある会社です。事務員に船客リストを持ってこさせたところ、フルネームで、バートラム・チャールズ・リングウッドとありました。ニュージーランドのウェリントン行きの〈ソランダー号〉という定期船に予約を入れています」

「なに、ちょっと待てよ」とジミーは言った。「ニュージーランド行きの船を予約しているのか？ということは、今はこの国内にいるわけか？」

「さあ、そこは分かりませんが」とキングは答えた。「船会社の職員に、そいつの住所を尋ねましたが、知っていたのは、ロンバード・ストリートのサザン・クロス銀行気付というものだけです。出発日時の線を追ってましたので、さらに突っ込んで、いつやってきたかまで調べようとは思いませんでした」

「〈ソランダー号〉は、いつ、どこから出航するんだ？」とジミーは訊いた。「調べたんだろ？」

「はい」とキングは答えた。「明日正午、ティルベリーから出航します」

「なんだって！」とジミーは声を上げた。「どうやら、リングウッド氏と面談するには、ぎりぎりの時間しかないな。明日、君とティルベリーまで行ったほうがよさそうだ。あとでもう一度、この件で話そう」

ジミーは、もやもやした気持ちで昼食に出かけた。この男が、ニュージーランド在住のウィルスデン氏の親戚に違いない。バートラム・C・リングウッドがもう一人いて、そいつがウェリントン行きの船に予約を入れたとはまず考えられないからだ。しかも、堂々と隠し立てしようともしないとは。英国にどれだけ滞在しているのか？　なぜサプワース・プレイスを訪ねようとしなかったのか？　手紙が示すように、親戚とは良好な関係にあったはずだ。それなのに、なぜウィルスデン氏に、せめてこの国に滞在中だと知らせるくらいのことをしなかったのか？

サプワース・プレイスに顔を出さなかった理由がなんであれ、顔を出さなかった事実は事実だ。彼はその邸に行かなかったし、したがって、親戚の死は画策できなかったはずだ。氏の逝去を知っているだろうか？　知っているのなら、同じく親戚に当たる、ミルボーン夫人に弔電くらい出さないのか？　その程度の思いしかないのかも。ラヴロック氏の話では、しばらく前までは、残余遺産受遺者は微々たる額しか相続できなかったはずだという。リングウッドが自分を残余遺産受遺者と認識していないこともあり得る。

とはいえ、とジミーは思った。その情報は教授に知らせなくてはなるまい。リングウッドが英国にいる可能性を示唆してくれたのは教授なのだから。そこで、昼食後にジミーが電話をかけると、予想どおりハロルドが出た。「リングウッド氏の情報を得たんだ」とジミーは言った。「教授が知りたいのではと思ってね」

「伺ってみます」とハロルドは答え、「お待ちください」と言うと、少しして戻ってきた。「プリーストリー博士は、至急、警視にこちらへ来てほしいとのことです。その情報に関して、ぜひ議論したいと」

教授がそれほど興味を引かれるとは、なにかあるな、とジミーは思った。急ぎの仕事をいくつか片付けると、スコットランドヤードを出発し、ウェストボーン・テラスに赴いた。プリーストリー博士は、いかにも待ちかねた様子でジミーを迎えた。

「やあ、ジミー、君の情報とはなにかね？」博士は、来客が書斎に入ってくると、すぐさま尋ねた。

ジミーはキングの調査結果を説明し、「リングウッド氏がどのくらい、この国に滞在しているかは分かりません」と続けた。「ただ、親戚の死亡時にこの国内にいたとしても、どのみち彼は関与していませんよ。その点は明らかにしたはずです」

「確かに」とプリーストリー博士は応じた。「だが、そうはいっても、リングウッド氏が君の問題の鍵を握っていることもあり得る。君の三角形の問題は、まだ解けていないはずだ。もっとも、私が思い描いている解決案は思弁的かつ常軌を逸したものだから、まだ打ち明ける気にはなれないが。リングウッド氏のことでは、これからどうするつもりかね？」

「もちろん、会ってみますよ」とジミーは言った。「今どこにいるかは分からないし、骨を折って調べる必要もありません。彼は明朝、ティルベリーで〈ソランダー号〉に乗船する予定ですので、そこで会おうと思います」

「なによりだ」とプリーストリー博士は賛同した。「一つ提案をしていいかね?」

「どんなご提案でも歓迎ですよ」とジミーは熱を込めて言った。

「ありがとう、ジミー」とプリーストリー博士は言った。「では、明日、ティルベリーへ行くとき、ロザラムが住んでいたステップニーの下宿の女主人を一緒に連れて行きたまえ」

教授の言わんとすることは明白だった。「ロザラムですか!」とジミーは激しく言った。「リングウッドが彼だと?」

「少なくとも、その可能性はある」プリーストリー博士は冷ややかに言った。「私が根拠のない推測に依拠しないことは、君もよく知っているはずだ。その女主人が、彼を以前住んでいた下宿人だと認めたらどうする?」

ジミーは眉をひそめ、じっと考え込むと、「取り調べのために拘束しなくてはならんでしょう」とようやく言った。「でも、多少やっかいなことになるかも。リングウッドが仮にロザラムだったとしても、ブラッグではなく、まっとうな仕事に従事している善良な市民と分かるかもしれません。そうなると、船に乗れないようにしてしまうわけで、あとの始末が大変です」

「彼を拘束しても、必ず理屈は立つと思うよ」プリーストリー博士は穏やかに言った。「スコットランドヤードで彼を尋問するだろう。そのとき、私も同席させてもらっていいかな?」

「もちろんです」とジミーは答えた。「支障はありません。明日、リングウッド氏を船から連れ戻すことになったら、ヤードに護送してから、すぐご連絡しますよ」

「連絡があったら、すぐに行く」とプリーストリー博士は言った。「もう一つ助言をさせてもらっていいかね。これは私の意見だが、リングウッド氏が英国にいることは、誰にも言わないほうがいい。彼を尋問するまでは、ラヴロック氏にも知らせるべきではあるまい」

ジミーはすっかり当惑して、ウェストボーン・テラスを退出した。教授は自分なりの仮説を持っている。それは確かだ。教授の仮説は常に敬意を払うに値する。リングウッド氏がこの問題の鍵を握っているのだ！　だが、そもそもどんなふうに？　リングウッドがロザラムで、ロザラムがブラッグだと分かったとしても、どうだというのか？　オールドランドが言ったように、密輸で告発はできるかもしれないが、そんなことは枝葉の問題にすぎない。殺人の告発はできないだろう。ブラッグにソーンヒル医師を殺せなかったのは覆せない事実だ。ウィルステデン氏も殺せたはずがない。

とはいえ、ジミーの使命ははっきりしていた。火曜の早朝、彼はキングとともに、平服の巡査が運転する車で出発した。まずステップニーに行き、ロザラムが下宿していた家に寄った。ナクトン夫人という女主人は、旧知の間柄のように親しげに挨拶し、「あら、またいらしたんですか？」と、ドアを開けながら声を上げた。「ロザラムさんなら、あれ以来見かけてませんよ。ご質問がそのことでしたら」

「違いますよ、ナクトンさん」とジミーは言った。「お付き合いいただきたくてお伺いしたんです。急ぎですので、身支度していただけませんか」

「まあ、そんな！」と彼女は叫んだ。「その手のお話ははじめてですわ。主人がなんて言うかしら？」

ジミーは笑い声を上げた。「あなたはついてますな。ご主人は嫉妬したりしませんよ。私たちは警察官ですから。さあ、急ぎましょう。ここで朝の貴重な時間をつぶすわけにいかないんですよ」「警察」という言葉を聞いて彼女も心を決めたようだ。「分かりました。すぐに支度します」彼女は家の中に戻り、少しすると、上着をまとい、軽薄そうな帽子をかぶって出てきた。ジミーは、車の後部座席に彼女を乗せ、キングをその隣に座らせた。彼自身は助手席に座った。「さあ、行き先を教えていただけます?」ナクトン夫人は、車が走り出すと問いただした。

「船を見に行くのですよ」とジミーは答えた。「どうぞお楽になさって、ご質問は無用に願います」

この思いがけない冒険に興奮し、ナクトン夫人は、ティルベリーまでの道中ずっと、とめどなくしゃべり続けた。ドックに着くと、ゲートの警察官が〈ソランダー号〉の停泊場所に案内した。ジミーは、ほかの乗客を残して車を降りた。乗船してパーサーを見つけ、自分の身分を説明すると、「乗客の一人と話がしたい」と言った。「バートラム・リングウッド氏だ。もう乗船しているかな?」

パーサーは船客リストを一瞥した。「まだですね。でも、予定に入っています。ウェリントン行きの個室をとってあります。その方ですか?」

ジミーはうなずいた。「その人だ。乗船したら、お会いしたいのだが」ジミーはしばらくパーサーと話をし、いくつか情報を聞き出した。〈ソランダー号〉は、オセアニア圏航路会社のやや古い船の一つで、冷凍肉の輸送用に建造されたものであり、船客は十二人ほどしか乗せない。往路では、十二日後にアレクサンドリアに寄港する予定。ジミーはこれを聞いてホッとした。仮に恐れていた事態になっても、お怒りごもっともの罪なき船客を、寄港先に船が着く前に送り届けることができる。

パーサーはすぐにジミーを船長に引き会わせ、船長はジミーたちが船橋に陣取ることを許可した。ジミーは、ナクトン夫人とキングを車から連れてくると、一緒に船橋に上がった。彼らが陣取った場所からは、相手に見られることなく波止場付近を見渡せる。「さあ、ここならすべて見渡せますよ、ナクトンさん」とジミーは言った。「大きな汽船に、出航の日に乗れるとは、わくわくしませんか？知り合いに会えたら面白いでしょうね」

十時を回ると、ティルベリーに来ていた船客たちが集まりはじめたが、彼らのほとんどは見送りの友人たちを同伴していた。船橋の三人が三十分ほど待っていると、ドックの赤帽（ポーター）が、荷物を積んだ手荷物車を押しながら姿を見せ、そのあとを、長身で大柄な男が、黒い外套と柔らかいフェルト帽という身なりでついてきた。「やあ、あそこに一人旅の船客がいるな」とジミーは言った。

その言葉を聞いて、ほかのことに気を取られていたナクトン夫人は、その一人ぼっちの船客に目を向けた。彼女はハッと身をこわばらせ、目を丸くしてその男を見つめた。「まあ、そんな！」と彼女は叫んだ。「まさか。でも、そうよ！　双子の兄弟でもないかぎり、ロザラムさんだわ！」

彼女はハンカチをバッグから取り出し、歓迎のしるしに振ろうとしたが、ジミーが押しとどめた。「そんなことをしてはいけませんよ、ナクトンさん」彼は慌てた口調で言った。「周りの人がどう思うか分かりません。私が行って、ロザラム氏に話してきますよ」ジミーはキングに目配せをし、あらかじめ指示を受けていたキングは分かったとばかりにうなずいた。ジミーは船橋を出て下に降り、パーサーの控室に足を運んだ。一、二分後、その船客は乗船して、自分の名前を告げた。

「おはようございます、リングウッドさん」とパーサーは応じた。「さあ、どうぞ。係の者が船室にご案内しますよ」

「こちらです」と、待機していた船室係が言った。彼が通路を先導し、リングウッドがあとに続き、さらに少しおいてジミーが続く。リングウッドは船室に入ったが、このクラスの船らしく、なかなか広い船室だ。ジミーは、船室係が出てくるのを待ってから、中に入った。

「お話があるのですが、リングウッドさん」彼は穏やかに言った。

リングウッドは、ジミーのほうに顔を向けた。長身で肩幅が広く、肌の浅黒い男。意思の強そうな顔つきに、狡猾で用心深そうな目をしている。「なにかね？」彼は尊大な口調で答えた。「私の名前を知っているようだが、私のほうは君のことなど知らないよ」

「スコットランドヤードのワグホーン警視です」とジミーは言った。「ニュージーランドを出てどのくらいになりますか、リングウッドさん？」

「ほう、英本国に来て三か月ほどになるが」リングウッドはすらすらと答えた。「それが君となんの関係があるのかね？」

ジミーはその質問を無視し、「三か月ですか」と声を上げた。「すると、そのあいだ、サプワース・プレイスにいる親戚の方たちに会いに行くのはおろか、英国にいると知らせる余裕もなかったと？」

「多忙だったのさ」とリングウッドは答えた。「親戚たちには一度も会ったことがなくてね。だから、私にとってさほど大事な人たちじゃない。時たまトム・ウィルスデンと手紙のやりとりをするくらいで、なんの関わりもないよ。それに、英国に滞在中だと誰かに知らせたいとも特に思わなかったし。私の仕事は内密の性格のものでね」

「どんな仕事か、教えていただけますか？」とジミーは訊いた。

リングウッドは肩をすくめた。「君は腹立たしいほど詮索好きだな。だが、もう仕事はすんだから、君に話してもかまわんだろう。あちこちでしゃべって歩かんでくれよ。私は牧羊業者だ。父から引き継いだ仕事でね。牧羊業組合に属しているんだが……。ここしばらく、この国との我々の製品の取引がうまくいかなくてね。それで、組合の代表として私がこっちに来て、内密の調査をすることになった。まあ、手短に言えばそういうことさ」

「なるほど」とジミーは言った。「ロザラムという偽名で、作家としてステップニーに下宿していたのも、英国に滞在している理由を知られたくなかったからだと？」

リングウッドは、怒りのこもった目で彼を睨んだ。「なんだと？　なにを言ってる？」

ジミーは笑みを浮かべた。「下宿のナクトン夫人とお話ししてもらってもいいですか？」

「ああ、あの女か！」とリングウッドは唸った。「君たちはなんでも知っているようだな。いや、遠慮しとくよ。別に悪いことをしていたわけじゃない。ステップニーは、我々の製品の大半が荷降ろしされるドックに近かった。なにをしているか悟られずに、自分で状況を調べたかったんだ。それに、作家という職業ほど都合のいい職業はなくてね」

「先ほどの話では、お父さんのあとを継いで牧羊業者をしているそうですが」とジミーは言った。

「お父さんは亡くなられたのですか？」

「十五年ほど前に亡くなったよ」とリングウッドは答えた。

「では、慌てて出発したとき、ナクトン夫人に説明した理由は、まったくの嘘だったと？」とジミーは訊いた。

リングウッドは彼を睨みつけた。「納得してもらうために、作り話をしなきゃならなかったのさ。実は、すぐに調べなくてはならん手がかりをつかんでね。急いでバーケンヘッドに行ったんだ」

「それで、パディントン駅までタクシーを使ったわけですか」とジミーは言った。「バーケンヘッドには、どのくらい滞在なさったんですか？」

「かなりの日数さ」とリングウッドは答えた。「知りたいことすべてを三十分で見つけられるはずがない。君も捜査官なら、そのくらいは分かるだろう」

「もちろん」ジミーはいかにもとばかりに言った。「知りたいことを見つけるには、しばしば大変な骨折りを要するものです。あなたは調査で多忙だったから、新聞も見ておられないようですね。それと、サプワース・プレイスにも連絡していないから、ご親戚のウィルスデン氏が三週間ほど前に亡くなったこともご存じないと？」

「なんだって？」とリングウッドは叫んだ。「トム・ウィルスデンが死んだ？　むろん、そんなことは聞いていない。気の毒な男だ！　手紙の中で胃潰瘍を患っていると言ってはいたが、そこまで重篤とはおくびにも出していなかったよ」

「ウィルスデン氏の死は突然だったのです」とジミーは言った。「それはそうと、彼の遺言執行者が、あなたと連絡を取りたがっていますよ」

「私と？」リングウッドは無頓着に答えた。「わけが分からないね。トム・ウィルスデンの手紙からすると、彼は遺産を一族以外の人々に遺すつもりのようだったが。私になにか遺してくれたとは考えられないな」

出航の時間が近づいてきた。すでに〈ソランダー号〉の停泊場所の周辺では、動きが騒がしくなっている。「さて」とジミーは言った。「下船する時間です。申し訳ありませんが、ご同行願わねばなりませんな、リングウッドさん」

「同行だって？」とリングウッドは叫んだ。「そりゃまた、なぜかね？　この船に渡航の予約を入れてあるんだぞ」

「アレクサンドリアで、この船に追いつけますよ」とジミーは答えた。船室のドアを開け、外の通路で待機していたキングを手招きすると、「リングウッドさんが同行なさる」と言った。

「なに、二人もいるのか?」とリングウッドは怒鳴った。「ふん、警察に逆らうほど馬鹿じゃない。これは理不尽だぞ。この償いはしっかりとさせるからな。忘れるなよ。私の荷物はどこだ?」

「荷物はもう降ろしましたよ、リングウッドさん」とキングは答えた。「ちゃんとお預かりしておきます」

ジミーはうなずくと、「ご婦人は?」と訊いた。

「駅に連れていきました」とキングは答えた。「切符を買ってやって、列車に乗せましたよ」

「では、ここにこれ以上用はない」とジミーは言った。「行きましょうか、リングウッドさん」三人は舷門を降り、待機していた車に乗り込んだ。車がゆっくりとドックのゲートに向かって進んでいくと、振り絞るような長い汽笛が〈ソランダー号〉の出航を告げた。

第十九章

その日の午後、ジミーは、スコットランドヤードの自分の部屋で、デスクに向かって座っていた。キングは彼の隣に座り、少し離れた椅子には、プリーストリー博士とハロルド・メリフィールドが座っている。教授は、うたた寝をする、ちょうどいい機会と思ったようだ。椅子の背にもたれ、顎は胸に垂れたまま。目を閉じ、規則正しく呼吸していた。

ドアが開いてリングウッドが入ってくるまで、部屋にいる誰も言葉を発しなかった。当然ながら、彼には警護が付いていて、その巡査部長が脇に寄って彼を部屋に入れると、自分も中に入ってドアを閉めた。ジミーは立ち上がると、「どうぞお座りください、リングウッドさん」と明るく言い、デスクの前の椅子を引いてやった。

リングウッドは、落ち着き払って椅子に座ると、部屋をゆっくりと見回した。ジミーとキングの顔はすでに知っている。眉をかすかにつり上げ、座ったまま寝ている老紳士と、その隣の、まだ若そうな男を一瞥した。まあ、どちらも知らない顔だし、いたところで邪魔でもあるまい。

ジミーは、ざっくばらんに話しはじめた。「リングウッドさん、今朝のお話では、ご親戚が亡くなられたことはご存じなかったそうですね。英国に来られてから、サプワース・プレイスも訪ねていないし、ウィルスデン氏やミルボーン夫人とも連絡をとっていない。それに、多忙で新聞を読む暇もなかったと」

リングウッドはうなずいた。「そのとおりさ。親戚には連絡すべきだったが、顔をあわせたこともない人たちでね。まあ、サプワース・プレイスに足を運べればよかったんだろうが、辺鄙な場所のようだし、そんな余裕もなかった。新聞のことなら、あまり気にしないたちでね。分かってほしいが、英国ははじめてだから、自分の仕事の関係を別にすれば、英国の情報に興味がないんだ」

「では、最近のほかの訃報も聞いていないと?」とジミーは尋ねた。

「なにも」リングウッドはきっぱりと答えた。「というか、聞いたとしても、自分に直接関係のないことは、右の耳から入って左の耳から出ていったというところかな。はっきり言って、やっていた調査のせいで時間をすっかりとられ、頭もそれでいっぱいだった。ほかのことに気を取られている暇もなければ、そんな気にもならなかったよ」

「実は、多少暇があったのでは?」とジミーは訊いた。「たまに一、二時間ほど、ソーンヒル医師と遊びに出ていたでしょう?」

「ああ、スティーヴン・ソーンヒルか!」リングウッドは無頓着に答えた。「そう、あいつとは時おり出かけたよ。彼から聞いた話だな。こっちに来てからできた、ただ一人の友人さ。会ってすぐ意気投合したんだ」

「だと思いましたよ」とジミーは言った。「ソーンヒル医師とは、最初は治療を通じて知り合ったんですね?」

「そうさ」とリングウッドは答えた。「経緯をお話しするよ。一、二年前、故郷にいたときに胃潰瘍を患ってね。医者に治してもらったが、また痛くなったら、すぐに医者に相談するようにと言われた。

船旅のせいで体調を崩したらしくてね。ロンドンに居を定めてほんの数日でまた痛みはじめたよ。ナクトン夫人が近くの診療所を教えてくれて、ソーンヒル先生に診てもらったわけさ。そうやって知り合ったんだ」

「だそうですね」とジミーは言った。「バーケンヘッドに慌ただしく出発するまでは、ソーンヒル医師とよく会われていた。彼にはどこへ行くかお話ししたんでしょうね？」

「出発前に話す時間はなかったが」とリングウッドは答えた。「着いたあとで診療所に手紙を送ったよ。彼が出発する前にロンドンに戻れたら、というだけの内容だが」

「医師が数日後にロンドンを離れることはご存じでしたね？」とジミーは訊いた。

リングウッドはうなずいた。「ああ。彼の話では、パタムの医者の代診医の仕事を引き受けたそうだ」

「その話を聞いて、近くにご自分の親戚が住んでいるとお話ししましたか？」とジミーは訊いた。

「言わなかったね」とリングウッドは答えた。「はっきりした理由があるのさ。彼が親戚たちに会う可能性があるし、私の話でもすれば、英国にいることを知らせてもこないのかと、へそを曲げるかもしれない。それに、スティーヴンに話せば、余計な説明もしなくちゃならない。知ってのとおり、彼は私の名をロザラムと思っていたしね」

「なるほど」とジミーは言った。「しかし、彼には、パタムのことを知っているし、きっと気に入るとも言われたのでは？」

「知ってるなんて話すはずないだろ。行ったこともないのに」とリングウッドは答えた。「イースト・エンドを離れて休暇を過ごすには静かな場所がいいと言うから、パタムなら聞いたことがあると話したんだ。トム・ウィルスデンの手紙で知っていたからね。それで、ぴったりの場所じゃないかと言った程度さ」

「十月十一日水曜の朝、ソーンヒル医師がまだいるうちにロンドンに戻り、電話をかけましたね？」とジミーは訊いた。

「ああ」とリングウッドは答えた。「パタムに出発する日だと知っていたよ。あいつに会える最後の機会だった。ひと月は向こうにいるというし、私も彼が戻る前に帰郷してしまうのでね」

「電話されたとき、正午頃に診療所に寄り、パタムまで車で送ると言われましたか？」とジミーは訊いた。

「パタムじゃない」とリングウッドは答えた。「その途中までさ。チルカスター在住の男で、調べている情報の穴を埋めてくれる人物がいると聞いてね。それで、スティーヴンにもう一度会いたかったし、同じ方向だったから一石二鳥と思ったのさ」

「英国に来てすぐ、車を買いましたね？」とジミーは尋ねた。

「すぐでもない」とリングウッドは答えた。「ロンドンにいるあいだは不要だった。バーケンヘッドに滞在中、リヴァプールのショールームで一台見つけたのが気に入ってね。代理店が、ニュージーランドに持ち帰りたいなら、そのまま輸出車として手配できると言ってくれた。購入手続きをして、三、四日後に車が届いたから、その車でロンドンに戻ったんだ」

「あなた方、海外の顧客は、優遇されますしね」とジミーは言った。「どんな車ですか？」

「二十馬力のコメットのセダンだ」とリングウッドは答えた。「素晴らしい性能だよ。故郷に帰ってから乗るのが楽しみだな。絶好調の車でね」

「その車は今どこに?」とジミーは訊いた。

「〈ソランダー号〉に積んである」とリングウッドは答えた。「先週の金曜に運輸会社に引き渡したが、責任を持って配送すると保証してくれた」彼は、ポケットから大きな書類入れを引っぱり出し、書類を取り出すと、ジミーに手渡した。「車の受領証と必要書類だ」

ジミーは書類に目を通したが、間違いなく真正なものだ。書類に記載された車は、二十馬力のコメット、フォードアのセダン、色は黒、本年度の生産車。イェイヴァリー森で見つかった全焼した車とは似ても似つかない。リングウッドはブラッグではあり得ないし、だとすれば、彼を勾留する理屈が立たない。ジミーは、とがめるような目でプリーストリー博士のほうを見た。しかし、教授は、ますますぐっすりと眠りに入ったように見える。

ジミーは書類を返した。「ありがとうございます、リングウッドさん。あなたはその車でソーンヒル医師を迎えに行き、荷物を持った彼と出発した。そのあとなにが?」

「特に、なにもないよ」とリングウッドは答えた。「出発したのは十二時半頃。ロンドンから数マイルほどで簡単な昼食をとり、まっすぐチルカスターに向かったよ。スティーヴンを駅まで送り、そこで別れた。もちろん、それ以来会っていない」

「電話をかけられたとき、ソーンヒル医師はもう切符を買ってありましたか?」とジミーは訊いた。

「買ってあるとは言わなかったな」とリングウッドは答えた。「切符の話などしなかったはずだ。着いてからチルカスター駅で買ったんじゃないか」

「チルカスターの人に会いに行かれたという話でしたが」とジミーは言った。「そこでの滞在はどのくらいで?」

「滞在はしていない」とリングウッドは答えた。「スティーヴンを降ろしてすぐ、くだんの男を調べに行った。ところが、その男はもう町を去っていたことがほどなく分かってね。それで、もたもたせずにロンドンにまっすぐ戻り、それ以来、ずっとロンドンにいたよ」

ジミーは途方に暮れはじめた。リングウッドが謎を解く鍵を握っていると教授は言ったが、どういうことなのか？　どう見ても、リングウッドはいずれの殺人も犯していない。どちらも知っているとは思えない。椅子でうたた寝している教授が、この尋問手続きにどれほど興味があるのか知らないが、家にいてもらったほうがよかった。ジミーは見込みのない尋問を再開した。「では、ソーンヒル医師を最後に見たのはいつですか、リングウッドさん？」

「今話したじゃないか」リングウッドはうんざりしたように答えた。「その水曜の午後、チルカスター駅で降ろしたときだ」

そのとき、ついにプリーストリー博士が口を開いた。微動だにせず、目も閉じたままだったが、博士の声は明瞭で鋭かった。ジミーは一瞬、博士が寝言を言っているのかと不気味な錯覚を覚えた。

「それは違う！」博士は声を上げた。「君がソーンヒル医師を最後に見たのは、チルカスター駅ではなく、イェイヴァリー森だ。君が医師と別れたとき、彼はすでに死んでいたのだ」

リングウッドは、思いがけないところから発せられた告発に、見るからに驚いていた。座ったまま顔を向けると、背を丸くした、いかにもひ弱そうなその老人をばかにしたように見つめた。「実に馬鹿げている」と彼は応じた。「スティーヴンに最後に会ったのは、水曜の午後だ。そのときすでに死んでいたとでも？　少なくともその二日後まで、多くの人たちが彼の元気な姿をパタムで見ているのに」

プリーストリー博士は目を開き、リングウッドを凍りつくような目で見据えた。「ソーンヒル医師がパタムで元気にしていたとどうやって知ったのかね？　君はパタムには行かなかったし、新聞を読む暇もなかったと言ったはずだ。もう一度訊く。どうやって知ったのかね？」

リングウッドは、はじめて言葉に詰まった。ジミーは、リングウッドが罠に捕えられたと気づいたものの、教授の言葉の意味がまだ飲み込めなかった。リングウッドは、ソーンヒル医師がパタムにいたあいだの消息をなにかで知ったのだし、いたことに疑問の余地はない。すると、リングウッドはすらすらと話しはじめた。「どうやって知ったかって？　スティーヴン本人からさ。金曜にパタムから手紙を送ってきたんだ。ただの短信だが、チルカスターまで送ってやったことに礼を言い、順調にいってると知らせてきた」

「その手紙で、ソーンヒル医師はウィルスデン氏の死に言及していたかね？」とプリーストリー博士は訊いた。

「いや」とリングウッドは答えた。「なぜあいつがそんなことを？　トム・ウィルスデンが私の親戚とは知らなかったのに、私に関係があると思うはずがないだろう」

「その手紙は、むろん持ってるね？」とプリーストリー博士は尋ねた。

「いや、持ってない」リングウッドはむっとして答えた。「ただの短信だ。とっておく値打ちはない。破り捨てたさ」

「手紙の宛て先はどこだったのかね？」プリーストリー博士はなおも追及した。

「ケンジントンのホームランド・ホテルだ」とリングウッドは答えた。「バーケンヘッドから戻ったあと、〈ソランダー号〉の出航日まで、そのホテルに滞在していた。嘘だと思うなら、ホテルに確認すればいい」
「どの名前で照会すればいいのかね?」とプリーストリー博士は問いただした。
「本名で泊まっていたよ」リングウッドは居丈高に答えた。「隠すことなどなかったからね。調査は終わっていたし、ロザラムの名はもう用なしさ」
「だが、それがソーンヒル医師の知っていた君の名前なら、手紙の宛て先にはその名を書いたはずだ」とプリーストリー博士は言った。「一見他人に宛てられた手紙が君に届くのは奇妙ではないかね。だが、こんな話はもういい。真実を明らかにするときがきた。メモをくれたまえ、ハロルド」

ハロルドは、クリップ留めしてまとめた、タイプ打ちの紙を数枚取り出した。プリーストリー博士は、その紙を膝の上に載せて話を続けた。「君の話の中で、ほかの筋からも裏が取れている事実は、君とウィルスデン氏が数年にわたって手紙のやりとりをしていたことだ。ウィルスデン氏が君に送った手紙には、儀礼的な挨拶にとどまらない内容があったと想定していい。たとえば、君が言ったように、胃潰瘍を患っているとか、住んでいる環境についての説明もあったわけだ。

したがって、彼は手紙で自分のこともいろいろ語っていたと想定していい。おそらく、はじめの頃の手紙で、君を残余遺産受遺者に指定したのだろう。彼が死んでも、君が相続するのは微々たる額だと言ったかどうかはともかくとして。そのあと、彼は思いがけない利益を得て、その収益が残余遺産に計上されると知らせてきた。さらに、跡継ぎを得たいという期待から再婚を考えていることも、君にピンとくる示唆があったわけだ。

となれば明らかに、ウィルスデン氏には再婚前に死んでもらうことが君の利益になる。さもないと、君が残余遺産受遺者として受け取る遺産は、控え目に言っても大きく減る。君は英国に来ると決めた。

最初に着手したのは、偽の名前と職業を称し、目立たない居所を見つけることだ。次は、胃潰瘍を訴えて、医学上の助言を得ること。君の親戚が患っていた病気だ。ソーンヒル医師と話しながら、胃潰瘍とその適切な治療法、さらには、死をもたらす状況について、彼から引き出せるかぎりの情報を引き出したのだ。

ステップニーに滞在中、君は両親を訪ねるという口実でよく週末を不在にした。この口実が嘘だったのは分かっている。君はそのあいだ、目立たない旅行者のふりをしてサプワース・プレイスの界隈を調べていた。調べるうちに、親戚の主治医がグッドウッド医師だと分かった。さらにもう一つ、君の目的に役立ちそうな事実も知った。グッドウッド医師が毎年休暇を取り、不在中の診療業務を務める代診医を雇うことだ。

ソーンヒル医師がグッドウッド医師の出した募集広告に目を留めるよう仕向けたのが君なのはほぼ間違いあるまい。ロンドンからの転地が必要だ、これはいい機会だと唆しもしたのでは。いずれにせよ、ソーンヒル医師は募集広告に応じた。やりとりは手紙でなされ、グッドウッド医師とソーンヒル医師が顔をあわせることはなかった。結局、ソーンヒル医師は十月十一日の水曜にパタムに行くことになり、七時十二分着の列車で現地に行くと君に話した」

リングウッドは無言のままだったが、プリーストリー博士がメモを見るのにひと息つくと、馬鹿にしたような笑みを浮かべた。しばらくして、教授は話を再開した。「ソーンヒル医師からそう聞くと、君はすぐバーケンヘッドに行き、そこでコメット車を買った。その目的は、すでに所有し、隠滅する予定だった車とは違う車を持っていると証明することにあった。『すでに所有』と言ったのは、購入してあったマスプロの十馬力、ツードアのセダン、〈XZX253〉をまだ受け取っていなかったからだ。十月三日、君はステップニーの下宿を去り、タクシーでパディントン駅まで行ったのだろう。翌日、君はロンドンで、アーネスト・ブラッグ大尉と名乗って架空の住所を告げ、マスプロ車を購入した」

せせら笑うような表情がリングウッドの顔から消えていき、茫然として、蛇に出くわしたウサギのように、プリーストリー博士を見つめた。教授は容赦なく続けた。「十一日水曜、君はやはりロンドンにいた。すでにロンドン発パタム行きの一等車席の往復切符は買ってあった。その日の朝、君はソーンヒル医師に電話をかけ、チルカスターへ行く予定だから、そこまで車で送っていくと言った。医師はパタムで仕事を引き継ぐし、君はニュージーランドに帰るから、離れ離れになる前にしばらく一緒に楽しく過ごそう、とね。

君たちがロンドンを発った時間と、途中で昼食をとったという君の説明は事実だろう。おそらく君とソーンヒル医師が前の座席に座り、彼の荷物は後部座席に置いた。だが、君が運転していたのは、リヴァプールで買ったコメット車ではなく、その日の早朝にメリルボーン・ロードで受け取ったマスプロ車だ。燃え尽きてしまえば、君が購入した事実も突き止められないと考えたのだろう。

ソーンヒル医師はチルシャー州のことをよく知らなかったし、君もそれは確かめておいた。ところが、君のほうは、ロンドンを週末不在にしているあいだに、土地に詳しくなっていた。だから、彼を欺き、真の目的地に連れていくのは簡単だった。仮に標識からチルカスターにまっすぐ向かっていないと気づかれても、すぐに安心させたことだろう。たとえば、主要道路の渋滞を避けるためだと言うこともできた。

イェイヴァリー森とその中に続く小道はすでによく知っていた。以前来たとき、乾燥した薪束の山が、夏のあいだずっと小道のそばに積まれたままになっているのも気づいていた。君の課題は、疑いを抱かれずに、ソーンヒル医師をそこまで連れてくることだった。その課題を解決するため、チルカスターを避けてケンマイルに向かい、森を抜ける小道に入る手前で、道を間違えたとソーンヒル医師に話した。正しい道に戻る小道を知っているから、心配はいらない、とね。君たちはその小道に入り、積み重ねた薪のある場所に来た。

そこでなにがあったのか、正確な詳細は君にしか分からない。小道のコンディションが悪いから、降りて車を押さなくては、とでもソーンヒル医師に言ったのではないかね。こうして君たちは車を降りた。君は口実を設けて、車からなにか重い物を取り出した。おそらく車に備え付けの道具の一つだろう」

プリーストリー博士は厳格な論理家であり、演劇ふうの効果など計算する人ではない。それでも、彼がそこでひと息ついたのには劇的な効果があったし、聞き手たちの目は彼にじっと注がれた。博士はゆっくりと手を上げ、リングウッドを告発するように指さした。「その重い物で、君は友人を殴り倒したのだ」

第二十章

リングウッドは、茫然としたまま身震いしたが、言葉は発しなかった。ジミーは、この告発の意味を頭の中で目まぐるしく反芻していた。ジミーがなにか言おうとすると、教授は再び元の姿勢に戻り、話を続けた。

「二度目の打撃は不要だった。ソーンヒル医師は、君の足元に絶命して倒れていた。君は、死体を薪束の山まで引きずっていき、薪を死体の上にかぶせ、隠れて見えないようにした。それから、君は変装をした。賢明にも、きわめてシンプルな変装だ。ドーランを用いて目の周りにあざを作り、車に乗せてきた、みすぼらしい茶色の外套を着たのだ。

ステップニーからイェイヴァリー森まで、君がとったと思われるルートは、およそ百三十マイル。昼食で停車した時間を含めると、旧式の十馬力マスプロ車なら、その距離に五時間はかかっただろう。したがって、君の犯罪は、五時半から六時のあいだに行われたわけだ。変装をすませると、君は六時半に着くよう計算したうえで、ケンマイルのコルベックの自動車修理屋に車を走らせた。列車の時間はあらかじめ調べてあったが、君はコルベックに、ロンドン行きの次の列車の時間を尋ねた。それが君の行き先だという印象を与えるためにね。君は荷物を携えて駅まで歩いていったが、それはソーンヒル医師の荷物だったのだ。

駅に着くと、君は変装を解き、外套は赤帽（ポーター）の詰所に掛け、ドーランを拭い取った。切符を買う必要はなかった。パタム行きの一等車席の往復切符は、ロンドンですでに買ってあったし、途中のどの駅からでも使えたからだ。おそらくケンマイル駅では、切符を見せずに列車に乗り込むこともできただろう。だが、君が乗った列車は、六時五十分発のロンドン行きではなく、六時四十七分発のパタム行きだったのだ。

グッドウッド医師にはじめて会ったときは、多少不安を感じたことだろう。だが、自分が演じると決めていた人物のことを考えれば、ほとんど心配はなかった。君は、自分が殺した医師がいつもかけていためがねをかけたが、それ以外の扮装は不要だった。グッドウッド医師は、契約を結んだ代診医とは会ったことがなかったからだ。彼は君のことを、予定通りにやって来たソーンヒル医師だと思い込んだし、持っていた荷物もソーンヒル医師のものだった。君はパタム駅を出るとき、切符の往路半券を渡し、列車でロンドンから来たように見せかけたのだ。

短期間を欺きとおす分には、なにも問題はなかった。パタムには、目立たない旅行者のふりをして以前にも来たことがあったし、その旅行者のことを憶えている者がいたとしても、それがグッドウッド医師の代診医だと気づく者はまずいなかった。ソーンヒル医師と付き合うあいだに、医学の知識をにわか仕込みで頭に入れただけでなく、彼の役を演じられるくらいには医師の個人情報も仕入れていた。君がパタムの診療所を最初に訪れたとき、グッドウッド医師も一緒だった。君は彼のやり方を観察し、診療簿と調剤録を調べただけで、見事に医者を演じ切った。

君の究極の目的は、親戚に死をもたらすことだった。君がやってのけた方法は、悔しいが、称賛の念を覚えずにいられない。ある程度はツキにも恵まれた。ウィルスデン氏は、グッドウッド医師に新しい薬瓶をくれるよう頼んであった。グッドウッド医師はこれまでと同じ処方をし、ハンポール夫人が薬を調合して、君がサプワース・プレイスに持って行けるように調剤室に置いた。木曜の午後、君は調剤室に入り、瓶の中身を少し出して、ソーンヒル医師から教わったとおり、胃潰瘍の患者に致命的な結果をもたらす腐食性の物質を代わりに入れたわけだ。

君はそのあと、薬瓶を携えてサプワース・プレイスに車を走らせた。このときも、心配することはなにもなかった。親戚たちとは顔をあわせたことがなかったからだ。君が診察したとき、ウィルスデン氏の病状は、仮に変化があったとしても、二日前にグッドウッド医師が訪ねたときの病状とほとんど変わっていなかった。だが、彼の死が自然死と判断されることは、君の計画における不可欠の要素だ。だから君は、彼の病状が重いと考えているふりをし、ミルボーン夫人にもそのことを分からせるようにした。病状に即せばまったく正しい忠告だったが、そんな忠告をするのにためらいはなかった。ウィルスデン氏なら、ほぼ確実にその忠告には従わないと知っていたからだ。君は持ってきた薬瓶を執事に渡し、執事は代わりに空になった薬瓶を寄こした。君はその瓶をサプワース・プレイスから持ち帰った。

その日の午後、君は空の瓶を調剤室に持ち込み、正しい処方の薬を新たに詰めた。一服だけ服用したようにしてね。この薬瓶は、君が使っていたグッドウッド医師のかばんに入れた。君はそのあと、実に賢いゲームの進め方をした。君は、診察の結果、ウィルスデン氏の病状を危惧しているという趣旨の手紙を、タイプでグッドウッド医師宛てにしたためた。相手が後の祭りでないと受け取れないと知りながらね。仮に、自称ソーンヒル医師に疑わしい点があったとしても、実際に危篤になる前にそのことを予期していたとなれば、疑惑はいっぺんに晴れてしまう。その手紙には、目立たないが重要なポイントがある。タイプで打つことで、ソーンヒル医師の筆跡を真似る手間を省いたことだ。彼の署名は君もよく知っていたし、グッドウッド医師も手紙のやりとりで見ていただろうが、手紙の署名を真似るくらいは君にも朝飯前だった。その点で役に立ったのは、ソーンヒル医師がいつも使っていた万年筆を君が持っていたことだ。

その日の晩、予想していたとおり、君はサプワース・プレイスに往診に呼び出された。その際のウィルスデン氏の症状からして、氏が君の持参した薬を飲んだのは、君と同じくらい薬に無知な者にも明白だよ。君には手の施しようがなかった。仮に助けたいと望んだとしてもね。君の忠告に従わなかった結果として死んだようにしか見えなかった。君はもう一つだけ用心をしておいた。君はそのあと一階に降り、執事を呼び鈴で呼び出さなくてはいけなかったそうだね。つまり、一階の正面側の部屋には誰もいなかったわけだ。君は、そのチャンスをとらえて食堂に入り、戸棚に置いてあった薬瓶を取り、かばんに入れてきた正しい処方どおりの中身の薬瓶と置き換えたのだ。

ウィルスデン氏が火葬を希望していたのを君が知っていたとは考えにくい。だが、その希望を満たすのに必要な二つめの診断書も、君の正体の露見にはつながらなかった。デリントン医師は、君の親戚を生前に診察したことはなかったから、本当の死因ではなく、死に至るまでの病状の進行を君が説明するのに誘導されるままだった。君は慎重に、木曜の午後にウィルスデン氏を診察したとき、最悪の事態を予想したとデリントン医師に説明した。自分がした忠告を説明し、その忠告を受け入れていれば患者の命は助かったはずだともね。

ある意味、デリントン医師が関与したことは、君にとっては障害を回避することにつながった。君は死亡診断書を作成したことはなかったし、正しい手続きをしっかり確認しておくに越したことはなかった。火葬に必要な手続きとして、デリントン医師は、君の診断書以外にもう一通診断書を作成するよう求められた。グッドウッド医師の診断書用紙がどこにしまってあるか分からないという口実を使って、君はデリントン医師から用紙をもらった。彼が診断書を書き込んだあと、君はそれを頼りに自分の診断書を書いたのだ。

君は目的を果たしたが、先のことも考えなくてはならなかった。パタムにとどまるかぎり、君のなりすましがばれるリスクは大きくなるばかりだ。薪束の山に隠した死体が発見され、ソーンヒル医師の死体だと確認されるリスクもある。だから、君は金曜の晩にパタムを発つことに決めた。然るべき理由もなく突然職務を放棄しては、あまりに疑わしく見える。そこで、君がいなくなったのは、自分の意思ではなかったように見せかける必要があった。

手始めの細工は、夕食後にブルックウェイを発つ口実を作ることだった。君は夕方、診療所でその手はずをした。患者の一人に帰宅してベッドで休むよう指示し、八時から九時のあいだに往診すると告げた。ブルックウェイに戻ると、患者の往診に出かける予定だとチャドリーに告げ、グッドウッド医師の自転車を出して、かばんをうしろにくくりつけるよう頼んだ。そのあと、サプワースから電話があったのは、まったくの奇遇だ。どのみち君の計画には影響しなかったが、外出する口実が一つ増えることになったわけだ。

君は、自転車の荷台にかばんをくくりつけて出発した。君があとに残していったものは、ソーンヒル医師の持ち物だけで、そうと確認されるものばかりだ。グッドウッド医師の仕事を引き継いだ代診医が、実は別人ではないかという疑いは生じるはずもない。君がまず向かったのは、ケンマイルだ。君は、九時にケンマイル駅に着くように出発時間を計算してあった。上り列車と下り列車がともに入ってくる時間帯だ。ブリックフォード・ハウスを通る道を選んだのは、君の往診を待つ女性患者の家に向かう道であり、しかも、ケンマイルに直行する道より往来が少なそうだったからだ。

人目につかない場所に来ると、君はかばんを投げ捨てた。その主な目的は、必ず行われるはずの捜査に誤った出発点を与えるためだが、かばんが邪魔だったからでもある。君はケンマイルに向かって走り、駅近くの適当な場所に自転車を置いた。それから駅に入り、赤帽（ポーター）の詰所で、茶色の上着がそのまま残っているのを見つけた。すでになかったとしても、たいしたことではなかったろうがね。二日前に着ていたのと違う服を着て修理屋に現れたところで、怪しまれることもなかっただろう。だが、目の周りのあざはそれなりに重要だった。ドーランを塗るのはトイレでも数秒でできただろう。夕方で暗かったから、扮装もそれほど念入りにやる必要はなかったはずだ。

自動車修理屋に着いた時間は、ロンドンから八時五十五分着の列車で来たという、君の説明に信憑性を与えた。君は車を受け取って修理屋を出発し、コルベックには、駅に置いてきた荷物を取りに行くと言って、駅の方向に走り去った。だが、君は駅には行かず、駅近くの自転車を置いた場所に行った。君は自転車を車に積み、イェイヴァリー森に向かい、ソーンヒル医師の死体を隠した薪束の山のできるだけ近くに車を停めた。

君が正確にはなにを意図していたのか、考えてみると興味深い。火が死体を燃やし尽くすことはないとしても、少なくとも識別不可能にはなると考えていたはずだ。おそらく君は、身元確認ができず、ブラッグという悪党の死体と推定されると当てにしていたのだろう。その事実が受け入れられれば、ソーンヒル医師の失踪は迷宮入りの謎となっただろう。ソーンヒル医師は、かつて事故に遭ったことを君にも話していたかもしれない。だが、彼の骨に、事故による怪我の痕跡が残っていて、その結果、かなりの確率で彼の骨と確認されるとは、君もよもや気づいていなかった。そんな痕跡がなければ、識別不可能な遺骸だったしね。

だが、そのあとの君の細工には、おそらくなんの苦労もなかっただろう。自転車を安全な場所に離すと、君は車に放火した。すぐに乾燥した薪束の山に飛び火して延焼するのを承知の上でだ。君はそのあと、急いでイェイヴァリー森から遠ざかっていった。自転車が手元にあったし、夜通しこいでいけた。君は、チルカスター・ロンドン間の主要路線にある、いずれかの駅まで走っていった。土曜の朝、君はその駅からロンドンに移動した。ケンマイル駅からパタム駅に移動する際に使った、一等車席の切符の復路半券を使ってだ」

プリーストリー博士のきっぱりとした口調から、すべて語り尽くしたことは明らかだった。ジミーの目配せを受けて、キングが席を立ち、リングウッドの肩を叩いた。「ご同行願いますよ、リングウッドさん」と彼は言った。

第二十一章

次の土曜、常連の客たちがプリーストリー博士の書斎に集まっていた。教授の求めに応じ、ジミーは、火曜の午後、スコットランドヤードの自分の部屋であったことを説明し終えたところだ。ジミーが話を終えると、オールドランドが最初に口を開いた。「ふう、なんてこった！」と彼は声を上げた。「むろん、それこそが正しい答えだよ。だが、プリーストリー、君がどうしてそんな推測をしたのか、まるで分からんね」

「推測だって？」プリーストリー博士は穏やかに応じた。「まったく論理的な推論のプロセスによってたどり着いた解答だと言いたいね。この問題を解こうとする試みは、いずれも不確実性を伴っている。イェイヴァリー森で見つかった人間の遺骸は、本当にソーンヒル医師の遺骸なのか？ウィルスデン氏の死因は、本当に患っていた病気だけなのか？ステップニーの診療所にソーンヒル医師を迎えにきたのは、本当にロザラムなのか？それが事実なら、彼はどこまで医師を送っていったのか？ブラッグはロザラムと同一人物なのか？我々が論じたさまざまな議論を蒸し返せば、裏を取れそうにない思弁をほかにもたくさん展開することになるだろう。

だが、議論の余地のない中心的な事実がある。どう考えても、金曜の晩、ブラッグにはソーンヒル医師を殺せなかったし、イェイヴァリー森に死体を運ぶこともできなかったという事実だ。とはいえ、これは避けがたい結論だが、ソーンヒルの死体がたまたま隠されていたその場所で、ブラッグがなにも知らずに自分の車に放火したというのも信じられない。私もある程度までなら、偶然の一致を受け入れるのにやぶさかではないが、これはもはや理解しがたい。

オールドランド、君が先週論じた巧みな説明にもかかわらず、ブラッグとソーンヒル医師がチルカスター駅で別れたとは、私には十分得心できなかった。ある点までは、君の議論も真実味があった。君が説明したことを十分検討するようにと、ジミーに勧めたのは憶えているよね。だが、ブラッグがケンマイル到着時に持っていた荷物の出所について君が示した仮説は、いかにも空想的だった。そこで、ソーンヒル医師がパタムに向けて出発したとき、当然のことながら、荷物を持っていたという話を思い出したのだ。

そこから、ハロルドが『ブラッドショー鉄道案内』を調べた結果に目を向け、上りと下りの各列車がケンマイル駅で同時に停車するという興味深い事実に注目したのだ。すると、ジミーの言う荒唐無稽の部類に入るかもしれないが、検討すべきある可能性が浮かんできた。チルカスター駅で車から降りたとき、ソーンヒル医師が荷物を持って降りるのを忘れ、ブラッグがあとで気づいて、ケンマイル駅まで持っていったという可能性だ。それから、下り列車に乗るソーンヒル医師に追いつき、荷物を渡して、自分はロンドン行きの上り列車に乗ったとしたらどうか。

だが、この説明では、ブラッグの行動はますます不可解になるし、ソーンヒル医師の殺害についても、ブラッグがこれに関与したと思われるだけに、説明がつかなかった。すると、一見この上なく荒唐無稽な可能性が思い浮かんだのだ。中心的な事実に立ち返ってみれば、ブラッグには金曜にソーンヒル医師は殺せなかった。だが、水曜に殺害する機会はいくらでもあったのだ。

だが、ソーンヒル医師は、水曜以降もパタムで生きている姿を目撃されている。だが、目撃したのは誰か？　ソーンヒル医師は、以前、パタムに来たことはなかった。その土地の誰も、グッドウッド医師すらも、彼の容貌を知らなかった。おおよそ同じ年齢、同じ背格好で、医師の白衣をまとえば、誰でも彼になりすませたはずだ。その偽者は、彼を殺害した人物に違いない。殺害の動機は、なりすましの機会を作り出すためだったのだ。

この仮説には、もう一つ重要なポイントがある。まったく無関係の者には、なりすましはできない。偽の代診医は、ソーンヒル医師だと信じてもらえるほど、医師自身のことを熟知していなくてはならない。言い換えれば、その人物は、おそらくソーンヒル医師と親しい間柄だったに違いない。その人物とはロザラムであり、したがって、彼がブラッグと同一人物だと考えられる。だが、なぜロザラムはソーンヒルとの親交を求め、彼を殺し、医師になりすましたのか？

私は、ジミーの問題の一つの側面に注目した。ウィルスデン氏の死期が早められたとすれば、それは、彼の死により利益を受ける者の仕業である公算が大きい。相続人は、一人を別にして、全員きれいに裏が取れていた。その例外とは親戚の一人だが、サプワース・プレイスの誰も直接には知らない人物だ。ウィルスデン氏の死期を早めるには、その実行犯は邸に足を運ばなければならない。だが、よそ者にそんなことはできない。執事の言った意味深長な言葉を引用すれば、邸のドアを開けて初めて会ったただ一人の人物は、ソーンヒル医師だったのだ。

だが、この作業仮説にしたがえば、彼がドアを開けてやったのは、ソーンヒル医師ではなく、ロザラムだったわけだ。それなら、よそ者が一人、ウィルスデン氏が死ぬ数時間前に邸に入っていたことになる。しかも、注目すべきことに、彼は薬瓶を持ってきた人物なのだ。そのよそ者こそは、裏の取れていない、ただ一人の受益者ではないのか？　ナクトン夫人がリングウッドをロザラムだと識別すれば、その問題に疑問の余地はなくなる。少なくとも私にはそう思えた。ジグソー・パズルのピースのように、残りのピースもすべて当てはまる」

「実に見事ですね、教授」ハンスリットは称賛を込めて言った。「ただ、私にはまだ分からないことがある。リングウッドはなぜ、ニュージーランドに戻る渡航の予約を入れたのか？　この国に残って、自分のものになる財産を回収しそうなものなのに」

「リングウッドは、驚くほど有能な犯罪者だ」とプリーストリー博士は答えた。「そもそも、英国にいた事実を知られたくないと思ったのだ。ニュージーランドに戻ったら、これまでのように、親戚に手紙を書いたことだろう。手紙は遺言執行者が読むだろうし、そこからリングウッドの住所を知って連絡をとり、残余遺産を相続できるように手続きを進めてくれたはずだ。そうした流れを踏めば、リングウッドが英国に来たことは、きっと関係者にまったく知られないままだっただろう」

「うむ、君の問題は解決したようだね、ジミー」とオールドランドは言った。「ついでに言えば、我が職業の名誉も守られた。グッドウッドは、ものの見事に容疑の圏外に去るしね。あのリングウッドというやつはどうした？」

「チルカスターの拘置所にぶち込みました」とジミーは答えた。「そこから治安判事の前に連れ出され、ソーンヒル医師殺害の告発を受け、弁護士の手配もして、裁判に備えて再拘留されました。でも、それだけではありません。やつを面通しの場に出したんです。同じ背格好の男を一ダースほど並べた中に混ぜてね。ナクトン夫人は、即座にやつをロザラムとして選び出しましたよ。ステップニーの診療所の女性も、ほとんどためらいなく同じ選択をしました。

それから、やつにめがねをかけさせ、ほかの男たちにも同じようにさせて、もう一度面通しをしました。今度は、面通しのためにパタムの人々に来てもらいまして。一人ずつ、まったく別々にやりましたが、来てもらった五人全員、リングウッドをソーンヒル医師として選び出しました。五人とは、グッドウッド医師、チャドリー、ハンポール夫人、ラヴロック氏、デリントン医師です。もっとも、ソーンヒル医師が目の前に再びよみがえったのを見て、みんな驚愕もあらわでしたが」

「さぞやまごついたことだろうな」とオールドランドは言った。「やつはどうするつもりだい？　なにか弁護は試みているのかね？　それとも、白旗を掲げたとでも？」

「こうなっては、とれる弁護戦術は一つだけですよ」とジミーは答えた。「訊かれた質問には、すべて『知らない』と答えるだけ。水曜の晩から金曜の午後まではロンドンに滞在していたが、どこに泊まったかは憶えていないと言っています。ホームランド・ホテルではありません。そこは調べましたから。

ただ、バートラム・リングウッド氏は、別の期間に同じホテルに泊っていましたが、到着と出発の日付が興味深いんですよ。ホテルに最初に来たのは、十月三日の晩。ロザラムがステップニーの下宿を慌ただしく出ていった日です。部屋を予約し、三日と四日はそこに宿泊しました。ブラッグ大尉が中古のマスプロ車を購入したのは四日でしたね。五日には、数日不在にするが、部屋はそのままとっておいてくれと頼んだそうです。

その日の朝、彼はホテルを出て、十日の晩まで戻ってきませんでした。翌日、またしばらくロンドンから離れると告げ、やはり部屋をそのままにしてくれるよう頼みました。不在にする理由として、自分はニュージーランドから短期滞在で来たため、この国にいる友人たちを時間の許すかぎりたくさん訪ねたいのだと説明しています。そのときは、小さなスーツケース一つしか持っていなかった。ブラッグが、小さなスーツケースを携えてメリルボーン・ロードの車屋に再び現れ、マスプロ車で走り去ったのは、まさに十一日ですよ。

リングウッドがホテルに戻ってきたのは、十四日土曜の朝ですが、そのときは、スコットランドからの夜行列車で来たと話しています。偽のソーンヒル医師がパタムから姿を消したのは、その前の晩です。リングウッドは、その日から今週の火曜までホテルに滞在していました。火曜の朝、〈ソランダー号〉でニュージーランドに向けて発つと言って、荷物をまとめて最終的にチェックアウトしています。ホテル滞在中、手紙は一通も来ていない。もちろん、ロザラム氏宛ての手紙もです。

次に、サザン・クロス銀行で聞き込みをしました。今年六月、バートラム・チャールズ・リングウッド氏が、ニュージーランドのウェリントン支店を通じて、ロンバード・ストリートでおろせるように預金の手続きをしています。七月に、この紳士が銀行に来て自己紹介したそうです。彼はその後三か月、現金を引き出すために定期的に来ていました。今週の月曜に来て、預金の残高を引き出し、〈ソランダー号〉で翌日帰国すると告げています。

コメット車については、リングウッドが話したとおりでした。彼は五日の午後、リヴァプールの車屋から車を購入し、十日の朝に配車してもらっている。五日、サザン・クロス銀行の口座の小切手で全額支払っています。二十七日金曜、輸送代理店の店舗までその車で運転していき、〈ソランダー号〉に積み込む手配をしています。

教授は、自転車の行方を示唆してくれましたね。そのヒントをたぐってみたんです。チルカスターからロンドンまでの主要路線の駅を片っ端から調べさせました。まったく教授のおっしゃるとおりでしたよ。うしろに荷台付きの男物の自転車が、チルカスターからロンドンのほうへ十マイルの駅の預かり所に預けられていました。十四日の早朝、六時過ぎに朝一番の上り列車が出発する直前のことです。パタムにその自転車を送り、グッドウッド医師に見せたところ、自分のだと確認してくれましたよ。

それから、興味深いことが分かりました。リングウッドが、知り合いになる医者として、まったく偶然にソーンヒルを選んだのかと、疑問に思いましてね。キングにステップニーで聞き込みしてもらったんです。ナクトン夫人が下宿人にソーンヒル医師の診療所を紹介したというのは嘘でした。むしろ、ロザラムという名の男が、地区の診療所に五か所ほど、胃潰瘍で診察を受けにきていたんです。いずれも薬瓶をもらい、再診を受けにくるよう言われていますが、来ていません。

最後に、ラヴロック氏と話をしました。遅まきながら届いたエア・メールを一通見せてくれました。さほど教養もなさそうな筆跡で書かれた手紙で、ラヴロック氏が電報を打ったニュージーランドの住所から届いたものです。送り主は、自分が現在の農場主だと説明していました。リングウッド氏は、すでに多額の抵当に入っていた農場を六月上旬に売却し、その土地を去った。彼が今どこにいるのか、自分も知らないと」

「うむ、ジミー、実に手堅い裏付け捜査をしたようだな」とハンスリットは言った。「リングウッドは狡猾なやつだし、抜かりがない。なにもかも事前に考え抜いてある！　あり得ないほどだよ」

「もちろん、あり得ない」プリーストリー博士は辛辣に言った。「リングウッドは、ニュージーランドを出たとき、自分の目的をどうやって実現するか、ほとんど考えてはいなかったはずだ。グッドウッド医師の代診医として登場することなど、もちろん考えていなかった。グッドウッド医師のことは、ウィルスデン氏の手紙で一度くらい言及があったとしても、なにも知らなかったはずだ。リングウッドの才能は、機会を見逃さず、しっかりとつかむ能力にある。彼の計画は、事前に考え抜いたものではなく、状況の推移に応じて組み立てたものだよ。

英国に来て最初にやったことは、親交を深める相手の医師を見つけることだった。複数の診療所を回ったことからも明らかだ。その目的は、新たな友人から、胃潰瘍の知識と胃潰瘍患者が死に至る原因をすっかり学ぶことだった。ソーンヒル医師は、彼が診察を受けた医師の中でも、一番見込みのある医師に思えたのだ。知り合って間もなく、ソーンヒル医師は、ロンドンからの転地を希望していて、代診医としてしばらく田舎にでも行きたいと話したのだろう。

むしろ、リングウッドは、サプワース・プレイスの界隈を調べてみて、はじめて今回の計画を立てたのだ。彼は、グッドウッド医師がウィルスデン氏のかかりつけ医であり、医師が毎年休暇を取り、代診医に診療業務を任せる習慣があると知った。リングウッドは、そこにチャンスをとらえたのだ。ソーンヒル医師に、代診医の仕事に応募するよう極力唆したのだろう。彼がそのあとソーンヒル医師にすり替われば、疑惑を招くことなく、サプワース・プレイスに近づける。

彼が幸運に恵まれていたことは否定しないよ。たとえば、患者に渡すよう頼まれた薬瓶がそうだ。だが、それも別のチャンスにすぎなかった。彼が目的を果たす方法は、ほかにいくらでもあっただろう。たとえば、ウィルスデン氏に、薬を変えたほうがいいと勧めることもできた。そして、自分でその薬を処方するわけだ」

「君の言うとおり、彼もある程度は幸運に恵まれていたね、プリーストリー」とオールドランドは言った。「悪いやつほど悪運が強いと言う。だが、裁判が終わるまでやつの幸運が続くとは思えんなあ、ジミー、どう思う?」

訳者あとがき

『代診医の死』は、英国の推理小説作家、ジョン・ロードの *Dr. Goodwood's Locum*（一九五一、米題：*The Affair of the Substitute Doctor*）の翻訳である。ロードの作品としては後期に属するが、*Detective Fiction: The Collector's Guide*（第二版、一九九四）の編者の一人、バリー・パイクが「パースナル・チョイス」の一つに選ぶなど、代表作の一つに挙げられる作品である。

ロードについては、『見えない凶器』（国書刊行会刊）の加瀬義雄氏による解説など、その全貌を概観した優れた解説がすでにあるが、ここでは筆者なりにロードの作品について簡単に解説しておきたい。

これまで紹介されてきたロードの作品は、全体の数から見れば、なおほんの一部にすぎないし、その内訳を見ても玉石混淆の観があり、刊行当時は斬新だったかもしれないが、今読めば古色蒼然としたプロットの作品もあると言わざるを得ない。その意味では、海外における過去の評者たちが挙げた推薦作等に依拠して作品を選ぶことには慎重を要する面がある。今日的視点で見直せば、明らかに時代遅れになった作品もある一方で、たとえば、*Peril at Cranbury Hall*（一九三〇）のように、かつてはサマセット・モームから「非現実的」と批判されながら、実は時代を先取りしていたと思われる作品もあるからだ。

これはあくまで筆者の私見だが、いかにもロードらしいメカニカルなトリックを用いた作品より、心理的なミスディレクションや動機の謎などのシンプルなプロットに工夫を凝らした作品のほうが、時代を超えて鑑賞に耐え得るものが多いのではないだろうか。ロードといえば、ハウダニットを得意とした作家と見なされがちだが、必ずしも技術的な仕掛けにばかり依存していたわけではなく、脂の乗り切った時代に書かれた作品には、全体のプロットをよく練り上げ、解決の仕方も論理的に整合性のとれた佳作が多い。

これと関連したことだが、プリーストリー博士の造形は特に成功しており、ソーンダイク博士や思考機械としばしば比較されるように、直感や推測を極力排して事実と論理性を重視する個性が際立つ探偵である。実際、その信条に恥じない見事な推理を展開してみせる作品も少なくない。まさに黄金時代のカリスマ的な名探偵の一人と言っていいだろう。

ただ、プロットの点でいかに優れていても、小説として読むに堪えないという批判がロードに対して根強く存在するのも事実だ。

英ミステリ界の重鎮だった作家にして批評家のジュリアン・シモンズが、評論 *Bloody Murder*（初版、一九七二年）において、F・W・クロフツ、ヘンリー・ウェイドらとともに、ロードを〝退屈派〟の作家の一人に数え、彼の個別作品については論評の対象にすらしなかったことはよく知られている。一九八五年の同書改訂版で加筆された「水晶球再訪」という章でも、ロードやウェイドの作品を積極的に取り上げたジャック・バーザンとウェンデル・H・テイラーの *A Catalogue of Crime*（一九七一）に対して、「ロードに熱狂したり、ウェイドに心酔しているなら、バーザンをガイドにしたまえ。私の見方は明らかに彼とは正反対（バーザンには魅力的なものが私には退屈）なので、我々には議論の接点がない」と突き放し、シモンズのロードに対する否定的評価は一貫して変わらなかった。

確かに、初期の作品では、プリーストリー博士自身も行動的で、自ら捜査に携わったり、時には事件に巻き込まれて危機的状況に陥ったりもするし、ストーリーも、発端の事件発生にとどまらず、その後の展開にも起伏があって、それなりに読み応えのある作品が少なくない。

ところが、中期以降の作品になると、次第に、〈事件発生→警察による捜査→捜査官や例会出席者による議論→博士による謎解き〉という定型パターンを踏襲する例が多くなり、特に中間部の大半が関係者への尋問と延々と続く議論で占められるため、その分、ストーリー展開が緩慢になり、見せ場も乏しくなって、退屈さを感じさせるのである。

登場人物の造形の薄っぺらさがこれに拍車をかける。レギュラー・メンバーすらそうで、博士の秘書ハロルドやオールドランド医師も、初登場時にはそれなりの人間味があったのに、後続作では紋切り型の登場人物に平板化してしまう。「ロードは人物造形（プリーストリー博士を除く）や雰囲気づくりに長けていない」（クリス・スタインブラナー＆オットー・ペンズラー編 *Encyclopedia of Mystery & Detection*〔一九七六〕）という評のとおりだ。後期の作品になると、肝心のプロットすら切れ味を失い、ほとんど読むに堪えない作品も少なくない。

多作家だったロードは、謎解きのプロットの創意という点では、確かに黄金期の作家の中でも傑出した部類に入ると思われるが、量産ペースを維持するために（マイルズ・バートン名義を含めて、年四、五冊書いていた）、一作ごとのストーリーを十分練り上げることをせず、基本的なプロットの着想を得ると、あとはそれをベースに、定型パターンに沿って紙数を埋めていき、長編に引き延ばすという書き方をした感が強い。初期の頃は、それでもまだストーリーや人物造形をある程度は練ったことが窺えるが、時代を経るにつれ、ルーティン的構成に陥る傾向が顕著になっていったようだ。その意味では、エドワード・D・ホックのように、本来は、中心プロットで勝負する短編向きの作家だったのかもしれない。

しかし、定評のある作品のプロットには、確かに、クリスティやカーなどの巨匠たちの傑作と比較しても遜色のない優れたものが幾つもあるし、作品の選択さえ誤らなければ、謎解きファンの渇を癒すに足る魅力的な掘り出し物はまだたくさん残っていると考えていい。

シモンズと並ぶ英国の批評家の雄だったH・R・F・キーティングが、*The Claverton Mystery*（一九三三）の復刊に寄せた序文（一九八五）において、ロードの作品に退屈なものが多いことを認めつつも、同作を「必読作」と称賛したバーザンとテイラーに賛同した上で、「軽率にも、十把一絡げに退屈と決めてかかるような批判こそが、ランスロット・プリーストリー博士という、卓越した科学者にして趣味の犯罪研究家を、ほとんど目にしない探偵にしてしまった理由だろう」と述べて、暗にシモンズを批判していることも、公平を期すために触れておくべきだろう。

中間部の議論展開にしても、漫然と読み流せば退屈さに輪をかけるばかりだが、決していい加減に書き飛ばした埋め草の類ではなく、推理小説を純粋な謎解きとして楽しむ読者にとっては、加瀬義雄氏の言われるように、「全編これ、推理また推理（あるいは検討また検討）という構成」であり、退屈どころか、むしろ謎解きの醍醐味そのものを味わえる最大の見せ場とも言える。様々な側面からありとあらゆる可能性を検討しようとする関係者たちの熱意が伝わってくるし、丁寧にフォローしていけば、事件の詳細をおさらいし、問題点を整理するのにも役立つはずだ。

ロードの長編としては、戦前の抄訳等を別にすれば、『プレード街の殺人』（一九二八）、『ラリーレースの惨劇』（一九三三）、『見えない凶器』（一九三八）、『ハーレー街の死』（一九四六）、『電話の声』（一九四八）、『吸殻とパナマ帽』（一九五六）、カーター・ディクスンとの共作『エレヴェーター殺人事件』（一九三九）が翻訳されてきたが、本作や前記 *The Claverton Mystery* をはじめ、ロードの真骨頂が発揮された作品は、まだ十分な紹介がなされてこなかったように思われる。本書がロードの作品の魅力を理解していただく一助になるのであれば、訳者としてこれに優る喜びはない。

読者への便宜を図る意味で、本作に登場するレギュラー・メンバーについて紹介しておく。個々の作品では、個性が希薄になりがちな登場人物たちではあるが、ここでご紹介する情報から、イメージをある程度肉付けしていただくことができればと願う次第である。

ランスロット・プリーストリー博士は、数学者であり、*The Claverton Mystery* によれば、もともとはイングランド中部地方のミッドチェスター大学の教授をしていたが、第一次大戦の一、二年前に突如として職を辞し、父親から相続したロンドンのウェストボーン・テラスの邸宅に隠棲した（このため、ビル・プロンジーニ＆マーシャ・マラー編 *1001 Midnights*〔一九八六〕では、「教授」と呼べるか疑わしいと指摘されている）。その後は、科学分野の研究に対する批評を専門誌等に発表しながら悠々自適の生活を送り、時おり警察の相談を受けて難事件を解明することを趣味としている。*The Ellerby Case*（一九二七）によれば、Fact and Fallacy（事実と誤謬）という著書がある。

初登場作 *The Paddington Mystery*（一九二五）によれば、博士は財産のある女性と結婚し、一人娘エイプリルを儲けたが、夫人は娘が十四歳の時に死去したとされる。なお、同作では、博士の名前「ランスロット」は Lancelot と表記されているが、その後の複数の作品で Launcelot というスペルも出てくる。さらに、*The Ellerby Case* では、「J・P」という署名をしていて、一貫性がない（これはただの誤植かもしれないが）。

本作で捜査に携わるジェームズ（ジミー）・ワグホーン警視は、*Hendon's First Case*（一九三五）で、ケンブリッジ大学を卒業後、ヘンドン警察大学校に入り、同校を卒業して間がない二十七歳の警部として初登場する。長身で肩幅が広く、人好きのする邪気のない顔をし、鋭いグレーの目をしていると描写されている。父親はレスターシャー州の大地主で、狩猟を趣味とする悠々自適の生活を送っていたが、ジミーがケンブリッジを卒業した二年後に財政破綻で一文なしとなり、その精神的打撃から世を去ったという。その結果、ジミーは生計を立てるために警察官を志すことになった。同作では、犯人の計略にはまって毒を盛られ、あやうく命を落としそうになる。*In Face of the Verdict*（一九三六）によれば、スポーツはラグビーをしていたようだ。*The Lake House*（一九四六）からは、警視に昇進している。

当初は、上司のハンスリット警視の指導や助言を受けながら捜査を行っていたが、以降の作品では、プリーストリー博士が節目節目で助言する役割に退いていくのに伴い、捜査を担う中心的役割として存在の重みを増していく。たとえば、邦訳のある『電話の声』では、博士の助言を受けつつも、事件を最終的に解決するのはワグホーン警視であり、博士から称賛を受けている。

私生活の面では、*Death Pays a Dividend*（一九三九）の事件を通じて知り合ったダイアナ・モーペスという女性と結婚している。*Death on the Boat Train*（一九四〇）は、新婚旅行から帰った直後の事件であり、二人はクラパム・コモンを見渡せる小さなアパートで新婚生活を送っている。

上司に当たるハンスリット警視は、*The Paddington Mystery*（同作では警部）以来のレギュラーであり、同作における博士の説明では、その事件の数年前に、博士が書いた心理学的推理法についての論文を読んだのをきっかけに、博士の助言を求めにくるようになり、親しくなったとされる。*The Davidson Case*（一九二九）で手痛い失敗を経験して、博士とやや疎遠になっていた時期もあったが、*Peril at Cranbury Hall* で名誉挽回し、良好な協力関係を取り戻している。

Hendon's First Case によれば、父親は貧しい小間物商だったこともあり、二十一歳で巡査として警察人生をスタート。叩き上げの自負もあって、いきなり警部からスタートした高学歴のジミーに、最初は厳しく接するが、警察官を志した経緯を聞いて態度を和らげ、以来、よき助言者としてジミーを指導する。初期作品では前面に立って捜査活動を行うが、ワグホーン警部が登場してからは次第に背景に退くことが多くなる。*Vegetable Duck*（一九四四）では既に定年を迎え、以後はハムステッドで退職後の生活を送りつつ、本作に見られるように、ウェストボーン・テラスの例会で議論に加わるだけの役割になっていく。

オールドランド医師は、ケンジントンの開業医であり、*The Claverton Mystery* で初登場する。同作での描写によれば、背が低くて太り気味、頭はほとんど禿げ上がり、短い顎髭をたくわえ、度の強いめがねをかけている。今は見る影もないが、かつてはイングランド中部地方に名の知れたアマチュアのスポーツ万能選手だったという。妻と息子がいたが、ミッドチェスターで開業医をしていた時に、若くて裕福な未亡人の患者と駆け落ちしてスキャンダルを引き起こす。相手の女性は第一次大戦直前にイタリアで亡くなり、人生をやり直すようにと財産をオールドランドに遺してくれたため、ロンドンに戻って再び開業した。オールドランドの息子ビルも同作に登場している。

プリーストリー博士とは、ミッドチェスター在住時に親交があり、*The Claverton Mystery* での事件をきっかけに再会する。本作で描かれているように、医師としての現役を退いたあとも、引き続き土曜の例会の出席者として登場している。オールドランド医師も名前に混乱があり、*The Claverton Mystery* では、遺言書の証人として「シドニー・オールドランド」と署名しているが、*Death at Breakfast*（一九三六）では、「モーティマー・オールドランド医師」と言及されている。

ハロルド・メリフィールドは、*The Paddington Mystery* で博士とともに初登場する。同作では、Merefield という名は Merryfield のように発音し、仲間内では、Merry Devil というあだ名で呼ばれていたという。第一次大戦に従軍中、弁護士だった父が亡くなり、期待したほどの財産も遺さなかったことから、復員後、Aspasia's Adventures（アスパシアの冒険）という小説を書いて多少の印税収入を得る。父親はプリーストリー博士の学友であり、ハロルドと博士の娘エイプリルは幼なじみで、双方の親は二人の結婚を期待していたとされる。ハロルドは、自分の小説の刺激的な内容をめぐって博士と口論になり、いったんは疎遠になるが、自分が住むパディントンの下宿のベッドに男が死んでいた事件で博士に助けを求め、これをきっかけに関係を修復する。

次作 *Dr. Priestley's Quest*（一九二六）からは、博士の秘書としてウェストボーン・テラスに同居している（なお、同作はハロルドの一人称作品である）。同作ではエイプリルと婚約しており、*By Registered Post*（一九五三）では、博士の「義理の息子」と言及されているので、いずれかの時点で結婚したと思われるが、エイプリルは二作目以降に登場せず、所帯持ちらしい描写も不思議と出てこない。『ラリーレースの惨劇』（一九三三）ではモーター・ラリーに選手として参加し、*Murder at Lilac Cottage*（一九四〇）では自転車を乗り回して捜査に協力するなど、活動的なスポーツマンでもある。

そのほか、ウェストボーン・テラスの住人として、博士に長年仕えているメアリという老女中が登場することもある。

なお、本作の舞台として出てくる、パタム、チルカスター、ケンマイルなどの地名は架空のものであり、モデルとなった土地も見当がつかない。邦訳のある『プレード街の殺人』ではドーセット州のコーフ・キャッスルが登場するなど、実在するイングランドの地方を舞台にした作品もあるが、背景もフィクションにすることにより、プロットに応じた舞台設定を自在に行えるメリットもあったといえるだろう。

※ここからあとは、プロットに触れているため、本編読了後にお読みください。

『代診医の死』は、某英国作家の作品の叙述トリックを応用した作品と見ることができる。その意味で、本作を単に犯人の意外性や結末のサプライズという視点だけで評価するのは一面的と言わざるを得ないだろう。某作品はダブル・ミーニングを至る所に仕掛けた作品であり、読み終えてから改めて再読すると、全体構造が二重になったプロットの巧妙さに気づくという特徴を持っている。

『代診医の死』もまた、某作品と同様、ダブル・ミーニングを活用した叙述の仕掛けが随所にちりばめられており、読後に読み返しても興味深い箇所を見出せるのが本作の面白さの一つと言えるだろう。以下、具体的な例を幾つか挙げよう。

四十二頁では、ソーンヒル医師（実はリングウッド）がグッドウッド医師に手紙を書く際、「代診医というものは、患者の本来の主治医が誤診をしていたなどとは、おくびにも出したりしないものだ」と独白する場面がある。この箇所は、一見すると、代診医の立場として、グッドウッドの名誉を傷つけるようなことはしてはなるまいと気遣っているように読める。しかし、その独白は、実は、自分が偽物と見破られないよう、本物の代診医らしくふるまわねばなるまいと計算していることを暗示しているのだ。

四十三頁では、自分の出す手紙が月曜にならないとグッドウッドに届かないことを「どうにもできまい（That could not be helped.）」と独白しているが、これも、一見すると、なんとか早く本人に知らせたいがどうしようもない、というもどかしい思いを述べているように見える。ところが、その実は、いくら早く知らせたくとも、誰にも何の手も打てまい、とほくそ笑んでいるのだ。ちなみに、この部分は、ダブル・ミーニングであることを意識して訳すのに留意した箇所で、これを「仕方がない」とか「どうしようもない」と諦め口調に訳すと、意味が一面化して嘘を独白しているようになってしまう。どちらにも読めるように工夫するのが、こうした箇所で気をつけなくてはいけない点だった。

さらに、五十二頁では、ソーンヒル医師が、グッドウッドがホテルに到着する前に連絡してくることも「一つの可能性といえる（It was just a possibility that…）」と独白する場面がある。この箇所も、一見すると、わずかな可能性でも諦めずに賭けてみよう、という意味に読める。ところが、実は、どうせそんな見込みはないが、可能性は無ではないと言えるから、努力はしたという演出になると考えているのだ。これも、「可能性もある」と期待を示す訳し方をしても、「ただの可能性にすぎない」と高をくくる訳し方をしても、一面的になってしまうため、どっちつかずになるよう訳す必要があった。

以上、主だった例を挙げたが、ほかにもいろいろな箇所に仕掛けが隠されていることに気づくだろうし、読了後も、ぜひ本文をもう一度確かめていただければ幸いである。

某作品は、叙述のダブル・ミーニングを駆使して、〝○○手＝犯人〟という基本アイディアのサプライズ効果を高めるとともに、「婦人と老婆」（作者不詳）の騙し絵のような全体構造を作り上げた離れ業だった。『代診医の死』は、このプロットにさらにツイストを加え、同様の叙述のダブル・ミーニングを駆使しつつ、〝被害者＝犯人〟というアイディアを組み合わせたところに特徴がある。

読者は、叙述に出てくるソーンヒル医師の主観的な心情や独白に接するうちに、彼の視点で事態の推移を見るようになり、その独白の表面的な意味に惑わされ、医師の誠実さを疑うのが難しくなってしまう。その結果、ソーンヒルが被害者だと明らかになっても、それ以前に登場していたソーンヒルが、実は別人で加害者だという可能性が盲点になってしまうのだ。

某作品のプロットを単に模倣したり、多少の変化を加えた程度の作品は他にもあるが、『代診医の死』は、某作品の単なる亜流ではなく、古典的ながらも新たなファクターを加えることで斬新さを打ち出し、鮮やかなサプライズを演出することに成功した傑作と言えるだろう。さらには、三人称であるがゆえに、某作品の応用かもしれないとは気づきにくいし、そのおかげでワグホーン警視やチャドリーの独白なども織り交ぜることができ、しかも、これらは含みのない素直な独白であるため、ソーンヒルの独白に特殊な意味合いがあることを一層気づきにくくさせる効果も持っている。

なお、作者はプリーストリー博士が謎解きで触れた点以外にも手がかりをちりばめていて、よく読めば、肩幅が広く、色黒という、ソーンヒル医師とリングウッドの容貌の描写が酷似していることにも気づくはずだ。

もちろん、厳しい視点で見れば、欠点もいろいろ挙げることは可能だ。例えば、いかにもロードの後期作品らしく、出だしはストーリー展開のテンポもいいが、中間部（特に第十一章から十七章）に入ると、関係者への尋問や土曜の例会出席者による議論の場面が延々と続くため、次第に退屈さがつのってくる。

さらに、これまたロードらしい欠点だが、人物描写がいかにも生煮えで平板なところが目につく。例えば、パトリシア・グッドウッドは、もっと掘り下げた描写をすれば、容疑者としても面白い仕立てになったはずだし、ベティ・ヴァーノンも、重要容疑者の一人でありながら、チラリ登場するだけで、ちっとも存在感がない。本物のソーンヒル医師の恋人だった女性も、直接は登場せず、間接的に言及されるだけなのが惜しい気がする。

そのほか、厳密に言えば、三人称の叙述でありながら、別人を「ソーンヒル」と呼んでいるのはアンフェアではないかと突っ込むことも可能だろうが、「自称」ソーンヒルという意味でギリギリ許されるかもしれない。

一方、最終場面で、プリーストリー博士自身が犯人と直接対決し、謎解きをするところが本書の見せ場の一つだ。前掲書 *A Catalogue of Crime* のバーザンとテイラーもこの点を特筆している。後期の作品では、ワグホーン警視が強く前面に出すぎて、プリーストリー博士の存在感が希薄になる例も少なくないが、本作は博士のカリスマ性が光る一作だ。さらに、一人二役どころか、四役まで演じてみせる犯人の大胆な計略もかなりユニークなものと言えるだろう。

既に注目度が下がっていた後期作品ということに加え、ハウダニットを得意としたロードとしては、特異な性格の作品でもあるためか、バリー・パイクのような批評家を別にすれば、名指しで推す人は少ないようだが、埋もれた黄金期の傑作の一つと言えるだろう。

なお、パイクは、本作について、冒頭でも触れたように、*Detective Fiction: The Collector's Guide* でパースナル・チョイスに選んでいるほか、CADS二十一号（一九九三）所収の"Give a Dog a Bad Name…"においても、「叙述全体が最後の謎解きで根本からひっくり返る、目もくらむような演出」と称賛している。パイクも本作のプロットの要（かなめ）が叙述の仕掛けにあることを的確に捉えていたようだ。

なお、本書は、二〇一四年三月に「ROM叢書」から刊行されたものに更に手を加えたものである。旧版の刊行にあたっては、ROMの主宰者で、ロードの愛読者でもあった故加瀬義雄氏に大変お世話になった。本書が、加瀬氏が望んでおられたロードの「復権」に寄与できるのであれば、氏に対するなによりの御恩返しになると思っている。あらためて本書を加瀬氏の御霊に捧げたい。

ジョン・ロード収集への「道」

林　克郎

本名セシル・ジョン・チャールズ・ストリート、筆名ジョン・ロード、マイルズ・バートン、セシル・ウェイ。全て「道」に関する言葉が入っていることをご存知だろうか?

多作家だったジョン・ロードの全ての作品を読破することは至難の技であり、そもそも原書を手に入れること自体が困難である。デジタル化の普及で一部の作品は容易に読めるようになったが、まだほとんどが古書を手に入れるしか読む術がない。原書なので日本の古書店で目にする機会は少なく、英米の古書店からネットを使って買わざるを得ない。その古書価は高騰し続ける上に、運の要素も大きい。ロードを集めているコレクターは世界中におり、彼らは自分の探求本を複数の古書店に登録している。古書店はそれらの本が手に入るとコレクターに直接売るため、レアな本を一般の人が市場で目にする機会は必然的に少なくなる。ロードの作品を手に入れることは容易では無いが、苦労して手に入れた作品を読むことは格別の楽しさが伴う。

本書を読まれた方が他のロード作品も読んでみたいと思っても、ジョン・ロード名義だけでも七十六作品もあるので、どの作品を読めば良いか悩まれるだろう。英米両国で出版され、現在でも比較的手に入りやすく、読んで面白い作品を四つご紹介する。

一つめは、ロード名義の第十作 The Davidson Case（一九二九）。米国では Murder at Bratton Grange というタイトルで出版された。化学器具製造会社の社長が巨大な箱を会社から持ち出し、別荘に向かう。社長は箱と共にトラックの荷台に乗るが、別荘に着いた時には刺殺されており、巨大な箱は消え去っていた。デビュー後、スリラー物ばかり書いていたロードが本格物に転じた節目となる作品で、巨大な箱が消え去るトリックが大胆。さりげなく張られていた伏線を、一度でなく数回に分けて回収する手法が演出効果を生んでいる。

二つめは、第十三作 Tragedy on the Line（一九三一）。ロンドン郊外の駅で、頭部を列車に轢かれた男性の死体が発見される。着衣や持ち物から、被害者は近所に住んでいた男性だと考えられた。男性は、亡くなる前日に遺言書を書き換えていた事が判明するが、その新しい遺言書の在り処がわからず、更には古い遺言書までもが所在不明になる。ロード名義で初めて英国コリンズ社から出版された作品で、プリーストリー博士が真相を「聞かされる」場面が印象的。ロードが単なるトリックメーカーではなく、アガサ・クリスティーのような犯行心理も描ける作家である事を認識させられる。

三つめは、第十八作 The Claverton Mystery（一九三三）。資産家の男性が、ある朝突然苦しみ出して死亡する。男性は以前にも体調不良を訴えており、その時は体内から砒素が検出された。しかし、死亡後の男性の体内から砒素は全く検出されず、死因は不明だった。プリーストリー博士は被害者の旧友で、遺言書によって管財人に指名される。とても読みやすく、飽きさせない展開で、原書初心者にはお薦めの作品。

本書の原著書影

Mystery at Olympia 書影

『ラリーレースの惨劇』原著書影

最後は、第二十作 The Robthorne Mystery（一九三四）。仕事を辞めた男性が小さな村に移り住み、趣味の庭いじりと切手収集に興じていた。ある日そこへ男性の双子の弟が訪ねてくる。数日後、その双子の弟が離れの温室で死体となって発見される。近くにショットガンが落ちており、自殺を図ったと判断された。プリーストリー博士がある仮説を立てるが、その仮説を否定する事実が次々と判明する。そして博士の仮説検証の結果、事件は意外な結末を迎える。双子という題材をうまく使って、読者をミス・ディレクションに向かわせる傑作。

クラシックミステリの原書を集める楽しみのひとつとして、ジャケットに描かれたイラストの美しさがある。英国コリンズ社のジャケットは秀逸で、特に一九三〇年代、四十年代は人気が高い。ジョン・ロード名義では、第十三作 Tragedy on the Line から第四十五作 Bricklayer's Arms（一九四五）までの The Venner Crime（一九三三）を除く三十二作品がコリンズ社から初版本が出版された。マイルズ・バートン名義は六十三作品全てがコリンズ社から出版されている。多くのファンがこのコリンズ社のジャケットに魅了されており、Mystery at Olympia（一九三五）、Death in the Hopfields（一九三七）、The Bloody Tower（一九三八）などのイラストは特に素晴らしい。

ロードの第十二作以前と第四十六作以降は英国ジェフリー・ブレス社から出版された。戦前初期のブレス社のジャケットは緻密なイラストが描かれていて人気がある。一方、戦後後期のジャケットには写真が主に用いられるようになり、残念ながらその魅力は乏しくなってしまった。

英ミステリ・ファンジンの"CADS"44号（二〇〇三年十月発行）において、セシル・ウェイもジョン・ロードの別名義であることが明かされた。この発表と同時にセシル・ウェイの作品は市場から姿を消し、特に米版がない Murder at Monk's Barn（一九三一）と The End of the Chase（一九三二）は幻の本となった。

ジョン・ロードの英語は比較的易しいので、興味を持たれた方は是非一冊読んでみて頂きたい。必ずロードの虜になるはずである。

〔訳者〕
淵上痩平（ふちがみ・そうへい）
元外務省職員。海外ミステリ研究家。訳書にR・オースティン・フリーマン『オシリスの眼』（筑摩書房）、J・J・コニントン『九つの解決』（論創社）など。

代診医の死

——論創海外ミステリ　191

2017年7月20日　初版第1刷印刷
2017年7月30日　初版第1刷発行

著　者　ジョン・ロード
訳　者　淵上痩平
装　画　佐久間真人
装　丁　宗利淳一
発行所　論　創　社

〒101-0051　東京都千代田区神田神保町2-23　北井ビル
電話　03-3264-5254　振替口座　00160-1-155266

印刷・製本　中央精版印刷
組版　フレックスアート

ISBN978-4-8460-1629-6
落丁・乱丁本はお取り替えいたします

論　創　社

ラリーレースの惨劇◉ジョン・ロード

論創海外ミステリ157　ラリーレースに出走した一台の車が不慮の事故を遂げた。発見された不審点から犯罪の可能性も浮上し、素人探偵として活躍する数学者プリーストリー博士が調査に乗り出す。　**本体2200円**

ネロ・ウルフの事件簿 ようこそ、死のパーティーへ◉レックス・スタウト

論創海外ミステリ158　悪意に満ちた匿名の手紙は死のパーティーへの招待状だった。ネロ・ウルフを翻弄する事件の真相とは？　日本独自編纂の《ネロ・ウルフ》シリーズ傑作選第2巻。　**本体2200円**

虐殺の少年たち◉ジョルジョ・シェルバネンコ

論創海外ミステリ159　夜間学校の教室で発見された瀕死の女性教師。その体には無惨なる暴行恥辱の痕跡が……。元医師で警官のドゥーカ・ランベルティが少年犯罪に挑む！　**本体2000円**

中国銅鑼の謎◉クリストファー・ブッシュ

論創海外ミステリ160　晩餐を控えたビクトリア朝の屋敷に響く荘厳なる銅鑼の音。その最中、屋敷の主人が撃ち殺された。ルドヴィック・トラヴァースは理路整然たる推理で真相に迫る！　**本体2200円**

噂のレコード原盤の秘密◉フランク・グルーバー

論創海外ミステリ161　大物歌手が死の直前に録音したレコード原盤を巡る犯罪に巻き込まれた凸凹コンビ。懐かしのユーモア・ミステリが今甦る。逢坂剛氏の書下ろしエッセイも収録！　**本体2000円**

ルーン・レイクの惨劇◉ケネス・デュアン・ウィップル

論創海外ミステリ162　夏期休暇に出掛けた十人の男女を見舞う惨劇。湖底に潜む怪獣、二重密室、怪人物の跋扈。湖畔を血に染める連続殺人の謎は不気味に深まっていく……。　**本体2000円**

ウィルソン警視の休日◉G.D.H & M・コール

論創海外ミステリ163　スコットランドヤードのヘンリー・ウィルソン警視が挑む八つの事件。「クイーンの定員」第77席に採られた傑作短編集、原書刊行から88年の時を経て待望の完訳！　**本体2200円**

好評発売中

論　創　社

嵐の館◉ミニオン・G・エバハート

論創海外ミステリ 171　カリブ海の孤島へ嫁ぎにきた若い娘が結婚式を目前に殺人事件に巻き込まれる。アメリカ探偵作家クラブ巨匠賞受賞作家が描く愛憎渦巻くロマンス・ミステリ。　**本体 2000 円**

闇と静謐◉マックス・アフォード

論創海外ミステリ 172　ミステリドラマの生放送中、現実でも殺人事件が発生！　暗闇の密室殺人にジェフリー・ブラックバーンが挑む。シリーズ最高傑作と評される長編第三作を初邦訳。　**本体 2400 円**

灯火管制◉アントニー・ギルバート

論創海外ミステリ 173　ヒットラー率いるドイツ軍の爆撃に怯える戦時下のロンドン。"依頼人はみな無罪"をモットーとする〈悪漢〉弁護士アーサー・クルックの隣人が消息不明となった……。　**本体 2200 円**

守銭奴の遺産◉イーデン・フィルポッツ

論創海外ミステリ 174　殺された守銭奴の遺産を巡り、遺された人々の思惑が交錯する。かつて『別冊宝石』に抄訳された「密室の守銭奴」が 63 年ぶりに完訳となって新装刊！　**本体 2200 円**

生ける死者に眠りを◉フィリップ・マクドナルド

論創海外ミステリ 175　戦場で散った七百人の兵士。生き残った上官に戦争の傷跡が狂気となって降りかかる！英米本格黄金時代の巨匠フィリップ・マクドナルドが描く極上のサスペンス。　**本体 2200 円**

九つの解決◉J・J・コニントン

論創海外ミステリ 176　濃霧の夜に始まる謎を孕んだ死の連鎖。化学者でもあったコニントンが専門知識を縦横無尽に駆使して書いた本格ミステリ「九つの鍵」が 80 年ぶりの完訳でよみがえる！　**本体 2400 円**

J・G・リーダー氏の心◉エドガー・ウォーレス

論創海外ミステリ 177　山高帽に鼻眼鏡、黒フロックコート姿の名探偵が 8 つの難事件に挑む。「クイーンの定員」第 72 席に採られた、ジュリアン・シモンズも絶讃の傑作短編集！　**本体 2200 円**

好評発売中